Elke Stölting

Spättermine

W0292995

Originalausgabe – Erstdruck

Elke Stölting

Spättermine

Ein Kieler Förde

Kriminalroman

Schardt Verlag Oldenburg

Bibliographische Information der Deutschen Bibliothek:

Die Deutsche Bibliothek verzeichnet diese Publikation in *Der Deutschen Nationalbibliografie*; detaillierte bibliographische Daten sind im Internet über *www.d-nb.de* abrufbar.

Personen und Handlung sind rein fiktiv. Auch wurden in Kiel und im Dänischen Wohld Örtlichkeiten hinzuerfunden.

Titelbild: Rainer Griese, Troisdorf,
nach einer Vorlage von Elke Stölting

1. Auflage 2012

Copyright © by
Schardt Verlag
Uhlhornsweg 99 A
26129 Oldenburg
Tel.: 0441-21 77 92 87
Fax: 0441-21 77 92 86
E-Mail: kontakt@schardtverlag.de
www.schardtverlag.de
Herstellung: DPG, Nürnberg

ISBN 978-3-89841-618-4

Erstgespräch

Der letzte Termin am Abend hat immer zweierlei: die Aussicht auf den Feierabend und diese kleine Anstrengung, sich noch mal aufzuraffen, um Augen und Ohren ganz beim Gegenüber zu haben und nicht an etwas Privates zu denken.

Das Haus der Beratungsstelle ist schon ganz ruhig; Anna, unsere Sekretärin, ist um siebzehn Uhr gegangen, weil ich sie heimgeschickt habe. Sie muss mich mit ihrem irren Schnupfen ja nicht noch anstecken – und die Haustür aufdrücken, wenn die letzte Klientin kommt, das kann ich auch selbst machen.

Ich liebe Erstgespräche, vermutlich deswegen, weil ich so neugierig bin. Da bekomme ich Schicksale präsentiert, die so ganz anders sind als das meine, da höre ich Sensationen und Banalitäten, und unmerklich kommt dann der Moment, wo ich beginne, meine Aufgabe in der Beratungsstelle wahrzunehmen: mein „Stellwerk" (der Ausdruck stammt von Alfons, unserem Arzt und Leiter), nämlich Fragen zu stellen, Zusammenhänge herzustellen, Hypothesen über das Gehörte aufzustellen und einen Ablaufplan für die zukünftige Beratung zu erstellen.

Ich drücke mich im Sekretariat herum, weil es der Raum ist, der der Eingangstür am nächsten ist. Es ist noch nicht ganz halb sechs, ich habe noch Zeit, aus dem Fenster zu schauen. Auf der Straße fahren vereinzelt Autos, aber ansonsten gibt es nicht viel zu sehen, auch am Tage nicht, weil die Straße hier flach ist wie ein Brett. Aber das Hinterland ist sanft hügelig, was den Kornfeldern im Sommer einen besonderen Charme verleiht. Ich liebe die Wiesen, die Knicks, die Nähe der See, den weiten Himmel und die klare Luft. Ich liebe auch die Beratungsstelle, in der ich nun schon seit fünfzehn Jahren arbeite. Sie liegt zwischen Krusendorf, dem zweihundert-Seelen-Dorf, und Noer, das mit einem sehr schönen Strand für Schwimmer, Surfer und Sonnenliebhaber aufwartet. Das Haus der Beratungsstelle „Dänischer Wohld" war früher ein Mutter-Kind-Heim, aber dem Träger waren die Klagen der Bewohnerinnen auf Dauer zu viel, dass der Ostseestrand zu weit weg wäre. Ganze zwei Kilometer, aber mit einem Kind an der Hand ist das zu weit. Daher hat er sich ein sehr schönes neues Heim in Dänisch Nienhof gebaut, und die Beratungsstelle konnte hier an der Kreuzung zur Bäderstraße einziehen. Dieser Standort ist gar nicht schlecht. Läge die Beratungsstelle in einem der Dörfer rundum, wüssten immer gleich alle, wer hier als Klient ein- und ausgeht, was nicht jedem recht ist. Und eine Bushaltestelle gibt es hier an der Straße nach Eckernförde auch.

Draußen ist es schon dunkel, was hier wirklich heißt: stockdunkel, denn die Entfernung bis nach Kiel beträgt etwa acht Kilometer, nach Eckernförde ist es etwa gleich weit. Daher gibt es hier kein Streulicht, und man kann nachts bei klarem Wetter den herrlichsten Sternenhimmel sehen. Der Abend beginnt hier winters in Norddeutschland immer früh, so um vier Uhr gehen die Lichter in den Häusern an. An guten Tagen finde ich das heimelig und freue mich, nach Studium und erster Anstellung hierher zurückgekehrt zu sein, an schlechten Tagen zieht mich das in eine depressive Stimmung, die ich versuche, durch einen Ausflug nach Kiel zu dämpfen.

Habe ich da was an der Tür gehört? Ich schaue um die Ecke zum Eingang, nein, keiner da. Oder doch: da fällt ein Lichtkegel auf den gepflasterten Hof und verschwindet neben dem Haus. Jetzt höre ich auch den Motor und gleich darauf, wie er abgestellt wird.

Also hat Frau Middeldorf nicht nur den Weg hierher gefunden, sondern ist auch noch pünktlich aus ihrem Büro weggekommen. Bei der Absprache des Termins hatte sie mir gesagt, dass ihr Chef, ein Rechtsanwalt, sehr genau im Auge habe, wer wann geht und dass sie daher eventuell ein paar Minuten zu spät komme.

Ich gehe wieder ins Sekretariat und warte auf das Klingeln. Frau Middeldorf soll mich nicht schon auf dem Flur stehen sehen, sonst denkt sie noch, sie sei so spät dran, dass ich schon auf sie lauere. Da, es klingelt, ich gehe zur Haustür und sehe mit Erstaunen zwei Menschen mir gegenüber, beides große Gestalten.

„Guten Abend, Frau Middeldorf. Und Sie sind Herr Middeldorf?" Ich gucke dem Mann fragend ins Gesicht.

„Schulze heiß ich." Er hat zwar ein gutmütiges Gesicht, aber seine Miene ist eher verschlossen und seine Auskunft knapp gehalten. Na ja, Männer hassen es eher, sich mit den Themen zu befassen, die in einer Beratungsstelle besprochen werden. Sie vermuten, dass man über sich und seine Gefühle Auskunft geben muss, womit sie sogar recht haben! Was stand noch auf der Anmeldung? Ach ja, schulische Probleme.

Ich führe die beiden großen Menschen in mein Büro im ersten Stock, weise auf die Garderobe in der Ecke und setze mich schon mal auf meinen Stuhl. Spättermine sind immer so, als ob man seine Skischuhe nach einem Tag mit vielen Abfahrten anzieht: Erst ist das Anziehen mühsam, wenn nicht sogar schmerzhaft, aber wenn man erst drinnen ist, ist es ganz bequem und vertraut.

Die beiden hängen ihre dicken Jacken an die Garderobe, verständigen sich mit Blicken, wer wo sitzen will und nehmen Platz. Frau Middeldorf ist eine Blondine, sicher nicht ganz so echt, wie sie vorgibt, aber mit einem guten Haarschnitt und richtigen Veilchenaugen. Sie ist leicht geschminkt, aber ihre Wangen sind von Natur aus gerötet. Herr Schulze hat einen geradegezogenen Scheitel in seinem brünetten Haar und schaut mir mit seinen braunen Augen ruhig ins Gesicht. Mir fällt auf, dass er kaum einmal die Lider senkt, was ihm einen leicht stieren Blick verpasst.

„Mein Name ist Janner", leite ich das Gespräch ein. „Bevor Sie beginnen, möchte ich Ihnen mein Sprüchlein sagen, das ich allen Besuchern hier im Hause sagen muss: Die Beratung ist unentgeltlich, weil sie vom Land bezahlt wird. Außerdem: Wir haben Schweigepflicht, was bedeutet, dass aus diesem Haus keine Informationen weitergetragen werden. Wenn es notwendig sein sollte, mit jemandem zu sprechen, zum Beispiel mit der Schule, dann tue ich das nur in Absprache mit Ihnen. Ach ja, Sie sollten noch wissen, dass wir im Hause hier untereinander über die Anliegen unserer Klienten reden, damit die unterschiedlichen Aspekte der verschiedenen Professionen Berücksichtigung finden."

Ich schaue immer mit ruhigen Bewegungen von Frau Middeldorf zu Herrn Schulze, wobei ich sehe, dass er bei dem Wort „Professionen" leicht die Stirn runzelt, so dass ich mich beeile hinzuzufügen: „Wir haben hier nämlich ganz unterschiedliche Berufe im Haus, eine Ergotherapeutin, einen Arzt und zwei Sozialarbeiter. Und eine Pädagogin und mich. Ich bin Diplompsychologin. Was veranlasst Sie denn, hierher zu kommen?"

Ich lehne mich zurück und spüre, dass ich nicht ganz entspannt bin. Ich war nicht auf Herrn Schulze eingestellt, sondern auf eine alleinige Mutter, und ist Herr Schulze Vater des angemeldeten Kindes oder Freund der Mutter? Abwarten, Mara, sage ich zu mir. Außerdem schmerzt mein Ischiasnerv wieder, das Ziehen geht bis in meinen linken Fuß. Ich setze mich mehr auf die rechte Pobacke, um die linke zu entlasten.

Ich sehe, dass Frau Middeldorf und Herr Schulze Blicke tauschen, so als wollten sie sich verständigen, wer denn nun das Wort ergreift.

„Wir sind hier wegen unserer Tochter, die hat in der Schule Schwierigkeiten, so sagt es zumindest die Lehrerin. Wir sehen das zu Hause nicht, da finden wir sie ganz normal, nicht?" Frau Middeldorf wendet sich Herrn Schulze zu, der langsam nickt.

„Herr Schulze, Sie sind also der Vater von Emma, habe ich das richtig verstanden?"

„Also, wenn Sie meinen: der leibliche Vater – nein, der bin ich nicht. Aber sonst bin ich schon der Vater." Herr Schulze guckt mich mit unbewegtem Gesicht an. Frau Middeldorf nestelt an ihrer Handtasche, die sie auf dem Schoß hält. Ich wünschte, sie würde die neben sich auf den Stuhl oder auf den Boden stellen, ihre rastlosen Hände ziehen meine Aufmerksamkeit ab von dem, was beide sagen.

„Emmas leiblicher Vater ist kurz nach ihrer Geburt von uns weggegangen und hat mich hier mit den Kindern zurückgelassen. Ich glaube, er ist ausgewandert, aber das spielt jetzt ja keine Rolle. Herr Schulze ist wirklich ein guter Vater für Emma. Und für Fabian auch."

„Wann sind Sie denn in die Familie gekommen, Herr Schulze?"

„Vor zwei Jahren. Sagen Sie, muss das denn sein, dass ich das hier alles erzähle? Es geht doch um Emma, nicht um mich!" Seine Stimme ist jetzt ungehalten, und ich merke an Frau Middeldorfs Herumrutschen auf dem Stuhl, dass ihr die Situation peinlich ist. Ob sie sich für Herrn Schulze schämt oder ob sie auch darüber unangenehm überrascht ist, dass ich nach Herrn Schulzes Rolle in der Familie frage, weiß ich nicht.

„Wissen Sie, Ihnen sind Ihre Verhältnisse ja völlig selbstverständlich, aber ich höre Ihre Geschichte zum ersten Mal und muss daher viel fragen, um mir ein Bild machen zu können." Ich versuche, meine Stimme ruhig und gelassen zu halten. Wie oft habe ich schon erklären müssen, warum ich in diesem Job so viel fragen muss!

Herr Schulze murmelt etwas, aber bevor ich fragen kann, was er gesagt hat, erhebt Frau Middeldorf ihre Stimme lauter als nötig und sagt: „Ja, ja, das verstehen wir natürlich. Ist halt so ungewohnt für uns, hier zu sitzen, und von alleine wären wir auch nicht auf die Idee gekommen, Sie aufzusuchen. Aber Frau Rust, Emmas Lehrerin ..." Sie verstummt und guckt mich so hilflos an, als hoffe sie, dass ich alles errate, was ich wissen muss, und nicht weiter frage. Doch entgegen der Annahme vieler Menschen, mit denen ich zu tun habe, kann ich ihnen nicht in den Kopf schauen, auch Frau Middeldorf nicht.

Ich kenne Frau Rust. Sie ist eine der wenigen Mittfünfzigerinnen, die es an der Grundschule in Gettorf gibt, die anderen Lehrerinnen und Lehrer sind entweder kurz vor ihrer Pensionierung oder recht jung. Eine ganze Generation von Lehrkräften hat damals in den achtziger Jahren des letzten Jahrhunderts keine Stelle in der Schule bekommen, aber Frau Rust hatte es geschafft. Sie ist eine ganz kompetente Frau, streng, konsequent und gelassen; ich schätze sie sehr.

„Was bemängelt Frau Rust denn an Emmas Verhalten?"

„Ja, das haben wir eigentlich auch nicht richtig verstanden. Oder?" Frau Middeldorf wendet sich Herrn Schulze zu, der seine Schultern hochzieht, als wolle er andeuten, dass er es auch nicht wisse, aber dann sagt er: „Emma passt nicht auf. Sie träumt, sie malt in ihrem Heft herum, sie starrt aus dem Fenster. Sie macht eben nicht, was sie soll, erst wenn Frau Rust zu ihr kommt und sie gesondert auffordert, ein bestimmtes Buch aus ihrer Schultasche zu nehmen, dann gehorcht sie. Zu Hause ist sie gar nicht so, da macht sie immer sofort, was sie soll."

„Nun ist Emma ja in der ersten Klasse, und es gibt Kinder, die brauchen ein bisschen mehr Zeit, um sich auf die Schule einzustellen. War sie im Kindergarten denn auch so verträumt?"

„Sie war nicht im Kindergarten", sagt Frau Middeldorf langsam.

„Ach, und warum nicht?"

„Das ist eine lange Geschichte, das hat aber mit unserem Anliegen hier nichts zu tun. Glauben Sie mir, das ist völlig unwichtig." Frau Middeldorf traktiert wieder ihre Tasche, und als sie merkt, dass ich meine Augen auf ihre Tasche richte, stellt sie die neben sich auf den Stuhl, worüber ich sehr zufrieden bin.

Ich mache auf meinem Schreibblock, den ich auf dem Schoß halte, ein kurzes Stichwort: „Kiga nein". Es hat keinen Sinn, jetzt doch auf einer Erklärung für den Nicht-Besuch des Kindergartens zu bestehen, denn erstens muss ich noch ein paar Informationen einholen über Emma, und zweitens will ich meine Besucher bei Laune halten, dem Kind zuliebe, das ich noch gar nicht kenne.

So frage ich also meine Standardfragen nach Schwangerschaft, Geburt und ersten Lebensjahren, Krankheiten, Auffälligkeiten in der Entwicklung und ob Emma Lust auf die Schule hatte. Die Informationen geben mir erst einmal keine Idee, was mit Emma los sein könnte, ich muss sie mir selbst in der Schule ansehen.

„Ist denn Ihr Sohn älter oder jünger?“ Der Satz ist mir gerade noch eingefallen!

„Älter, wieso? Frau Middeldorf hat das doch schon indirekt gesagt!“ Herr Schulze guckt mich herausfordernd an. Seine braunen Augen schauen unverwandt, ohne dass er zwinkern muss. Wie macht der das?

„Manchmal spielt es eine Rolle, dass das Geschwisterkind älter oder jünger ist. Wie alt ist er denn? Geht er auch auf die Grundschule?“ Ich ziehe es vor, auf Herr Schulzes Zusatzbemerkung nicht einzugehen, aber recht hat er.

„Nein“, sagt Frau Middeldorf und lächelt ganz eigentümlich, was ich aber nicht deuten kann. „Er ist schon auf dem Gymnasium in Gettorf, er ist ja schon zwölf. Und ein guter Schüler ist er auch.“ Es ist, als wolle sie einer möglichen Frage von mir zuvorkommen. Ohne ihre Tasche sind ihre Hände auch zur Ruhe gekommen.

„Gibt es weitere Bezugspersonen, die mit Emma im Alltag zu tun haben?“ Ich merke selbst, dass dieser Jargon bei Herrn Schulze nicht gut ankommt, aber die Stunde geht dem Ende zu, und ich will noch schnell meine innere Fragen-Liste abarbeiten.

„Wenn Sie meinen, wer noch bei uns mit im Hause lebt: keiner. Ab und zu geht Emma auch zu meinem Bruder und dessen Frau, einmal in der Woche ist das sogar notwendig, weil meine ... äh, weil Frau Middeldorf und ich an dem Tag beide lange Dienst haben."

„Was arbeiten Sie denn, Herr Schulze?" Gleich fragt er mich, was das denn mit Emmas Schulschwierigkeiten zu tun hat, denke ich und seufze innerlich.

„Was hat das denn mit Emmas Schulschwierigkeiten zu tun?" Herr Schulze guckt mich skeptisch an.

„Ich frage das, um schon mal im Vorgriff zu erfahren, ob mögliche Ressourcen in der Familie vorhanden sind. Also, ob jemand in der Familie ihr bei gewissen Dingen helfen kann, zum Beispiel mit ihr, wenn es nötig sein sollte, ein paar Konzentrationsübungen machen kann." Er hat ja ein Recht darauf, den Hintergrund meiner Fragen zu erfahren, aber ein bisschen lästig ist das schon.

„Ich bin bei der Polizei." Kein Wort zu viel, keines zu wenig.

Ich schweige, weil ich mich kurz fragen muss, ob ich jetzt alles weiß, was ich im Erstgespräch gerne wissen möchte. Die beiden schweigen auch, wobei Herr Schulze regungslos sitzt, Frau Middeldorf aber unruhig mit ihren Fingern an der Manschette von ihrer Bluse spielt. Um den beiden noch die Gelegenheit zu geben, abschließende Fragen loszuwerden oder Informationen, die sie für wichtig halten, gucke ich erwartungsvoll hoch, ernte aber nur einen starren Blick von Herrn Schulze, und Frau Middeldorf senkt die Augen auf ihre Hände, gepflegte Hände, wie ich neidlos anerkenne, mit kurz geschnittenen Nägeln, die farblos lackiert sind. Ich bin immer zu faul dazu, meine Nägel zu lackieren.

„Ich mache dann mal den Vorschlag, dass ich mir Emma in der Schule ansehe, damit ich mir einen eigenen Eindruck verschaffen kann. Bitte sagen Sie Emma nicht, dass ich in die Klasse kommen werde, sonst spielt sie mir vielleicht etwas vor, was für sie gar nicht typisch ist. Nach der Hospitation in der Schule, also nach meinem Besuch dort, entscheide ich, ob ich Emma zum Kennenlernen hierher einlade und sie dann teste, oder ob wir uns vorher wieder zu dritt treffen sollten. Sie werden auf alle Fälle von mir hören."

Frau Middeldorf und Herr Schulze stehen gleichzeitig auf, so dass ich mich beeilen muss, meine Beine zu sortieren und auch aufzustehen. Mein linkes Bein nimmt diese Bewegung erst einmal übel und rächt sich mit einem scharfen Stich, der mir über das Knie in den linken Fuß schießt. Ich habe den Eindruck, dass die beiden erleichtert darüber sind, dass die Sitzung vorbei ist, und ehrlich gesagt: Ich bin es auch!

Das war heute ein langer Tag, und er ist noch nicht zu Ende, weil ich noch schnell zum Supermarkt nach Surendorf fahren muss, um die vergessene Spinatpackung zu kaufen, an die ich am letzten Freitag nicht gedacht habe. Dann ab nach Hause, Essen machen; vielleicht ist Nina da und kann ein bisschen mithelfen.

Nina ist meine Tochter, die mir zurzeit ziemlichen Kummer bereitet, weil sie gerade den Führerschein macht. Nicht, dass ich Angst davor hätte, dass sie in den Graben fährt oder bei einer Kreuzung nicht aufpasst; ich habe Angst davor, dass sie ein Verhältnis mit Herrn Gruber beginnt, der bekanntermaßen ein „toller Hecht" ist und auf solch aparte Schönheiten wie Nina fliegt. Das könnte mir eigentlich egal sein, schließlich wird Nina in Kürze volljährig, aber es ist mir nicht recht, dass dann alle Welt davon wissen wird, denn hier auf dem Land spricht sich so etwas in Windeseile herum. Unsere Welt hier ist nämlich klein, und wenn der Bauer Landgriebe wieder seine Frau verhaut, erfahre ich das am nächsten Sonnabend, während ich bei Siemen am Wagen stehe, um frische Butter zu kaufen. Siemen fährt den Milchwagen, seitdem ich denken kann, und da wir so abgelegen im äußersten Winkel des Birkenmoors, genannt „Kleines Moor", wohnen, ist es mir sehr recht, dass er einmal die Woche kommt. Nur Spinat hat er nicht.

Ich packe meine Sachen zusammen, schaue, was auf dem Schreibtisch nicht offen herum liegen sollte, weil abends um zehn Uhr die Putzfrau kommt (sie heißt Karin und war in Gettorf auf der Schule, obwohl sie in eine Förderschule gehört hätte, aber die gab es damals im weiten Umkreis nicht. Aber als Reinigungskraft ist Karin spitze!). Karin kann, wenn auch mit Mühe, lesen. Sollte sie einen Namen auf meinem Schreibtisch entdecken, den sie kennt, hätte sie keine Hemmungen, sich das Geschriebene mal anzusehen. Daher muss ich immer dafür sorgen, dass mein Schreibtisch blank ist. Nach einem letzten Blick durchs Zimmer lösche ich das Licht, lege Anna das Blatt mit der Anmeldung von Emma in ihr Fach, damit auch dieser Fall eine laufende Nummer bekommt, schließe die Haustür ab und gehe zu meinem Auto. Wir sollten hier wirklich noch ein Licht auf dem Parkplatz anbringen lassen! Der Schein der Lampe neben der Haustür reicht einfach nicht weit genug. Ich werde das auf unserer nächsten Teamsitzung doch noch mal sagen, in der Hoffnung, dass die anderen mir zustimmen. Alfons hat für Wünsche, die unserem Wohlbefinden dienen, eigentlich immer ein Ohr, solange der Etat reicht.

Ich fahre einen Opel Combo, weil er hinten schön viel Platz hat. So was braucht man auf dem Land, weil da mal eine Schubkarre zu transportieren ist oder Säcke mit Laub im Herbst zur Deponie geschafft werden können und der wöchentliche Großeinkauf hineinpasst. Von der Beratungsstelle aus fahre ich gerne zum Supermarkt nach Surendorf, weil der nur einen Katzensprung weit entfernt ist. Die eichenbestandene Straße hinunter fahre ich in fünf Minuten.

Auf meiner Fahrt durch die dunkle Allee muss ich noch einmal kurz an die letzte Stunde denken. Warum war der Schulze so kurz angebunden? Warum war Frau Middeldorf so nervös? Irgendwas an deren Auftreten und an deren Informationen kommt mir seltsam vor, als wollten sie mich nicht in alle Ecken ihres Lebens schauen lassen. Das ist aber doch verständlich, sage ich mir, das würde ich doch auch nicht wollen. Aber ich würde dabei freundlicher sein, um mir das Wohlwollen meines

Gegenübers nicht zu verscherzen. Es war eben auch die Art, wie die beiden mir ihre Auskünfte gegeben haben: sie so nervös und er so, als müsse er hochgradig aufmerksam sein.

Ich habe gar nicht gefragt, wo Herr Schulze als Polizist tätig ist, vielleicht in Kiel? Ich muss mal Norbert fragen, der kennt sich bei den Behörden ganz gut aus. Schließlich ist er Rektor der Hauptschule in Gettorf und hat öfter mit Ämtern zu tun. Auch wegen mancher der älteren Schüler, die zum Beispiel eine Keilerei provozieren, dann fotografieren und ins Internet stellen. Die Verhältnisse an den Schulen – Verhältnisse! Bei dem Wort war im Gespräch mit der Middeldorf und dem Schulze irgendetwas merkwürdig. Richtig, Herr Schulze hatte etwas gemurmelt, und Frau Middeldorf hatte eilig ihre Stimme erhoben. Na, war vielleicht nicht so wichtig.

Das Päckchen Spinat im Supermarkt ist schnell geholt. Im Dezember gibt es kaum Touristen in dieser Gegend, so dass die Schlangen an den Kassen kurz sind. Ich bin auch froh darüber, dass ich keinen treffe, den ich kenne, weder Klienten, die manchmal erwarten, dass ich auch im Supermarkt für sie da bin, oder Kollegen, die noch eben einen Plausch halten wollen.

Nina ist zu Hause und hört in ihrem Zimmer laute Musik. Na, ich bin froh, dass sie nicht, wie letzte Woche, erst um dreiundzwanzig Uhr nach Hause kommt, wer weiß, wo sie da mit Herrn Gruber rumgetourt ist!

Ich brate die Salzkartoffeln vom Vortag, lege den Spinat in einen Topf mit zwei Esslöffeln Wasser, presse eine Knoblauchzehe durch, salze und pfeffere das Ganze und hole dann die Eier aus dem Kühlschrank. Währenddessen kann ich hören, dass Norbert nach Hause kommt. Er scheint die Schuhe auf dem Flur auszuziehen, wie er es immer macht, aber anstatt danach ins Bad zu gehen, um sich dort die Hände zu waschen, höre ich, dass er die Treppe zu Nina hochgeht. Ich öffne die Küchentür und lausche. Ich höre beider Stimmen, aber die Musik übertönt ihre Worte, so dass ich nicht verstehe, was jeder einzelne sagt.

Dann geht oben wieder die Tür, Norbert stapft die Treppe herunter, und oben in Ninas Zimmer wird die Musik ausgestellt. Ich husche zum Herd und tue so, als hätte ich mich von dort nicht wegbewegt.

„Hallo Schätzele!" Norbert kommt zu mir und gibt mir einen Schmatz auf die Wange, hat den Blick jedoch auf den Topf gerichtet. „Was gibt's denn heute?"

„Spinat mit Kartoffeln und Ei." Ich sage das ein bisschen vorsichtig, wie unter Vorbehalt, weil es dieses Essen vor drei Tagen auch schon gab – geht halt schnell. Aber Norbert kommentiert das nicht und wendet sich nur ab. Er mault nie über das Essen, was ich sehr an ihm schätze. Wenn es ihm mal nicht schmeckt, isst er trotzdem, aber nimmt nicht zum zweiten Mal.

„Nina ist wieder mit dem Schnösel gesehen worden, dem Gruber", sagt er und setzt sich an den Tisch. „Das muss doch nicht sein, dass die in aller Öffentlichkeit schmusen, hat sie das denn nötig? Ich hab ihr gerade gesagt, sie möge dafür sorgen, dass ich das nicht noch einmal hören muss. Ihre Laune ist entsprechend, sei gewarnt." Mit verärgertem Gesicht greift er zu seinem Wasserglas und trinkt, dann stellt er es mit zu viel Wucht wieder auf den Tisch zurück, so dass ich sehen kann, wie das Wasser im Glase schwappt.

Ich gehe zur Tür und rufe die Treppe hoch: „Nina, komm essen!", dann fülle ich Norbert und mir die Teller auf und setze mich. Von oben ist nichts zu hören, es ist fraglich, ob Nina herunterkommt.

„Wie war dein Tag?" fragt Norbert und schaut mich an. „Siehst müde aus, meine Liebe, du könntest auch mal wieder Urlaub gebrauchen, was?"

„Ach, war gar nicht so schlimm. Nur noch ein Spättermin, der mich ein bisschen ratlos macht. Eigentlich, von der Anmeldung her, nichts Besonderes, angeblich so eine Schulproblematik, aber ich fand die Eltern – ungewöhnlich, nein, das ist zu stark ausgedrückt. Irgendwas stimmte da nicht, aber das muss ja nichts bedeuten. Ist nur so ein Gefühl. Guten Appetit."

Als wir mit dem Essen gerade fertig sind, hören wir Nina die Treppe herunterkommen. Sie reißt die Tür auf und schimpft: „Warum sagt mir denn keiner Bescheid, dass es was zu essen gibt? Och, schon wieder Spinat, hatten wir das nicht schon gestern? Kann man denn in diesem Hause nicht ..." Sie vergisst, was sie sagen will, als ihr Blick auf den Nachtisch fällt, den ich ihr zuliebe hingestellt habe: für jeden von uns ein Schälchen Tiramisu.

Norbert erzählt von einem Kollegen, der die nächsten zwei Monate ausfallen wird, weil er zur Kur geht. Der Stundenplan muss nun neu geplant werden, die übrigen Kolleginnen und Kollegen bekommen noch ein Päckchen mehr Arbeit auf die Schultern gelegt. Ich weiß, dass es Norbert sein wird, der dadurch am meisten belastet sein wird, aber das äußere ich nicht, denn ich weiß, er will das nicht hören.

Nina futtert schweigend, sie ist mit ihren Gedanken ganz woanders, entweder bei ihrer Liebe oder bei ihren Freundinnen, bei dem neuesten Hit oder bei der Schule. Ich kenne mich in ihrem Kopf nicht mehr aus und habe beschlossen, das auch nicht mehr zu müssen. Plötzlich fällt mir ein, dass ich Norbert noch was fragen wollte. Was war das nur? Ach ja!

„Schatz, kennst du bei der Polizei einen Schulze?"

„In Gettorf? Nö, da sind doch nur die beiden Meiers, also Maier mit ai und Meyer mit ey, dann der Neue, wie heißt der noch? Ach, jetzt weiß ich, Halvermann heißt der, kann man sich bei dem gut merken, weil der so schlank ist wie ein halber Mann. Den Namen von der Schreibkraft weiß ich nicht."

„Die heißt Melina", sagt Nina mit einer Verachtung, als wüssten wir unsere eigenen Namen nicht.

„Woher weißt du das?" frage ich erstaunt.

„Tja, warum sollte ich das nicht wissen?" Nina belässt es bei diesem Satz, der uns keine Auskunft geben soll. Dann eben nicht. Manchmal kommen mir unsere Gespräche vor, als würden wir einander etwas beweisen: wer schlauer ist, wer besser informiert ist oder wer sich die tieferen Gedanken um das Weltgeschehen macht, und sei es die ländliche Welt um uns herum. Das ist aber erst so, seitdem Nina in der Pubertät entdeckt hat, dass wir Eltern nicht alles besser wissen, bisweilen ebenso ratlos sind wie sie und durch ihre Bemerkungen verletzbar sind.

„Dann muss der Schulze aus der Stadt sein. Na, ist vielleicht auch nicht so wichtig. Hätte mich nur interessiert." Ja, warum eigentlich? Um zu wissen, ob er hier zur ländlichen Bevölkerung gehört? Dann könnte ich ihn besser einschätzen, zumindest bilde ich mir das ein. Vielleicht ist es auch nur so, dass ich dann jemanden wie Siemen fragen könnte, was er über Schulze weiß, obwohl Norbert es gar nicht schätzt, unseren Milchhändler für diese Zwecke zu benutzen.

Hospitation in der Schule

Ich klopfe an das Lehrerzimmer, obwohl die Tür nur angelehnt ist, aber ich will mich wenigstens bemerkbar machen. Kann ja sein, dass das Kollegium gerade über ein Thema spricht, das nicht für meine Ohren gedacht ist, obwohl ich sagen muss: Mir werden hier mit einer Offenheit Sachverhalte erzählt, die ich gar nicht wissen will! Über Privates der Lehrerinnen ebenso wie über unsere Klienten oder deren Anverwandte, das alles in einem freundlich-interessierten Ton, nie abfällig, was ich sehr schätze.

„Herein", tönt die klare Stimme von Frau Rust, zu der ich ja wegen Emma auch will. Das Lehrerzimmer ist bis auf Frau Rust leer, der ovale Tisch ist mit Heften, Zetteln, Kaffeetassen und einem großen Teller mit Keksen voll bepackt. Ein bisschen Adventsschmuck, Tannenzweige mit leicht zerdrückten Sternen, fristet ein liebloses Dasein inmitten der Unordnung. Ich könnte in dieser Unordnung nicht arbeiten, aber muss ich ja auch nicht.

„Ich sage Ihnen mal noch gar nichts zu Emma, um Sie nicht zu beeinflussen", sagt Frau Rust, während sie mich mit einem kurzen festen Händedruck begrüßt. „Inhaltlich geht es um Folgendes: Wir haben gestern den Buchstaben ‚F' durchgenommen, und die Kinder sollten als Hausaufgabe Wörter suchen, die mit F beginnen oder in denen ein F vorkommt. In der zweiten Stunde führe ich dann den Buchstaben ‚R' ein, da kann ich einen Rückgriff machen, denn ich habe den Kindern vor zwei Wochen das Märchen von Rapunzel vorgelesen. Heute habe ich eine kurze Bildergeschichte von Janosch zu ‚Rapunzel' vorbereitet, die lese ich den Kindern erst vor, dann dürfen sie die Bilder dazu ausmalen." Sie wirft einen Blick auf ihre Uhr, greift dann zu ihrer Tasche und wie auf Kommando beginnt die Glocke ihren Dreiklang, der zur nächsten Stunde ruft.

Wir gehen mit einem Pulk schnatternder kleiner Menschen die Treppe hoch, wo Frau Rust ihr Klassenzimmer hat. Der Lärm ist ohrenbetäubend, und ich frage mich, ob ich solch eine Belastung in meiner Arbeit aushalten würde. Wahrscheinlich nicht. Wie so häufig bin ich froh, dass ich in der Beratungsstelle einen eigenen Raum habe, in dem höchstens eine Familie ihre Stimme erhebt. Laut kann es nur in den Mediationen werden, aber bei denen ist nicht die Lautstärke der Stimmen am schwierigsten auszuhalten, sondern die feindliche Atmosphäre.

Frau Rust öffnet energisch die Tür zum Klassenzimmer der ersten Klasse, wo im Vorraum ein Mädchen damit beschäftigt ist, sich die Stiefel auszuziehen, aber mit dem Reißverschluss nicht fertig wird. Frau Rust hilft ihr, gleichzeitig ermahnt sie einen Jungen, der hereinstürmt, seine auf den Boden geworfene Jacke an einen Haken zu hängen, dann trennt sie mit einer Hand zwei Jungen, die sich rangelnd durch die Tür wälzen und einem anderen Kind zieht sie die Hosen höher, die bis in die Kniekehlen hängen. Bewundernswert, was Frau Rust mit dieser Ruhe alles gleichzeitig macht!

Im Klassenzimmer stellt sie mir einen Stuhl an die Längsseite des Raumes, ihre Tasche legt sie aufs Pult, dann stellt sie sich vor die Klasse und legt ihren Zeigefinger auf den Mund als Zeichen dafür, dass nun Ruhe einzukehren hat. Ich zähle kurz durch: neunzehn Kinder sind in dieser Klasse, neun Mädchen, zehn Jungen. Wer mag Emma sein?

Ich lasse mir das jeweilige Kind nie zeigen, sondern schaue erst einmal unvoreingenommen, wer mir durch sein Verhalten auffällt. Bei den lebhaften Kindern, die mir wegen ihrer Hyperaktivität und Aufmerksamkeitsschwäche gemeldet werden, ist das kein Problem, sie zu identifizieren: Der letzte Junge fiel neben mir mal eben vom Stuhl, mit dem er gekippelt hatte, da wusste ich Bescheid. Aber die Stillen sind eine ganz andere Geschichte, da muss man gut auseinanderhalten, ob das Kind ruhig und gelassen ist, weil es in sich ruht, oder ob es seine Lebensäußerungen eingestellt hat, weil es Angst hat oder unsicher über sich und sein Verhalten ist. Auf den ersten Blick kann man beide Erscheinungsformen der ruhigen Kinder verwechseln.

„Guten Morgen, Kinder. Heute haben wir Besuch, das ist die Frau Janner. Sie will mal sehen, wie gut ihr in der Schule mitarbeitet. Sagt ihr bitte ‚Guten Morgen‘."

„Guten Morgen, Frau Janner", leiern die Kinder in diesem bekannten Rhythmus, und ich antworte betont frisch: „Guten Morgen, Kinder!"

Dann höre ich jede Menge Wörter, die mit F beginnen (oder auch nicht: der Vogel wird auch genannt) oder ein F in der Mitte haben. Die Stimmung in der Klasse ist geschäftig, aber nicht laut, nur einmal gibt es einen kleinen Zwischenfall: Ein Mädchen in der hintersten Reihe, dem vorne im Mund noch die Schneidezähne fehlen, nennt als Beispiel für ein F in der Mitte eines Wortes „Brennneffel".

Erst stutzt Frau Rust und ich mit ihr, bis wir begreifen, was Kathi meint: Brennnessel! Als ich das kapiere, muss ich schnell in meine Tasche abtauchen und nach etwas suchen, was nicht auffindbar ist, um mein Lachen zu verbergen. Ich frage mich, wie Frau Rust ihre Fassung behält, vielleicht kennt sie diesen Vorschlag schon von früheren Erstklässlern ohne Zähne, oder sie hat ein Heft, in dem sie die lustigen Begebenheiten, die sie während ihres langen Berufslebens erlebt hat, sammelt, und ist nun froh, wieder ein weiteres Beispiel zu hören. Die Klasse kichert schließlich, als Frau Rust erklärt, was Kathi meint, und zwei Jungens rufen andere Wörter nach demselben Prinzip in die Klasse.

Dann führt Frau Rust den neuen Buchstaben R ein und erinnert an **R**apunzel, die ihr Haa**r** he**r**unte**r**lassen sollte, als sie in einem Tu**r**m saß. Frau Rust betont die Rs, indem sie sie rollt, was die Kinder amüsiert und dazu anstiftet, sofort selbst das R in den Wörtern zu rollen.

In der nächsten Viertelstunde höre ich so viele Wörter mit R, dass ich selbst beginne, mir Rosenstock, Rübensaft, Rattengift und Recke auszudenken, aber Emma habe ich noch nicht entdeckt. Vielleicht ist es das dunkelhaarige Kind, das mir dadurch auffällt, dass es immer ein wenig später als die anderen seinen Arm zum Melden in die Luft streckt? Oder das Mädchen hinter ihr, das sich gerade in seinem Buch Zeichnungen ansieht, die bestimmt nicht zu Rapunzel gehören?

Frau Rust, deren Namen auch als R-Beispiel genannt worden ist, von dem kleinen Kerlchen am ersten Tisch, der den seltenen Namen Liam trägt, verteilt nun die angekündigte Janosch-Geschichte, die vom Frosch und der Tigerente handelt. Frau Rust liest vor, was in den Sprechblasen steht und kommentiert die Zeichnungen. Mir gibt sie auch ein Blatt, so dass ich sehe und mitlesen kann, was sie vorliest. Ich überfliege schon einmal den Text und amüsiere mich darüber, wie Günter Kastenfrosch mit seiner plumpen Pfote das Band der Tigerente ergreift, zieht, und auf die Nase fällt. Die Tigerente schaut stoisch vor sich hin.

„Seht mal das obere Bild auf der rechten Seite. Der Frosch sagt zur Tigerente: ‚... sie zu befreien. Er stellt sich unten auf und ruft: Rapunzel, Rapunzel, lass doch mal dein Haar herunter‘. Und dann auf dem Bild darunter sagt der Frosch: ‚Rapunzel lässt nun ihr Haar herunter, und der wundersam schöne Prinz ergreift es mit seiner Pfote ...‘ Nächste Seite: ihr seht, Kinder, wie der Frosch jetzt an der Tigerente zieht, der Karton fällt um, Frosch und Ente liegen auf dem Boden, und der Frosch sagt noch: ‚... stürzt in einen tiefen Abgrund.‘“ Frau Rust klappt das Buch ‚Günter Kastenfrosch‘, aus dem sie die Geschichte vorgelesen hat, zu und schaut hoch. Ich bemerke in ihrem Gesicht eine plötzliche Veränderung, Bestürzung ist das, und ich folge ihrem Blick. Sie schaut auf ein blond gelocktes Kind in einem pinkfarbenen Oberteil, dessen Gesicht tränenüberströmt ist, aber es gibt keinen Laut von sich.

Frau Rust geht zu dem Mädchen und fragt leise: „Emma, was ist?“, aber die ganze Klasse kann den Satz hören, weil es mucksmäuschenstill geworden ist. Emma schweigt, schluchzt nur noch einmal auf und versteckt dann ihr Gesicht in ihrer Armbeuge. Frau Rust legt ihre Hand auf die kleine Schulter und sagt zu den Kindern: „Nun dürft ihr eure Buntstifte aus dem Etui nehmen und anfangen, die Bildergeschichte auszumalen. Nehmt so viel unterschiedliche Farben, wie ihr könnt, damit die Bilder recht bunt werden. Die können wir dann im Klassenraum aufhängen.“ Dann beugt sie sich zu Emma hinunter und flüstert ihr etwas ins Ohr, was nun wirklich keiner versteht, weil sofort ein Gemurmel und das Geklapper von Etuis und hochgezerrten Schultaschen einsetzt.

Das ist also Emma!

Als es zur Pause gongt, gehe ich zu Emma und hocke mich vor ihrem Tisch nieder, was mir immer schwerer fällt mit meinen sechsundvierzig Jahren, aber es ist mir wichtig, auf Augenhöhe mit ihr zu sprechen. Mein Ischiasnerv grüßt mit einem Blitz in den linken Fuß, aber um den kann ich mich jetzt nicht kümmern.

„Hallo Emma, ich kenne deine Mama. Hättest du denn mal Lust, mit ihr zusammen in die Beratungsstelle zu kommen, wo ich arbeite?“

„Ist es, weil ich geweint habe?“ fragt sie flüsternd. Sie fährt sich mit der Faust über die kleine rote Nase und wischt sie verstohlen an ihrer Jeans ab.

„Nein, deswegen nicht. Ich würde auch gerne mit dir mal ein Quiz machen, um zu sehen, was du schon alles weißt. Kennst du so etwas?“

„Nein, was ist das denn?“

„Das sind Rätselfragen. Darf ich deine Mama anrufen und fragen, ob ihr beide kommt? Oder möchtest du lieber mit ...“ Ich weiß nicht, wie Emma Herrn Schulze nennt und frage daher: „Wie nennst du Herrn Schulze? Papa?“

„Meinst du den Frieder? Nee, ich komme lieber mit der Mama.“ Sie wird jetzt lebhafter, zieht noch einmal die Nase hoch und schaut mich mit mehr Vertrauen an als vorher.

Ich verabschiede mich daraufhin von Emma und mache mich auf den Weg zum Lehrerzimmer, wo ich auf Frau Rust warten soll, die sich an ihrem Pult noch mit ein paar Kindern unterhält. Vereinzelte Kinder schreien mir noch ein „Tschühüs“ hinterher, als ich meinen Stuhl hinten ins Klassenzimmer an die Wand stelle und mich der Tür zuwende. Im Treppenhaus schallen die Kinderstimmen von Wand zu Wand, am liebsten würde ich mir die Ohren zuhalten. Im Flur zum Lehrerzimmer ist es ruhiger, ich hole mir eben eine Banane aus der Tasche, als Frau Rust um die Ecke biegt. Sie schließt die Tür zum Lehrerzimmer auf und sagt zu mir: „Essen Sie nur. Unter dem Waschbecken ist ein Abfalleimer.“

Wir setzen uns an einen kleineren Tisch, wo es ein bisschen gemütlicher ist, als an dem großen ovalen Tisch des Kollegiums. In einer Ecke kramt eine ältere Lehrerin, die ich nur flüchtig kenne, in ihren Unterlagen, aber ansonsten sind wir ungestört.

„Haben Sie so etwas wie heute schon einmal mit Emma erlebt?“ frage ich.

„Nein, nie, auch nicht, als wir vorige Woche schon ‚Rapunzel‘ gelesen haben. Das war ganz untypisch. Eigentlich verhält sie sich sonst genau gegenteilig. Sie sieht aus wie desinteressiert, guckt sich nicht die Seite an, auf der sie arbeiten soll, malt in ihrem Heft herum, obwohl sie gerade rechnen soll oder kaut selbstvergessen auf ihrem Bleistift, während sie aus dem Fenster schaut. Es ist auch schon vorgekommen, dass sie den Finger in der Nase hatte und eifrig bohrte, ohne dass sie gemerkt hätte, was sie da macht. Wenn ich sie dann anstupse, ist ihr das schrecklich peinlich, aber ich möchte nicht, dass die anderen Kinder ihr Nasebohren bemerken und sie damit aufziehen. Ich weiß nicht, was mit dem Kind los ist, aber ich kann Ihnen versichern, dass ich so ein Kind noch nie in meiner Klasse hatte. Noch ein Zusatz: sie ist nicht widerborstig, das ist also nicht der Grund, warum sie manchmal etwas anderes macht als das, was gerade dran ist, nein, es ist, als lebe sie in einer anderen Welt. Aber das ist eine, in der ich nicht leben möchte! Wenn sie zurückkehrt in ‚unsere Welt‘, weil ich sie aufrufe, erschrickt sie wie nach einem Albtraum.“

Frau Rust guckt mich eindringlich an. Ich drücke mir mit leichter Mühe den letzten großen Bissen von der Banane durch die Kehle und frage: „Kennen Sie die Eltern?“ wobei mir klar ist, dass diese Formulierung ein bisschen schillernd ist, aber ich weiß nicht, inwieweit Frau Rust über die Familienverhältnisse der Familie Middeldorf/Schulze informiert ist, und es ist wegen der Schweigepflicht nicht meine Aufgabe, sie davon in Kenntnis zu setzen.

„Ja schon, aber natürlich nicht intensiv. Bei der Anmeldung war Frau Middeldorf hier in der Schule, aber bei dem ersten Elternabend war ein großer Mann mit dabei, den sie mir als Herrn Schulze vorstellte. Wenn wir Montagsmorgens unseren Stuhlkreis haben und erzählen, was wir am Wochenende gemacht haben, erzählt Emma manchmal von einem Frieder, das ist wohl der Herr Schulze. Was sie erzählt, klingt nicht anders als das, was die anderen Kinder erzählen. Also: was sie im Fernsehen gesehen haben, dass sie die Oma besucht haben oder ...“ Frau Rust macht plötzlich ein überraschtes Gesicht und sagt: „Mir kommt gerade die Idee, dass Emma vielleicht gar nicht erzählt, was sie wirklich macht, sondern das, was sie von den anderen Kindern gehört hat. Ich will mal darauf achten, ob sie auch etwas Besonderes, Einmaliges zu erzählen hat, nicht das Gängige. Na, hat sich ja schon gelohnt, Frau Janner, dass Sie da waren. Wenn man mal mit jemand Außenstehendem über seine Tätigkeit nachdenkt, kommt man ja doch auf andere Ideen. Sonst schmoren wir hier nämlich alle in unserem Saft, stimmt’s, Luise?“

Frau Rust wendet sich der einsamen Gestalt am Ende des langen Tisches zu, die dort etwas zu lesen scheint. Zu mir gewendet sagt Frau Rust: „Das ist meine Kollegin Mönkeberg. Sie unterrichtet Emma in Religion.“

Ich grüße hinüber zu Frau Mönkeberg, die mit einer zarten warmen Stimme sagt: „Ja, die Emma ist ein seltsames Kind. Ich glaube, dass die nicht gut schläft.“

„Wieso das?“ frage ich verblüfft und stehe auf, um zu ihr hinüber zu gehen.

„Nur so eine Idee“, sagt Frau Mönkeberg und liest weiter, womit sie mir unmissverständlich sagt, dass sie das Gespräch nicht weiterführen will.

Teamsitzung

Heute haben wir Teamsitzung, auf die ich mich immer freue, weil Alfons, unser Chef, ein netter witziger Kerl ist und ich meine Kollegen und die Kolleginnen endlich mal in Ruhe sehen kann, um mich mit ihnen auszutauschen. Sonst flitzen wir am Tag nur hektisch aneinander vorbei, nicken uns zu und holen eines der Kinder oder deren Eltern aus dem Wartezimmer ab.

Alfons kennt alle Kinder, weil er sie körperlich untersucht. So manches Kind, das bei uns mit angeblich psychischen Problemen vorgestellt wurde, erwies sich als kurzsichtig oder halb taub, daher haben wir die körperliche Untersuchung als Routineverfahren im Ablaufplan der Diagnostik.

Als ich in den Raum komme, sitzen Alfons und Kira, die Ergotherapeutin, schon am Tisch und reden über ein Kind. Wir geben uns die Hand, ohne dass die beiden ihr Gespräch unterbrechen. Das läuft hier unter „normal" und wird nicht als Unhöflichkeit gewertet, weil unsere Zeit einfach zu kostbar ist. Kira schaut mich nur schnell an und lächelt mir verschmitzt zu.

Der Besprechungsraum ist übrigens das schönste Zimmer im Haus, weil nach Osten gelegen, so dass wir hier morgens oft bei Sonne sitzen und im Sommer sogar die Vorhänge vorziehen müssen, um einander sehen zu können. Aber im Winter sind wir zu Beginn der Sitzung oft Zeugen eines dramatisch schönen Sonnenaufgangs, wenn der glasklare Himmel am Horizont glutrot aufleuchtet, um in ein pastellfarbenes Orange und dann sanfteres Gelb überzugehen. Heute ist der Himmel nur langweilig dunkelgrau.

Mit der Zeit trudeln auch die anderen ein: Joschka und Eddie, die beiden Sozialarbeiter, und als Letzte kommt Gabi, die immer ein bisschen zerstreut ist, außer sie arbeitet gerade mit Kindern, da ist sie aufmerksam wie ein Luchs. Aber mit der bürokratischen Seite unserer Arbeit steht sie auf Kriegsfuß. Wenn Anna ihr nicht helfen würde, ihre Akten zu führen, würde ihre

Statistik, die wir alle am Ende des Monats machen müssen, im Chaos versinken. Ohne Anna würde hier sowieso alles drunter und drüber gehen, denn bei ihr laufen alle Fäden zusammen. Sie führt die Akten, macht uns die Termine, schreibt uns die Berichte und kocht uns bei Kopfschmerz oder schlechter Laune einen schönen Tee, den sie auf einem kleinen Tablett mit Kluntje und Sahne serviert. Alfons sagt dann schnell „Das sollst du doch nicht ...“, um sofort gierig zu seiner Tasse zu greifen.

Als Anna mit zwei Aktenordnern unter dem Arm den Raum betritt, verstummen die Gespräche, denn es ist klar: Jetzt eröffnet Alfons die Teamsitzung; wegen der knappen Zeit haben wir die Selbstverpflichtung, Nebengespräche in der Sitzungszeit zu unterlassen.

„Guten Morgen, ihr Lieben! Ich hoffe, ihr habt viel Kraft mitgebracht, denn wir müssen heute das Beratungsstellentreffen im Dezember vorbereiten. Dazu gehört, dass wir die Statistik fertig haben, weil die Zahlen dort verglichen werden, und dass wir unser Trennungs-/Scheidungskonzept überarbeitet haben. Aber beginnen wir mit den Neuanmeldungen: Wie viele hast du im Ordner, Anna?“

„Siebzehn. Ich wollte noch daran erinnern, dass es für den Triple-P-Kurs drei weitere Anmeldungen gegeben hat, ein Paar aus Linthöft und eine Mutter aus Jellenbeck. Die kennen wir schon, die war mal bei dir, Mara. Eine Frau Schütte.“

„Stimmt, die kenne ich, der Sohn heißt Mark. Oh, gut, dass die sich dafür entschieden hat.“

Die siebzehn Anmeldungen, die während der Woche meist telefonisch aus dem Einzugsgebiet „Dänischer Wohld“ ins Haus gekommen sind, werden verteilt, was Alfons, der eine Leidenschaft für schiefe sprachliche Bilder und falsche Fremdwörter hat, dazu veranlasst zu bemerken: „Da müsst ihr euch aber hinterknien oder wirklich hineinklemmen, damit ich auf dem Treffen der Beratungsstellen glänzen kann.“ Dabei grinst er uns an, ob glücklich über seine bewusste sprachliche Verrenkung oder um seinen ernst gemeinten Anspruch, wir mögen uns anstrengen, die Schärfe zu nehmen, ist mir unklar.

Die Zeit vergeht wie im Fluge, und als wir nach der Klärung strittiger Fragen in der Statistik fertig sind, sich Joschka und Eddie bereit erklärt haben, das Trennungs-/Scheidungskonzept bis Donnerstag zu überarbeiten, berichten wir über die Erstgespräche der vergangenen Woche und die Fragen, die wir eventuell in Bezug auf den Fall haben.

Heute ergreife ich als Erste das Wort, damit ich auch wirklich drankomme, denn es ist schon vorgekommen, dass wir uns an einem Fall festgebissen haben und für die anderen Fälle dann keine Zeit mehr war.

„Ich habe Frau Middeldorf und ihren Partner, Herrn Schulze, bei mir gehabt. Es geht um Emma, derentwegen ich schon in der Schule bei Frau Rust war. Die klagt darüber, dass Emma geistig so abwesend ist. Das habe ich dort bei der Hospitation nicht gesehen, aber es gab ein anderes Ereignis, das mich irritiert hat.“ Und ich erzähle von Emmas Tränen bei der Rapunzel-Janosch-Geschichte.

„Hypotenusen?“ fragt Alfons.

„Etwas an der Geschichte hat sie bewegt, was sie selbst kennt.“

„Sie hat die Geschichte nicht kapiert und bekam Panik, dass sie nach dem Inhalt gefragt werden könnte.“

„Sie hat an etwas ganz anderes gedacht, das sie gerade traurig macht, und das hat mit Rapunzel oder der Bildergeschichte gar nichts zu tun.“

Die Gedanken der anderen, die mir helfen, meinen Sichtwinkel zu erweitern, sprudeln nur so aus den Kollegen heraus. Ich bin wirklich froh, mit diesem Team zusammenzuarbeiten!

„Was werden deine nächsten Schritte sein?“ fragt Alfons und schiebt seine Halbbrille mit dem Zeigefinger hoch.

„Ich beabsichtige, Emma und ihre Mutter einzuladen. Ich habe Emma auch gesagt, dass ich das vorhabe. Erst einmal, um die beiden zusammen zu erleben. Bei einem weiteren Treffen werde ich einen Intelligenztest machen. Kira, vielleicht solltest du sie dir auch mal ansehen. Vielleicht hast du eine Idee, wenn du sie siehst, warum sie in ihren Träumen versinkt."

Kira nickt und setzt dazu an, etwas zu sagen, aber Joschka ist schneller als sie. „Warum nicht Herrn Schulze? Soll der nicht dabei sein?" Sein schmales Gesicht, das mich immer an eine Maus erinnert, wendet sich mir zu. Joschka, alleinerziehender Vater zweier Söhne, vertritt immer die armen Väter, seien sie leibliche oder soziale.

„Ich habe Emma gefragt, sie wollte lieber mit ihrer Mama kommen."

„Gut, Mara, dann lass uns gleich mal Neger mit Köppen machen, und Anna soll Frau Middel..., wie heißt die noch? Ja, Frau Middeldorf anrufen und einen Termin für mich mit ausmachen, damit ich mir ihre Ohren und Augen ansehe." Alfons hat wie immer kein Problem damit, in unserer Runde politisch unkorrekt zu sein. Je mehr Empörung er von uns erntet, umso mehr verführt ihn das, in derselben Weise weiterzumachen.

Nachdem alle ihre neuen Klienten vorgestellt haben, sagt Alfons plötzlich: „Ach je, jetzt habe ich vergessen euch zu sagen, dass wir eine Anfrage für ein Jahrespraktikum haben. Dem Mann habe ich das auch praktisch schon zugesichert, weil ich dachte, es ist sinnvoll, noch eine Hilfe im Hause zu haben bei dieser vielen Arbeit." Er guckt in die Runde und zieht die Augenbrauen hoch.

„Du bist gut, Alfons", sagt Joschka und schaut ihn vorwurfsvoll an. „Zu einer Hilfe wird der erst, wenn er eingearbeitet ist, vorher müssen wir uns um ihn kümmern. Da bist du ja fein raus, weil wir die Praktikanten anleiten müssen. Und die sind auch unterschiedlich, wie du weißt, manche kannst du nach drei Wochen alleine arbeiten lassen, manche möchte man nach einem ganzen Jahr nicht auf die Klienten loslassen! Selbst später nicht." Joschka guckt Eddie um Zustimmung heischend an.

„Wer ist denn der Praktikant, was hat der studiert? Kennt man den?“ fragt Eddie in seiner bedächtigen Art. Eddi spricht, wie er sich bewegt: langsam, sicher und mit der Zielstrebigkeit eines Bulldozers. Er ist durch und durch Judoka, aufmerksam und hartnäckig, aber wenn es sein muss, setzt er blitzschnell seinen Griff an, und man liegt, bildlich gesprochen, auf der Nase.

„Der hat in Hamburg Sozialpädagogik studiert, ist seit dem Herbst vorigen Jahres fertig und ist mein Neffe.“ Alfons macht eine Art Grimasse, die ich mir nicht erklären kann, und fährt sich mit einer Hand durch sein kurzgeschnittenes blondes Haar. Er lässt es so kurz schneiden, damit keiner sieht, dass er eigentlich lockiges Haar hat, was er selbst aber affig findet, aber so sieht es aus, als habe er ein Stück Teppich mit kurzem Flor auf dem Kopf.

Einen Augenblick lang ist es ruhig im Raum, dann sagt Kira: „Und was hat er in dem einen Jahr zwischen Examen und jetzt gemacht?“

„Ja, das ist sozusagen das Problem. Er ist nach dem Studium psychisch krank geworden und musste sich erst einmal stationär in eine Klinik begeben. Danach war er in einer Reha-Einrichtung, die letzten zwei Monate war er zu Hause und hat nebenher so kleine Jobs gemacht. Aber jetzt fühlt er sich wieder fit genug und möchte sein Praktikum endlich machen.“ Alfons schiebt die Brille hoch und schaut wieder in die Runde, diesmal aber ernsthafter als zuvor.

„Ist das denn klug, dass er sein Praktikum hier bei uns macht, Alfons?“ Ich muss ihn das fragen, obwohl ich weiß, dass er solche Überlegungen sicher selbst anstellt.

„Ja, gerade hier, weil ich da ein Auge auf ihn haben kann. Denn sollte er es nicht schaffen, kontinuierlich zu arbeiten, bin ich der Erste, der das hier mitbekommt, und ich kann ihm notfalls sagen, dass er noch nicht stabil genug für eine dauerhafte Arbeit ist. Außerdem finde ich, dass man auch diesen Menschen eine Chance geben muss, ihre Ausbildung zu beenden und ihren

Job auszuüben. Oder?“ Alfons guckt uns jetzt ruhig der Reihe nach über seine Lesebrille an.

Ja, was sollte ich dagegen haben? Alfons wird schon wissen, was er da macht, und letztendlich werde ich vermutlich durch den Praktikanten am wenigsten betroffen sein. Gucken wir uns den jungen Mann erst mal an.

„Wie heißt der denn?“ frage ich.

„Roland. Übrigens, er weiß, dass ihr wisst, also dass er im Krankenhaus war. Daher gibt’s kein Tabu, was das angeht. Dann mal stringide an die Arbeit.“

Kira kichert; ich kenne diese Zusammenziehung aus stringent und rigide schon aus einem Gespräch mit Alfons.

Emma in der Beratungsstelle

Eine Woche später ist Roland da, ein junger Mann Ende zwanzig, von dem ich annehme, dass er in zehn Jahren einen kahlen Kopf hat, so dünn ist sein Haar. Er neigt zu einer gewissen Rundlichkeit, ohne dick zu sein. Alfons sieht er überhaupt nicht ähnlich und ist in seiner Art auch das glatte Gegenteil zu seinem Onkel. Ernst bis zur Schwermut guckt er uns aus dunklen Augen an, wir sehen ihn selten lachen, und wenn er es doch mal tut (meist bei den Sprachwitzen seines Onkels), zieht er den einen Mundwinkel hoch. Ein sonderbarer Junge. Ihn umgibt eine Art Trauerflor oder düsteres Geheimnis, obwohl Alfons uns über seine Vergangenheit doch aufgeklärt hat.

Zum jetzigen Zeitpunkt hilft er Kira in der Kindergruppe, achtet darauf, dass sich die Kinder bei ihrer Toberei nicht verletzen, schleppt die Boxbirne in jede gewünschte Ecke und holt Kira ein Glas Wasser aus der Küche, wenn sie gerade nicht aus der Situation gehen mag. Er hospitiert bei meinen Erstgesprächen, die ich nach der Sitzung mit ihm bespreche, um seinen Eindruck zu hören und ihm zu erklären, warum ich was frage oder auch nicht frage. Er hört gut zu und macht seinerseits Bemerkungen, die mich erstaunen, weil sie reif und überlegt sind. Das ist einer, der Eddie und Joschka bald entlasten kann, denke ich. Joschka braucht sich über Roland nicht zu beklagen.

Für heute erwarte ich Emma, die von ihrer Mutter gebracht wird. Ich werde mit ihr in das Spielzimmer gehen, wo ein Einkaufsladen aufgebaut ist, ein Spielhaus dazu einlädt, die Puppen und Möbel neu zu arrangieren und in einer Ecke ein Spiegel angebracht ist. Diese Ecke ist für die meisten Mädchen interessanter als für die Jungen, denn an einer Garderobe neben dem Spiegel hängen Kleider verschiedener Größe, die sich die Kinder anziehen können, und daneben steht eine große Kiste mit weiteren Materialien zum Verkleiden: Hüte, Schals, Stoffbahnen, Handtaschen. Mal sehen, was Emma sich zum Spielen aussucht.

Im Spiel und im Umgang des Kindes mit mir erfahre ich viel über sein Verhalten, seine Gefühle, seine Ziele, sein Denken über die Welt, in der es lebt, auch wenn es noch so jung ist wie Emma. Mit Roland habe ich abgemacht, dass er sich für alle Fälle bereithält, wenn ich ihn rufe. Er wartet im Praktikantenzimmer, das zugegebenermaßen das unattraktivste im Hause ist: ein Durchgangszimmer, in dem wir auch die „Bibliothek" untergebracht haben, wobei das Wort ein bisschen hochgestochen ist, denn sie besteht nur aus zwei Regalen an der Wand.

Emma wartet mit ihrer Mutter im Wartezimmer, und als ich eintrete, erkennt sie mich sofort und ist bereit, mit mir in das Spielzimmer zu gehen. Sie hat keine Probleme, sich von ihrer Mutter für die Stunde mit mir zu trennen, sondern ist zutraulich und neugierig. Im Spielzimmer staunt sie: „So viele Spielsachen hast du, darf man die alle anfassen?"

„Ja, nur zu, Emma, womit möchtest du spielen?"

„Mit dem Kaufmannsladen, und du musst bei mir einkaufen."

Ich schnappe mir also die Tasche, die an einer Ecke des Kaufmannsladens hängt; ich weiß, dass in der Tasche eine Börse mit Spielgeld ist und genügend Platz, um alles Mögliche zu kaufen. Ich erbitte also vier Bananen, ein Waschpulver, eine Packung Kakao, zwei Brötchen, eine Cola und lasse mir ein paar Kartoffeln auswiegen.

Emma ist aufmerksam, genau bei der Sache und sehr akkurat in der Abrechnung, auch wenn das noch etwas langsam geht. Aber sie ist erst in der ersten Klasse, da darf das so sein. Ich tue so, als ob ich mich verrechne, um zu sehen, ob sie meinen Fehler merkt, aber sie sagt gleich: „Das wäre doch viel zu teuer, du bekommst noch zwei Euro zurück."

„Da hast du aber gut aufgepasst, Emma!"

Sie schaut mich skeptisch an, und ich frage mich, ob sie Lob nicht gewohnt ist oder sie mir nicht glaubt. Das muss ich nachher noch einmal ausprobieren in einem anderen Kontext.

Bei meinem nächsten Einkauf nörgele ich an den Sachen herum, die Emma mir anbietet, um zu sehen, wie sie darauf reagiert. Ganz souverän erklärt sie, dass ihre Ware die beste überhaupt ist. Wie zum Beweis dessen, streicht sie über die Plastikfrüchte und die Brötchen aus Salzteig, die in einem Korb liegen. Anscheinend kann sie mit Maulerei umgehen, zumindest wirkt sie nicht aus dem Konzept gebracht.

„Du bist aber eine nette Verkäuferin, Emma, und du hast so viel Geduld mit mir eben gehabt. Ich habe doch immer nur rumgenörgelt, und du bist gar nicht sauer geworden. Ganz toll!"

Wieder guckt mich Emma an, als erwarte sie noch etwas Gegenteiliges nach meinem Lob. Als nichts dergleichen kommt, wendet sie sich ab und sagt, dass sie mit dem Puppenhaus spielen will. Ob ich denn auch mitspielen könne. Ich schlage ihr vor, dass jemand anderes mitspielt, der Roland, und frage sie, ob sie damit einverstanden wäre. Sie nickt, und ich rufe ihn über das Haustelefon an, dass er bitte runterkommen möge ins Spielzimmer.

Als er eintritt, verändert sich Emmas Gesicht. Aus ihren erwartungsvollen, heiteren Zügen wird ein ängstlich zusammengezogener Knoten, sie läuft zu mir herüber und krallt sich in meinen Arm. Ich höre ein Geräusch, von dem ich annehme, ich habe mich verhört, aber der kurze Zeit später einsetzende Geruch bestätigt, dass ich sehr wohl gehört habe. Emma hat in die Hose gemacht, und zwar einen Haufen. Roland ist an der Tür stehen geblieben, als er Emmas Gesicht gesehen hat, und schaut auf mich, was ich jetzt entscheide. Seine dunklen Augen blicken todtraurig.

„Danke, Roland, war doch keine gute Idee von mir. Wir sprechen uns später."

Roland kraust die Stirn, dreht sich um und geht. Er schließt die Tür betont leise, als wolle er keinen Menschen wecken.

„Emma, kann das sein, dass du was in der Hose hast? Wollen wir beide einmal auf die Toilette gehen und dich sauber machen?"

Emma guckt mich mit rotem Kopf an und nickt verschämt. Dann ergreift sie meine Hand, und wir gehen gemeinsam die Treppe hinunter zu der Toilette, in der sich auch eine Badewanne befindet. Das Ding wurde früher mal aus mir unerfindlichen Gründen für die Mitarbeiter eingebaut, aber niemand von uns benutzt es.

Während ich Emma dabei helfe, aus der Hose zu kommen, sie auf die Toilette setze und sie dann in die Wanne hebe, unterhalten wir uns darüber, was sie in ihrer Freizeit am liebsten macht. Während dieses Gesprächs entspannt sie sich wieder und wird zu dem freundlichen, lockeren Kind, das sie vorhin im Kaufmannsladen war. Ich bin froh darüber, dass Karin, unsere Putzfrau, die Wanne immer mit reinigt, obwohl sie nicht benutzt wird, denn auf diese Weise rieche ich das Putzmittel mehr als Emmas Häufchen. Die Unterhose wäscht Emma selbst aus, und wir legen sie auf die Heizung zum Trocknen, nachdem ich sie in einer Ladung Papierhandtüchern ordentlich ausgedrückt habe. Dann zieht Emma ihre lange Hose wieder an; für den Rest der Stunde muss sie halt auf ihre Unterhose verzichten.

Da Kiras großer Raum, von den Kindern im Haus „Kleine Turnhalle“ genannt, weil Sprossenwände angebracht sind, eine Rutsche vorhanden ist und eine dicke Matte an der Wand lehnt, frei ist, gehe ich mit Emma noch für eine Viertelstunde hier hinein. Die Kinder lieben besonders das drei mal drei Meter große Bällchenbad, das sie auch aus dem schwedischen Kaufhaus in Kiel kennen. Aber Emma guckt begehrlich auf die Boxbirne, nur wenn ihr nach Boxen zumute ist, möchte ich ihr lieber die Gelegenheit geben, gegen einen Gegenstand zu boxen, der nicht „zurückschlägt“, wie es die Boxbirne tut. Daher stelle ich die dicke Matte senkrecht und fordere Emma auf, zuzuschlagen und, wenn sie Lust hat, darf sie dabei schreien oder was rufen. Emma guckt mich verwundert an und tickt dann mit ihrer kleinen Faust an die Matte.

„Darf ich das wirklich?“ Sie schaut mich ungläubig an.

„Ja, gegen Sachen darf man hauen“, versichere ich ihr.

Zunächst vorsichtig, dann mit mehr Krafteinsatz schlägt Emma mit den Fäusten gegen die Matte, schließlich trommelt sie dagegen und entwickelt dabei viel Energie und Ausdauer. Ich staune: da ist eine Menge Ärger in ihr, der sich hier gerade Bahn bricht.

„Guck mal, ich mach das jetzt mit dem Ellenbogen!“ Emma knallt erst den linken, dann den rechten Ellenbogen gegen die Matte und lacht vor Vergnügen. Sie stößt so heftig zu, dass ich Sorge habe, sie könne sich selbst weh tun, aber sie lacht und quietscht vor Vergnügen.

Als ich Emma zu ihrer Mutter ins Wartezimmer zurückbringe, bitte ich Frau Middeldorf kurz auf den Flur und berichte ihr, was Emma passiert ist und dass ich ihr das noch feuchte Unterhöschen separat mitgeben muss.

„Ja, das passiert ihr manchmal“, sagt Frau Middeldorf mit peinlich berührter Miene, „ich werde sie ...“

„Bitte gehen Sie darauf überhaupt nicht ein, liebe Frau Middeldorf. Es ist Emma passiert und war also nicht ihre Absicht. Es hat gar keinen Sinn, sie wegen dieses kleinen Malheurs auszuschimpfen, das hilft ihr überhaupt nicht. Und meinen Sie bitte nicht, Sie müssten sich um meinetwillen entschuldigen. Für mich ist das kein Problem.“

Dann machen wir einen neuen Termin für die Testdiagnostik aus, und an der Haustür verabschiede ich mich von Emma und ihrer Mutter, warte noch ab, bis Emma auf ihrem Kindersitz auf der Rückbank angeschnallt ist, winke und mache mich auf zu einem anderem Gespräch: dem mit Roland.

Kurz darauf stehe ich in seinem ungemütlichen Zimmer und frage ihn: „Roland, kennst du das Mädchen, oder hast du es schon einmal gesehen?“

„Was hat sie denn gesagt?“ fragt er mit düsterem Blick.

Wenn ich etwas hasse, dann ist es, dass jemand meine Frage mit einer Gegenfrage beantwortet. Warum gibt er mir nicht gleich eine Antwort?

„Roland, beantworte mir meine Frage! Kennst du sie? Hast du sie schon einmal gesehen?“ Ich höre selbst, dass mein Ton ungehalten wird, und um mich zu stabilisieren, ergreife ich die Türklinke und halte mich dort fest.

„Nein, noch nie. Aber ich war ganz schön erschrocken, als ich gesehen habe, was mein Erscheinen bei ihr angerichtet hat! Bin ich so ein furchtbarer Anblick?“ Er schaut mich traurig aus seinen schwermütigen Augen an, so dass ich mich bemüßigt fühle, ihm zu versichern, dass sein Anblick selbst nicht furchterregend ist.

„Vielleicht hast du sie an jemanden erinnert, vor dem sie Angst hat, das wäre für mich die einzige Erklärung“, sage ich zu ihm.

„Hast du sie denn gefragt, ob sie mich kennt?“ Roland sieht mich eindringlich an, als wäre die Antwort auf diese Frage für ihn lebensnotwendig.

„Nein“, sage ich, selbst verblüfft darüber, dass ich nicht gefragt habe, aber dann erinnere ich mich. Ich wollte Emma erst einmal aus ihrer Erstarrung holen und habe es daher für richtiger gehalten, mich der praktischen Seite des Lebens, dem Saubermachen ihres Popos, zu widmen. Ich habe jetzt nur aus ihrem Schweigen geschlossen, dass sie Roland nicht kennt, aber es stimmt. Ich weiß gar nicht, ob sie ihn kennt und muss sie noch einmal fragen!

Als ich an diesem Spätnachmittag nach Hause fahre, habe ich ein ungutes Gefühl, denn es ist das zweite Mal, dass Emma sich ungewöhnlich verhält; erst einmal der stille Ausbruch in der Schule bei „Rapunzel“, dann ihre Reaktion auf das Auftauchen von Roland. Schon jede dieser Reaktionen für sich ist ungewöhnlich, aber beide zusammen irritieren mich doch sehr.

Und auch Rolands Verhalten war ein wenig – uneindeutig, oder wie soll ich das beschreiben? Warum hat er nicht gleich geantwortet, als ich ihn gefragt habe, ob er Emma kennt? Wollte er Zeit gewinnen, um sich eine Antwort zu überlegen? Was hat ihn denn mehr interessiert: ob Emma ihn kennt und ob sie mir das gesagt hat oder ihr Erschrecken, als er an der Tür des Spielzimmers auftauchte? Die Frage bleibt für mich die wichtigste: Warum hat Emma auf Roland so heftig reagiert, dass ihr vegetatives Nervensystem außer Kontrolle geraten ist?

Ich denke an Roland, stelle mir noch einmal sein Gesicht bei unserem letzten Gespräch vor und wundere mich noch einmal, dass er Alfons, seinem Onkel, so gar nicht ähnlich sieht. Ist Roland der Sohn von Alfons’ Schwester oder von seinem Bruder? Weiß ich gar nicht, muss ich Alfons mal fragen. Und wo wohnt Roland sonst, wenn er nicht gerade bei seinem Onkel in Gettorf wohnt, doch wohl nicht zu Hause! Und wenn doch: wo ist sein Zuhause? Oder hat er noch eine Bude in Hamburg, wo er studiert hat? Eigentlich weiß ich über Roland, außer dass er Sozialpädagogik studiert hat und der Neffe von Alfons ist, herzlich wenig.

Ich stelle den Wagen in die Garage, weil ich heute nicht mehr wegfahren will; Norbert scheint noch unterwegs zu sein, sein Auto ist nicht da.

Zu meinem Erstaunen werkelt Nina in der Küche und scheint etwas zu kochen. „Hallo Mäuschen, äh, Nina, was machst du da Schönes?“

Im Allgemeinen fällt Nina über mich her, wenn ich aus alter Gewohnheit ihren früheren Kosenamen nenne, aber heute ist sie erstaunlich freundlich und geht über meinen Lapsus hinweg.

„Ich mache ein Walnusspesto, das müsst ihr mal gegessen haben! Ich habe das bei einem Besuch im Mamma Mia kennengelernt. Einfach toll!“ Das Mamma Mia ist ein recht feines italienisches Restaurant in Kiel, das Norbert und ich uns ganz selten leisten.

„Wann warst du denn im Mamma Mia?“ frage ich verblüfft, während ich mich aus meinem dicken Mantel schäle.

„Letztes Wochenende, mit Gerd Gruber.“ Das klingt im Ton schon mehr nach Nina, wie wir sie seit einiger Zeit kennen: abweisend, muffig, kühl. Der Ton sagt mir eindeutig, dass ich mit meiner Frage zu weit gegangen bin und in ihre private Sphäre eingedrungen bin, wo ich nicht mehr hingehöre.

„Und da wir gerade bei diesem Thema sind“, fährt Nina fort, „am nächsten Wochenende bleibe ich mal über Nacht weg, nur, damit ihr’s wisst.“ Ihr Ton ist endgültig und erlaubt keinen Widerspruch.

„Bei Gruber?“ frage ich unvorsichtigerweise.

„Was geht dich das an, Mama, mit wem ich die Nacht verbringe? Mit dem Papst wird es ja wohl nicht sein!“ Sie reißt sich die Schürze runter, schmeißt sie zusammengeknüllt auf einen Küchenstuhl und rauscht mit ihrer wehenden roten Mähne ab; die Tür scheppert, als sie sie zuknallt. Dann höre ich sie mit stampfendem Schritt die Treppe hinaufeilen. Auch ihre Tür wird nicht geschont.

Ich könnte mir in den Hintern beißen! Warum habe ich das gefragt und damit die Chance vertan, mit Nina gemeinsam das Essen vorzubereiten und ein paar vertrauliche Informationen mit ihr auszutauschen? Aber bei Nina bin ich Mutter, nicht Therapeutin. Bei ihr habe ich keine professionelle Distanz, sondern ein rein emotionales Verhältnis, das meine Vernunft in den meisten Situationen mit ihr ausschaltet. Ihre schwankenden Stimmungen, so erkläre ich mir Ninas Verhalten, sind ein Ergebnis ihrer nachpubertären Hormone und der akuten Verliebtheit. Wie nennt Alfons das immer: „Verliebtheit mit Entzündung", weil das Glücksgefühl und die Verletzlichkeit so nah bei einander liegen.

Ich schaue mir das Pesto an, scheint fertig zu sein. Da habe ich wenigstens diese Arbeitserleichterung, mir nicht ausdenken zu müssen, was wir heute essen. Ich brauche nur noch die Nudeln aufzusetzen und den Salat anzurichten.

Das Abendessen geht an diesem Tag recht schweigsam vonstatten. Nina nimmt von uns keine Notiz und ist sehr schnell wieder in ihrem Zimmer verschwunden, Norbert denkt anscheinend über ein Problem aus der Schule nach, und ich hüpfe in meinem Kopf von Herrn Gruber zu Roland, die nun gar nicht vergleichbar sind, zu Emma, Nina, Frau Rust ... und zu der Frage, ob ich heute Abend noch etwas für morgen vorbereiten muss, wie Wäsche in die Maschine stecken oder die Leberwurst aus der Tiefkühltruhe holen, damit sie morgen zum Frühstück essbar ist.

Als Norbert und ich um halb zwölf im Bett liegen, fragt er mich: „Na, Schätzele, auch einen dicken Tag gehabt? Du warst heute so still. Oder wegen Nina?"

„Ein bisschen Nina, ein bisschen Dienst. Aber es ist spät, mein Lieber, mach die Augen zu. Am Wochenende haben wir keinen Termin, da machen wir mal einen Strandspaziergang. Schlaf gut." Und damit drehe ich mich zu ihm, damit ich seine Hand halten kann, bis ich einschlafe.

Arbeitskontakte: Emma, Alfons und Frau Rust

Heute kommt Emma zum Test. Ich bin gespannt auf sie und habe mir fest vorgenommen, sie heute zu fragen, was sie beim letzten Mal an Roland so sehr erschreckt hat.

Als Anna mir Bescheid sagt, dass Emma und ihre Mutter da sind, bin ich beinahe ein bisschen aufgeregt und laufe schnell die Stufen hinunter ins Wartezimmer. Frau Middeldorf schaut mich lächelnd an, aber Emma hat einen Flunsch gezogen, guckt mich kaum an und presst sich eng an ihre Mutter.

„Was ist los, Emma?“ frage ich und hocke mich vor sie hin. Mein Ischias schickt mir einen kurzen scharfen Gruß.

Emma sagt nichts und versteckt ihren Kopf hinter dem Rücken ihrer Mutter, die stellvertretend für Emma antwortet: „Sie hat schon zu Hause gesagt, dass sie heute nicht gerne zu Ihnen kommt, aber ich konnte nicht herauskriegen, warum. Eigentlich hat sie ganz begeistert vom Spielladen, dem Puppenhaus und der dicken Matte erzählt, aber kommen wollte sie trotzdem nicht gerne. Nicht, Süße, hast heute einen Dickkopf.“

„Emma, heute gehen wir nicht ins Spielzimmer, sondern wir machen heute die Rätselfragen. Davon habe ich dir doch erzählt. Wir beide gehen in mein Büro, und du darfst mir zeigen, was du schon alles kannst.“ Ich spreche ruhig und gelassen, als ob ich ihr ein gutes Angebot mache und durch ihre Ablehnung nicht gekränkt bin. Dabei habe ich schon ein Interesse daran, dass sie mit mir kommt, denn sonst heißt das: einen neuen Termin ausmachen, und wer weiß, ob sie dann an dem Termin Lust zum Test hat.

„Nur wir beide?“ Ihr Gesicht kommt vorsichtig hinter dem Rücken ihrer Mutter hervor. Sie grinst mich sogar ein bisschen an, so dass ich die Hoffnung habe, sie locken zu können.

„Nur wir beide. Oder muss die Mama mitkommen?“ Ich schaue Frau Middeldorf mit einem Blick an, der ihr vorsorglich mitteilt: „Mitkommen ist eigentlich nicht notwendig. Wenn Emma Sie trotzdem bittet, weigern Sie sich erst einmal, vielleicht geht sie dann auch alleine mit mir.“ Wenn ein Elternteil beim Test dabeisitzt, kommt es zu zwei möglichen Situationen, die schwer zu handhaben sind: Wenn die Eltern im Test eingreifen, indem sie dem Kind Hinweise geben, woran es doch jetzt denken sollte, um auf die richtige Lösung zu kommen, und wenn die Kinder sich aus Frustration über das Nicht-Lösen einer Aufgabe in die Arme von Vater oder Mutter flüchten.

„Nein, die soll hier auf mich warten.“ Emma lässt sich vom Stuhl hinuntergleiten, drückt ihre Mama noch mal feste und greift dann nach meiner Hand, um mit mir zu gehen.

Als wir die Treppe zu meinem Büro hochgehen, verstehe ich, wonach Emma gefragt hat: ob nämlich außer mir noch jemand dabei sein wird. Sie hat indirekt nach Roland gefragt! Sie meinte gar nicht ihre Mutter!

Wir kommen in mein Zimmer, und Emma setzt sich vor mich an den Tisch, wo die Materialien für den Test schon ausliegen. Erwartungsvoll schaut sie mich an.

„Ist besser so, wenn wir beide alleine sind, nicht wahr?“ eröffne ich das Gespräch, das ich mir vorgenommen habe. Ich versuche, diesen Satz wie nebenbei klingen zu lassen, aber innerlich bin ich gespannt wie ein Flitzebogen.

Emma nickt, sagt aber keinen Ton, so dass ich mich aufgefordert sehe, weiterzusprechen, weil sie mir das nicht abnimmt. Sie will ja auch nichts von mir wissen, sondern ich von ihr. Vielleicht hat sie auch mitbekommen, dass meine Frage so nebensächlich nicht war, wie ich sie habe klingen lassen. Ich weiß, dass Kinder oft nicht auf den Inhalt eines Satzes achten, sondern auf den Ton und für Misstöne eine erstaunliche Antenne haben.

Ich versuche es erneut. „Sag mal, Emma, beim letzten Mal, da habe ich dir doch gesagt, dass ein Mann mit dir am Puppenhaus spielen will. Der ist dann auch gekommen, aber ich habe ihn wieder weggeschickt. Kennst du den denn?“

Emma schaut mich von unten an, das ist wie eine Mischung von listig und ängstlich, sie sagt aber nichts. Dann schaut sie auf den Testbogen vor sich und sagt: „Ich kann aber noch nicht so viel schreiben, nur meinen Namen, den kann ich gut.“ Sie greift nach dem Bleistift und will anfangen, ihren Namen zu schreiben. Ich lege meine Hand auf die ihre, um sie vom Schreiben abzuhalten. Sie lässt den Bleistift fallen.

„Emma, schau mich bitte an. Kennst du den Mann, den ich letztes Mal gerufen habe?“ Mein Ton ist jetzt ernster und dringlicher.

Ihr Gesicht verzieht sich, als wolle sie anfangen zu weinen, aber sie beginnt, den Kopf zu schütteln, ganz rhythmisch. Dann ergreift sie wieder den Bleistift und beginnt, ihren Namen zu schreiben.

Ich bin ein bisschen durcheinander, denn sie sieht so aus, als ob ihr Körper sagt „ich kenne den“, obwohl sie den Kopf schüttelt. Ich muss mit ihrer Mutter im Auswertungsgespräch das Thema „fremder Mann“ mal ansprechen, vielleicht hat sie ein dummes Erlebnis gehabt, das ihr noch in den Knochen sitzt. Aber weiter insistieren will ich jetzt nicht, ihr Körpersignal, ich solle mit diesen Fragen aufhören, ist deutlich genug.

Der Test verläuft ohne Zwischenfälle, Emma macht bereitwillig mit. In der Pause, die ich bei so jungen Kindern immer mache, um sie nicht zu überfordern, erzählt Emma von sich aus von ihrem Bruder und macht einen ganz vergnügten Eindruck. Nur gegen Ende der Sitzung fängt sie an herumzualbern. Aber unter dieser Heiterkeit spüre ich ein zitterndes Herzchen, das vor irgendetwas Angst hat. Ich biete ihr an, mit ihr noch einmal in der „Kleinen Turnhalle“ auf die Matte zu boxen, aber sie lehnt ab. Als wir auf dem Weg hinunter zum Wartezimmer sind und irgendwo in diesem großen Haus eine Tür zuschlägt, ergreift Emma schnell meine Hand und lässt sie bis unten nicht los.

Ich mache die Auswertung sofort am Computer. Das Ergebnis erstaunt mich nicht. Sie ist ein normal begabtes Kind, das ein paar Schwächen im visuellen Bereich hat. Da muss ich Alfons noch mal fragen, ob sie normalsichtig ist oder vielleicht einen kleinen, bis jetzt unentdeckten Schielfehler hat. Der bringt es manchmal mit sich, dass die Kinder nicht dreidimensional sehen. Überhaupt, ich wollte doch noch mit Alfons sprechen, denn ich meine, ich sollte ihm schon erzählen, wie sich Emma angesichts seines Neffen verhalten hat. Ich gehe daher nach der Verabschiedung von Emma und ihrer Mutter durch zu seinem Büro, das am Ende eines langen Ganges liegt und schaue nach, ob bei ihm Licht ist. Nein, leider nicht, vielleicht erwische ich ihn morgen früh.

Am nächsten Morgen frage ich Anna als Erstes, wann Alfons heute im Hause ist, und sie sagt: „Der ist schon da, der hat aber in einer halben Stunde einen Termin."

Ich gehe also wieder den langen Gang zu Alfons, dessen Tür heute offen steht. Er steht vor seinem Schreibtisch und schaut auf eine Akte, sein Gesicht wird von seiner Schreibtischlampe von unten beschienen, was seine Gesichtszüge mit ganz fremden Schatten versieht. Als er zu uns kam, trug er immer einen weißen Kittel, aber den haben wir ihm sehr schnell abgewöhnt. Er ist jetzt beinahe zu lässig gekleidet, zumindest sieht er manchmal aus, als ginge er gleich zum Angeln.

„Hallo Mara, komm rein! Gibt's was Altes?" Scherzkeks! Ich grinse ihm entgegen.

„Alfons, ich wollte dir von einem Kind erzählen, Emma Middeldorf, weil Roland damit zu tun hat. Ich finde, du solltest das wissen. Ich hatte Roland eingeladen, mit Emma zu spielen, und als er in die Tür trat, fing sie an, sich ängstlich in sich zusammenzuziehen. Dabei hat sie in die Hose gemacht, so dass ich mit ihr dann ins Badezimmer gegangen bin und sie abgeduscht habe." Ich schließe meinen Bericht abrupt und erwarte Alfons' Fragen.

Aber er guckt mich nur an, als erwarte er, dass die Geschichte jetzt weitergeht. Als das nicht geschieht, fragt er knapp: „Ja, und weiter?"

„Nichts weiter! Ich habe Roland gefragt, ob er das Mädchen kennt, aber er sagt, er hat es noch nie gesehen. Gestern vorm Test habe ich sie auch gefragt, ob sie ihn kennt, und sie hat den Kopf geschüttelt." Ich berichte diese Sachverhalte mit dem Gefühl, dass Alfons heute aber schwer versteht, er muss doch schon kapiert haben, dass da was mit Roland nicht in Ordnung ist!

„Warum ist dir das so wichtig, ob die beiden sich kennen? Warum hast du Emma nicht gefragt, was mit ihr los war? Was ihr Angst gemacht hat? Du bist doch Psychologin und keine Detektivin!" Alfons guckt mich über seine Brille hinweg an, als habe er mir gerade eine Selbstverständlichkeit erklären müssen.

Da hat er recht, der gute Alfons, was hat mich nur zu dieser Frage gebracht? Und schon spricht er mit ungewohnt ernstem Gesicht aus, was sich mir selbst als leise Vermutung ins Gemüt schleicht: „Du traust Roland nicht, was? Warum? Das hat er aber nicht verdient, und du machst ihm das Leben damit schwerer, als es notwendig wäre. Bleib du mit deiner Aufmerksamkeit bei deiner Klientin, Mara, ich passe schon auf Roland auf. Da ist keine Gefahr im Zuge." Er fährt sich mit der Rechten durch seine kurze Matte auf dem Kopf. Es wächst so dicht wie ein Fell, und wenn ich ihn ärgern will, sage ich zu ihm: „Nimm doch mal den langen Flor." Dann gibt er angesichts meiner glatten, dünnen Haare zurück: „Hast du deine Haare eigentlich nummeriert?"

Jetzt grinst er, so dass ich weiß, er hat zu seiner Normalform zurückgefunden.

„Wohnt der Roland denn zurzeit bei euch zu Hause?“ Ich versuche, meine Frage so klingen zu lassen, als ob mich die Antwort im Grunde genommen gar nicht interessiert.

„Ja, und warum, Detektivin Mara, willst du das wissen?“ Belustigt schaut Alfons mich an. Er fühlt sich der Situation vollkommen gewachsen, ich entdecke bei ihm keine Unsicherheit.

„Nur so, weiß auch nicht ganz genau. Ich versuche, mir ein Bild von ihm zu machen.“ Ich hample ein bisschen herum, weil ich mich jetzt unwohl fühle, als habe ich mich ins Unrecht gesetzt.

„Mach dir kein Bild von *ihm*, mach dir ein Bild von *Emma*. Und nun raus, ich hab zu tun.“ Er macht eine Bewegung hin zur Tür, um mir zu zeigen, wo ich den Ausgang finde und widmet sich wieder der Akte auf seinem Tisch. Ich gucke noch in seinem Zimmer herum, weil ich immer spannend finde, was er für den Sehtest für Vorlagen hat, schaue mir an, welche Broschüren er auf seinem Sideboard ausliegen hat und klaue mir eine über jugendlichen Diabetes. Dann gehe ich.

Da ich noch keinen Termin habe, mache ich mich auf ins Sekretariat und trödle dort ein bisschen herum. Anna ist fleißig beim Schreiben, so dass ich sie nicht durch ein Gespräch störe. Aus lauter Langeweile schaue ich in mein Fach und entdecke, dass dort ein Zettel liegt, auf den Anna mich gar nicht aufmerksam gemacht hat. Auf dem Zettel steht: „Mara, Du sollst Frau Rust anrufen.“

Daher mache ich mich auf in mein Büro und rufe in der Schule an, aber die Sekretärin dort, eine Frau Schwaiger, sagt, dass Frau Rust erst in der großen Pause zu sprechen ist und das sei in fünfunddreißig Minuten. Sie sagt das in einem Ton, als hätte ich sie durch mein Ansinnen, Frau Rust sprechen zu wollen, beleidigt.

Das ist in meinem Job bisweilen schwierig auszuhalten: Man kann seine Absichten nicht zu dem Zeitpunkt ausführen, an dem man das gerne hätte und muss daher immer wieder eine Aktion verschieben, die man aber nicht vergessen darf. Zusammen mit der anderen Misslichkeit, dass man nämlich sehr häufig bei einer Arbeit unterbrochen wird, außer in Sitzungen mit Klienten, heißt das, sich gut zu organisieren, um alles zu behalten, nichts durcheinanderzuwerfen oder gar falsch zu machen. Während ich nun Zeit habe, mehr Ordnung in meinen Akten zu schaffen, frage ich mich, was Frau Rust mir wohl zu sagen hat, dass sie mich sogar anruft. Na, ich werde es gleich erfahren.

Ich bin noch mittendrin im Abheften von Unterlagen, als Anna mich anruft, um zu sagen, Frau Rust sei in der Leitung. Jetzt habe ich tatsächlich vergessen, dass ich versprochen hatte, mich zu melden! Ich verspüre sofort ein schlechtes Gewissen.

„Hallo, Frau Janner, störe ich?“

„Nein, nein, Frau Rust, eigentlich wollte ich angerufen haben, Frau Schwaiger hat Ihnen das auch sicher angekündigt. Aber dann habe ich hier aufgeräumt und darüber die Zeit vergessen. Verzeihung!“

„Macht ja nix“, sagt Frau Rust mit ihrer festen klaren Stimme. „Ich wollte Ihnen erzählen, dass ich nun montags genauer hingehört habe, was Emma vom Wochenende zu Hause erzählt. Es ist wirklich absolut unauffällig! Aber dann habe ich mal darauf geachtet, ob es eine Zeit innerhalb der Woche gibt, in der Emma unruhiger ist als sonst und habe festgestellt: montags ist sie ausgeruht, dienstags wird sie unruhig, mittwochs ist sie anscheinend im Geiste völlig abwesend, donnerstags sieht sie ganz übernächtigt aus und freitags ist sie ansprechbar. Dieser Rhythmus scheint sich bei ihr zu wiederholen, ist doch interessant, nicht?“

„Ja, und seltsam. Sagen Sie, Frau Rust, hat Ihre Kollegin, die Frau Mönkeberg, noch irgendetwas über Emma gesagt? Ich fand es eine überraschende Bemerkung, die sie da machte, die ja auch auf eine obskure Weise zu Ihrer Beobachtung passt, nicht?“

„Welche Bemerkung, Frau Janner?“ Frau Rusts Stimme klingt völlig ratlos.

„Ach, ja, stimmt, Sie haben ja noch mehr Leute um sich herum, die Ihnen etwas erzählen! Als ich bei Ihnen war, sagte Frau Mönkeberg: Emma sei sicher ein Kind, das schlecht schläft. Das passt doch zu Ihrer Beobachtung, dass sie donnerstags übermüdet aussieht. Danke, Frau Rust, für Ihre Mitteilung. Ich wünschte, wir hätten immer so aufmerksame Erwachsene, die uns hilfreiche Informationen geben. Bis bald mal! Tschüs.“

Ich hole mir einen Bogen Papier aus der Schublade und beginne aufzuschreiben:

Frau Middeldorf und Herrn Schulze fragen:

Hat Emma zu Hause etwas über das Auftauchen von Roland erzählt?

Hatte Emma mal ein unangenehmes Erlebnis mit einem Erwachsenen?

Geht Emma regelmäßig zu Herrn Schulzes Bruder und dessen Frau? Wann?

Wenn Emma nicht im Kiga war, wo war sie dann?

Wird Emma zu Hause gelobt? Wenn ja, wie reagiert sie darauf?

Alfons fragen:

Ist Emma fehlsichtig?

Ist ihm an Emma irgendetwas aufgefallen? (Alte Narben, frische Verletzungen oder blaue Flecken?)

Dann rufe ich Anna an, dass sie einen Termin mit Frau Middeldorf ausmacht.

Es ist immer gut, seine Gedanken zu den Klienten festzuhalten und auf diese Weise auch immer einen vorläufigen Punkt in seine Überlegungen zu setzen. Sonst verschwimmen alle Fragen und Probleme der Menschen, die vor einem sitzen, zu einem einzigen Brei, weil man keine Zuordnung mehr schafft.

Und einen klaren Kopf brauche ich für mein nächstes Paar, ein Ehepaar, das sich trennen und bei mir klären will, wie sie das den Kindern sagen und wie sie die Trennung vollziehen können. Emma muss ich jetzt innerlich in die Schublade tun.

Nach dem Trennungspaar kommt noch ein kleiner Bettnässer, dann mache ich Mittagspause, und nachmittags schreibe ich Berichte über die Gesprächsinhalte, weil ich sonst rettungslos verloren bin. Man kann einfach nicht alles behalten, was einem von den Klienten erzählt wird.

An diesem Tag bin ich heilfroh, pünktlich aus dem Büro zu kommen, weil ich geschafft bin. Daher steige ich wohlgemut ins Auto und will nach Hause fahren, als ich merke, dass es zum ersten Mal in diesem Jahr begonnen hat zu schneien. Hier bei uns an der See ist Schnee nicht ganz so selbstverständlich, und ich bin sicher, dass es hier weniger Autos mit Winterreifen gibt als im Süden Deutschlands. Daher fahre ich, obwohl mit Ganzjahresreifen gut bedient, sehr vorsichtig, weil ich die Unerfahrenheit der anderen Autofahrer mit auf der Rechnung habe.

Auf dem Weg Richtung Birkenmoor, wo wir im hintersten einsamen Winkel wohnen, kommt mir das Auto von Norbert entgegen. Wir halten beide an, steigen aus, geben uns schnelle Küsschen, und Norbert warnt mich vor der Stelle nach dem Knick, wo der Wind ungehindert über die Straße fegt. Dort sei es besonders glatt.

„Komm bloß heil wieder, mein Lieber, ich brauch dich!“ rufe ich ihm zu, als er wieder zu seinem Wagen eilt. Ich weiß nicht, ob er meinen Wunsch noch gehört hat, aber er winkt, grinst und schlägt die Autotür zu. Er muss noch nach Gettorf in die Schule, um im Kollegium die Weihnachtsfeier zu besprechen, die in zwei Wochen stattfindet.

Spaziergang

Es ist Sonnabendmorgen, und als ich aus dem Bett hüpfe und nach draußen schaue, ist alles weiß! Die Welt sieht plötzlich ganz sauber aus, gerade hier im Moor sind die Farben im Winter vorrangig grau-braun und daher eher deprimierend. Sogar die Sonne scheint, wie ich feststelle, als ich in die Küche komme, die nach Osten liegt.

Norbert schläft noch, und aus Ninas Zimmer höre ich auch keinen Laut. Während ich den Kaffee aufsetze und den Tisch in der Küche decke, frage ich mich, ob Siemen heute mit seinem Milchwagen wohl zu uns durchkommt. Ich brauche eigentlich Eier und Milch, sonst muss ich heute extra zum Supermarkt fahren, was ich mir bei diesem Schnee gerne ersparen würde. Das ist doch eher ein Wetter um, dick eingemummelt, einen Spaziergang am Strand zu machen und danach zu Hause eine heiße Schokolade zu trinken! Das werde ich Norbert nachher vorschlagen.

Um kurz vor zehn höre ich Siemens Auto, wobei sich die Geräusche bei dieser Schneekulisse anders anhören als sonst, wie in Watte gepackt. Ich ziehe meinen dicken Mantel und die Stiefel an, schnapp mir mein Portemonnaie und den großen Weidenkorb und stapfe hinaus. Der Schnee liegt zwanzig Zentimeter hoch, für uns hier eine Sensation!

Siemens Milchwagen ist eine einfache Konstruktion: ein Bulli, der hinter der Beifahrerseite eine große Klappe hat, die nach oben aufgeklappt wird und mit einem Stützstock rechts und links der Klappe offen gehalten wird. Sie ragt waagerecht aus der Autoseite, so dass man einen Regenschutz hat, wenn man unter ihr steht. Siemen thront im Inneren des Bullis, das mit Fächern, Ablagen und einem Kühlschrank ausgestattet ist. Das Prächtigste am Wagen ist jedoch die goldene glänzende Glocke, die an einem Lederriemen hängt. Mit ihr macht Siemen sich bemerkbar.

„Moin Siemen, ich war gar nicht sicher, ob du heute kommst! Ist aber schön, dass du es geschafft hast."

Siemen grinst mich mit seinem Bauerngesicht freundlich an und zeigt dabei seine neuen Zähne, die er sich im Herbst hat machen lassen: große, weiße, ebenmäßige und völlig unnatürliche Klötze. Aber er ist auf sie stolz wie Oskar.

„Was soll's denn sein, Frau Janner? Ich hab heute mal ne Ladung Putenbrust mitgebracht, wär das auch was für Sie?"

„Bei uns gibt es an diesem Wochenende Grünkohl mit Mettwurst und Kasseler", sage ich, „aber ich kann ja mal was auf Vorrat mitnehmen. Und zwölf Eier brauche ich noch und zwei Liter Milch. Hast du auch noch was Süßes dabei?"

Während Siemen mich bedient und sucht und kramt, brummelt er: „Der kleine Thorsten aus Noer is ja nu auch bei Ihnen gelandet, wegen seiner Pinkelei."

Dazu sage ich nichts, und Siemen erwartet auch nicht, dass ich das kommentiere, seitdem ich ihm mal erklärt habe, dass ich so etwas wie eine Schweigepflicht habe. Das findet er eine völlig überflüssige Maßnahme, denn es ist nach seinem Dafürhalten doch das Salz in der Suppe, zu erfahren, was andere Menschen machen, was ihnen passiert und ob sie im Lotto gewonnen haben. Dann kann man sich doch mitfreuen. Trotzdem, ich bin immer wieder verwundert, was Siemen alles weiß, selbst solche intimen Details wie die Tatsache, dass Thorsten Wortmann, der drei Jahre lang trocken war, plötzlich wieder einnässt.

„Und gestern gab es in Gettorf diesen Unfall an der Kreuzung, da ist die Frau, na, wie heißt sie noch, die, wo der Mann Polizist ist ... Also, die ist von einem schliddernden Auto aus Kiel angefahren worden und musste ins Krankenhaus. Ach ja, die heißt Heide Middeldorf. Und er heißt Schulze, Frieder. Das schliddernde Auto ist dann abgehauen." Siemen spricht voller Stolz über seine Kenntnisse.

„Siemen, was du alles weißt!" Ich zolle ihm die Bewunderung, die er erwartet.

„Ja, und die Kinder, Florian und die Lütte, die müssen wohl nun vorübergehend zu ihrem Onkel, dem Bruder vom Schulze.

Der Frieder kann sich ja nich um die Kinder kümmern, der hat ja Schichtdienst."

O je, denke ich, Emma, ob dir das guttun wird? Aber wie beruhigend, dass dein Bruder dabei ist, dann bist du nicht so allein. Was wohl nun aus dem Termin wird, den Anna mit Frau Middeldorf ausgemacht hat? Ob ich mit Herrn Schulze Kontakt aufnehme, um das abzuklären? Im Geiste mache ich mir einen Knoten ins Taschentuch.

„Sag mal, Siemen, kennst du einen Roland Seegers?" Ich habe sofort ein schlechtes Gewissen bei dieser Frage und höre förmlich, wie Alfons „Detektiv-Mara" zu mir sagt.

„Is das nich der Neffe von Ihrem Chef? Der wohnt doch vorübergehend beim Seegers, müssten Sie doch wissen. War ja lange krank, der arme Mann. So, wär das alles? Eier, Milch, Putenbrust, eine Tüte Chips, die Schokolade und das Glas Honig. Haben Sie nich noch leere Honiggläser? Sie kaufen immer welche, aber von Ihnen kriege ich die nie wieder! Ist doch Bargeld, für jedes Glas gibt's doch fünfzig Cent zurück." Siemen schüttelt den Kopf über meine Nachlässigkeit. Siemen besteht darauf, dass wir ihn duzen, während er sich vorbehält, einige Leute zu siezen. Dazu gehören Akademiker und Lokalpolitiker; erstere haben es nach seiner Einschätzung verdient, letztere haben es nicht besser verdient.

„Du bist doch meine Sparkasse, Siemen. Bevor ich in den Hungerturm muss, weil ich nichts mehr bezahlen kann, gebe ich dir alle leeren Honiggläser zurück, und dann kann ich wieder zwei Jahre von dem Geld leben. Nein, ich vergesse es immer, daran zu denken. Die landen bei uns immer sauber im Keller, vielleicht sollte ich die in der Küche aufbewahren, damit ich sie sehe und daran denke, sie dir wiederzugeben."

Ich bezahle und wuchte meinen Korb hoch. „Fahr vorsichtig, Siemen! Und tschüs!"

„Tschüs, Frau Janner, und grüßen Sie mir den werten Gatten."

„Mach's gut, Siemen!"

Ich bin froh, dass Siemen nicht weiter auf das Thema Roland eingegangen ist, das wäre ja direkt peinlich gewesen, wenn er mich gefragt hätte, warum ich das wissen will. Was hätte ich sagen sollen? Weil ich neugierig bin? Weil ich den Eindruck habe, an Roland ist irgendetwas Geheimnisvolles oder Ungeklärtes? Oder zumindest etwas, was ich nicht weiß und was bei mir ein Unbehagen auslöst?

Mit dem schweren Korb am Arm betrete ich das Haus und höre, dass Norbert und Nina sich in der Küche unterhalten. Oh himmlisches Wochenende, die Welt ist weiß, wir haben frei, und die beiden streiten sich gerade nicht. Ist das Leben nicht schön?

Mittags ziehen Norbert und ich los in die weiße Winterlandschaft, stellen das Auto bei Pacos Strandhütte am Campingplatz Gröhnwohld ab und sind nach zwei Minuten am Meer. Das Wasser ist ein bisschen kabbelig und hat nur einen schmalen Streifen Strand zum Laufen für uns übrig gelassen. Es hat auch wieder Strandgut mitgebracht: tote Fische, eine ausgebleichte Baumwurzel und ... Plastiktüten. Wenn ich das sehe, bekomme ich immer Hörner! Wer macht da meine Welt kaputt? Wenn ich den erwische ... Über die Bucht hinweg sieht man die Silhouette von Eckernförde mit dem Kirchturm der Nicolaikirche und dem großen Speicher am Hafen. Wie sehr ich diese Gegend liebe! Nach rechts hin versperrt die Landnase bei Dänisch Nienhof den Blick auf die Kieler Förde. Die sieht man dann erst, wenn man den Küstenwanderweg etwa eine Dreiviertelstunde von Surendorf aus nach Osten entlanggeht. Eine weitere halbe Stunde später sieht man dann den Bülker Leuchtturm aus den Baumwipfeln ragen.

„Schätzele, nun erzähl mal, was du auf dem Herzen hast“, sagt Norbert. „Die ganze Woche über warst du angespannt, und ich glaube nicht, dass es allein wegen Nina ist. Was soll schon passieren? Wenn sie beischlafen kann, kann sie auch verhüten, oder? Also: leg los!“ Norbert hakt mich ein und lotst mich um

Pfützen und kleine Hindernisse, auf die ich meist nicht achte, wenn ich im Erzählfluss bin.

Ich schwenke meine Aufmerksamkeit in Richtung Job. Ja, was hat mich dort so beschäftigt? Roland und Emma, stimmt.

Mit Norbert zu sprechen, auf dessen Stillschweigen gegenüber Dritten ich mich hundertprozentig verlassen kann, ist immer noch etwas anderes, als meine Fälle im Team zu diskutieren oder in den überregionalen Supervisionskreis der Psychologen zu bringen, denn Norbert kennt mich ja auf ganz andere Weise als meine Kollegen. Er weiß viel besser, wo ich mir oder anderen etwas vormache, und das Schönste ist, er verurteilt mich deswegen nicht, sondern nimmt meine krummen Seiten genauso gelassen wie meine geraden. Daher fühle ich mich bei ihm so geborgen, und ich glaube, ohne diese starke Schulter von Norbert an meiner Seite könnte ich meinen Job nicht durchstehen. Das heißt nicht, dass ich immer sofort begeistert seine Sichtweise übernehme, im Gegenteil, häufig wehre ich seine Interpretationen und Vorschläge ab, aber nach ein paar Tagen kann ich Norberts Vorschläge besser würdigen. Manchmal sogar übernehmen.

„Ich bin so verunsichert, was Emma angeht, diese Sechsjährige, die in der Schule auf ‚Rapunzel' so auffällig reagiert hat und beim Anblick von Roland in die Hose gemacht hat. Was die für eine Wut im Bauch hat, wenn sie die Matte schlagen darf! Aber deren Aufmerksamkeitsschwäche hat nichts mit ADS zu tun, das ist eindeutig eine psychische Angelegenheit. Aber welche? Die Lehrerin von Emma brachte nun einen neuen Gesichtspunkt ein: dass Emma nämlich nicht durchgehend jeden Tag unaufmerksam ist, sondern dienstags und mittwochs. Was ist an den Tagen anders als sonst? Ich glaube, aber das muss ich erst erfragen, dass sie an diesen Tagen oder an einem der Tage zu dem Bruder vom Stiefvater geht. Das hat irgendetwas mit den Arbeitszeiten von Emmas Mutter und ihrem Mann-Freund zu tun. Mich beunruhigt das sehr."

„Du meinst, da geschieht so etwas wie Missbrauch?" Norbert ist immer sehr direkt.

„Könnte natürlich sein, zumindest habe ich bis jetzt die Annahme, dass sie Angst vor den Besuchen hat. Der Schulze hat im Erstgespräch allerdings gesagt, dass sie dort gerne hingeht." Ich versuche mich zu erinnern, ob es weitere Informationen zu Emmas Besuchen bei ihrem Quasi-Onkel gab, aber mir will nichts weiter einfallen.

„Mich wundert, dass dir das so nahe geht, du hast doch öfter mal solch ungeklärte Fälle. Warum nimmt dich das dieses Mal so mit?" Norbert schaut mich aufmerksam von der Seite an und zieht dann an meinem Ellenbogen, so dass ich gezwungen bin, stehenzubleiben und ihn anzusehen.

„Wegen ... ich kann es nicht genau formulieren, aber rundheraus: auch an Roland finde ich irgendetwas merkwürdig. Ich kann dir nicht mal sagen, was es ist. Vielleicht ist es auch mein Vorurteil, dass er in der Psychiatrie war, da denke ich immer, das muss doch seinen Grund gehabt haben."

„Welchen Grund hatte das denn? Warum hat er dort eine Zeit lang gelebt?"

Ich bleibe perplex stehen und starre Norbert an. „Das weiß ich gar nicht, Schatz. Das habe ich nicht gefragt, weder Alfons noch Roland. Auch das ist mir unangenehm: Alfons denkt, dass ich Roland misstraue, und er hat recht! Für unser Verhältnis ist es etwas belastend, vielleicht nicht für Alfons, aber für mich. Ich fühle mich schuldig dafür und kann es gleichzeitig nicht lassen, über Roland meine Vermutungen anzustellen. Es kann gut sein, dass ich ihm irgendwas zuschreibe, was gar nicht der Wahrheit entspricht, aber – ich weiß es eben nicht." Ratlos breche ich ab und schaue auf das graue Meer.

„Schätzele, sei klug und schau genau hin, sei es bei Roland oder Emma! Selbst wenn es Missbrauch ist, darfst du nicht überstürzt handeln auf der Basis von Vermutungen. Du bist Psychologin, verlass dich auf deine Fähigkeiten und bleib offen für die verschiedenen Perspektiven und denkbaren Möglichkeiten. Du kannst das.“ Norbert rüttelt an meiner Schulter, damit ich aufmerksam bleibe für sein Reden.

„Glaubst du?“ frage ich verzagt.

„Glaubst du, ich hätte eine inkompetente Frau geheiratet?“ Norbert nimmt mich in den Arm und küsst mich. Wir sind gleich groß, unsere Körper passen zusammen, wie füreinander gemacht. In dem Augenblick ist alles gut, ich höre die Wellen mit ihrem leisen „Schwapp“ an den Strand schlagen, der Wind fährt mir leicht durchs Haar, durch meine geschlossenen Augen sehe ich die Helligkeit der Sonne und rieche den guten, vertrauten Geruch meines Mannes. Gestärkt durch diesen glücklichen Moment kann ich mich anderen Themen zuwenden und frage nach der Planung der Weihnachtsfeier in der Schule. Jetzt erzählt Norbert.

Gespräch mit Herrn Schulze

Es ist Montagmorgen, und zum ersten Mal freue ich mich, von zu Hause wegzukommen. Nina hatte uns zwar für das Wochenende angekündigt, dass sie die Nacht über außer Haus sein werde, aber sie hatte uns nicht gesagt, dass sie erst am Montagmorgen wieder auftauchen würde, mit verschmiertem Make-up, ungekämmt und, so roch sie jedenfalls, ungewaschen. Gerd Gruber brachte sie in aller Frühe, mit durchdrehenden Reifen, weil sich eine neue dünne Schicht Schnee und etliche Schneeverwehungen auf dem darunterliegenden Eis niedergelassen hatten.

Anstatt nun kleine Brötchen zu backen, weil sie ihr Versprechen, rechtzeitig abends zu Hause zu sein, nicht eingehalten hatte, blies sie sich auf wie die Diva persönlich: warum wir keine frischen Brötchen hätten, das Handtuch sei so hart, dass man sich die Fingernägel damit feilen könne, und wir seien doch spießbürgerlich und peinlich hinterwäldlerisch. Norbert blieb die Ruhe selbst, aber was er sagte, war auch nicht dazu angetan, den häuslichen Frieden wiederherzustellen: „Wie schön, liebe Nina, dass du für Siemens Nachschub sorgst.“

„Hä? Was meinst du?“ Nina warf ihre rote Mähne mit einem einzigen Schwung herum, so dass sie Norbert herausfordernd in die Augen sehen konnte.

„Heute Morgen wirst du an seinem Wagen Stadt-, nein, Dorfgespräch sein. Mal sehen, ob die Kunde schon bis in die Schule vorgedrungen ist! Und dir, meine liebe Frau, rate ich: Wappne dich vor der Frage ‚Sind Sie nicht die Mutter von Nina Janner, die das Wochenende mit unserem smarten Fahrlehrer verbracht hat?‘“ Norberts Ton war süffisant, sein Grinsen ironisch.

Ich verdrehte die Augen und bedeutete ihm, lieber ruhig zu sein, aber das schien ihn erst recht anzutörnen.

„Machst du nicht auch Erziehungsberatung? Dieses Kind ist schlecht erzogen, es hat keinen Respekt, es ist nicht verlässlich und spricht wie ein heruntergekommener Teenager vom Hamburger Bahnhof.“

Nina zeigte ihm daraufhin den Stinkefinger, was mich wirklich auf die Palme brachte, aber meine größere Wut richtete sich gegen Norberts Bemerkung mit der Erziehung. Als ob das allein mein Job gewesen wäre, da hätte er ruhig mit anpacken können! Aber nein, er zog sich immer auf den Standpunkt zurück, dass ich als Psychologin doch besser wisse, wie die Erziehung zu laufen habe. Ich glaube, er wollte sich einfach eine Mühe ersparen.

Wegen Ninas Fortkommen in der Schule mache ich mir, im Gegensatz zu Norbert, keine Gedanken, denn Nina ist, ohne etwas dafür zu tun, eine exzellente Schülerin. Ihr fällt einfach alles zu, worüber ich gar nicht so glücklich bin; es würde nicht schaden, wenn sie auch lernen würde, eine Aufgabe mit Anstrengung zu meistern, was sie aber bis jetzt nicht nötig hatte. In Mathe ist sie ein Ass, das hat sie von Norbert, ich bin darin völlig unterbelichtet. Aber es kann natürlich sein, denke ich auf meinem Weg ins Büro, dass die augenblickliche Situation mit uns als Eltern für Nina eine Anstrengung bedeutet: sich von zu Hause lösen, die eigene Sexualität leben, ganz in der Nähe der Eltern, die alles mitkriegen, und vermutlich kommentiert von unserer kleinen dörflichen Welt – das ist wahrlich etwas anderes als damals bei mir, die ich erst im Studium entdeckte, dass es Männer gibt – und was für welche!

Als ich in die Beratungsstelle komme, hat sich alles im Sekretariat versammelt: Anna kichert am Schreibtisch über irgendetwas, was Alfons abgelassen hat, um danach wieder zu niesen. Sie ist immer noch nicht ganz fit. Hinter Alfons lehnt Roland an der Heizung, der ganz entspannt aussieht und gar nicht finster, neben ihm steht Kira in ihrer typischen Haltung: Beine gekreuzt und Arme verschränkt. Einen Tiefenpsychologen würde jetzt eine Interpretation anspringen.

Joschka ist noch nicht da, weil er seinen kleinen Sohn zum Kindergarten in Krusendorf bringen muss, und der macht erst um acht Uhr auf. Eddie, Judoka mit starken Armen, erzählt gerade, wie er auf dem Weg hierher mitgeholfen hat, einen Wagen aus der Leitplanke zu schieben. Eine Kassiererin vom Supermarkt in Surendorf, die wir alle kennen, ohne dass einer von uns auf ihren Namen blickt, den wir immer auf ihrem Schildchen an der Brust lesen könnten, ist mit Sommerreifen die steile Ausfahrt nach Surendorf abgefahren, wobei das „steil" in Anführungsstrichen stehen müsste, weil die Neigung höchstens fünf Prozent hat. Als der Wagen endlich wieder auf der Straße stand, sprang er nicht an, und die beiden Helfer, Eddie und ein Mann aus Dänischenhagen, der eigentlich in die andere Richtung unterwegs war, mussten noch mal schieben. Vor Aufregung fuhr die Frau nun in den Graben auf der anderen Straßenseite.

Als es an der Haustür klingelt, ist klar: jetzt ist Schluss mit lustig, der Arbeitsalltag beginnt. An der Tür steht ein Klient für

Eddie, mein erster Termin ist, glaube ich, um neun Uhr. Alfons macht sich auf den Weg in sein Büro, Kira hat mit Anna etwas zu besprechen, und Roland schaut mich an und fragt: „Mara, kann ich heute bei dir hospitieren?"

Ich überlege und begreife plötzlich: der Neun-Uhr-Termin wäre der für Frau Middeldorf gewesen, aber die liegt ja nun im Krankenhaus. Da muss ich mich erst kümmern, um Kontakt mit Herrn Schulze aufzunehmen, um herauszufinden, wann ich seine Frau-Freundin wieder sprechen kann, aber um zehn und um elf habe ich passende Termine.

„Wenn du willst, kannst du um zehn Uhr bei einem Erstgespräch dabei sein, da geht es laut Anmeldegrund um Mobbing in der Schule. Da muss ich die Mutter erst fragen, ob sie mit deiner Anwesenheit einverstanden ist, aber meist haben die Leute nichts dagegen. Danach habe ich einen zweistündigen Intelligenztest mit einem Schüler der Hauptschule Gettorf, da geht es darum, herauszufinden, ob er das Zeug hat, nach der zehnten Klasse auf die Gesamtschule in Friedrichsort zu gehen. Wenn du möchtest, kannst du gerne daran teilnehmen, dann siehst du mal etwas aus meinem typischen Arbeitsfeld." Testdiagnostik ist nämlich im Haus meine Domäne.

Ich gehe in mein Büro, wo dummerweise die Heizung abgestellt ist, so dass ich nur ungern meinen Mantel ablege und den Regler erst mal auf die Höchststufe stelle. Dann suche ich die Nummer von Frau Middeldorf aus der Akte heraus, vielleicht habe ich ja Glück, und es meldet sich jemand. Während ich darauf warte, dass jemand den Hörer abnimmt, versuche ich mir vorzustellen, wie das Zuhause von Emma aussieht. Schade, dass wir uns nicht mehr die Zeit nehmen können, Hausbesuche zu machen, das war doch immer sehr aufschlussreich: ein durch Spielzeug überfülltes Kinderzimmer mit Fernseher, CD-Player und Computer, an dem ein Kind unkontrolliert seine Zeit verbringt, spricht manchmal deutlicher über den Konzentrationsmangel des Kindes als die Lehrerin im Gespräch mit mir. Aber die Vielzahl der Anmeldungen erlaubt es nicht, die zeitaufwändigen Hausbesuche beizubehalten.

Oder das fehlende Kinderzimmer. Jetzt wohnt darin der Opa, dessen Frau vor einem halben Jahr verstorben ist und der nicht mehr für sich alleine sorgen konnte. Nun ist er zu seiner Tochter gezogen, die neben ihrem Beruf als Altenpflegerin auch noch ihren Vater versorgt. So ganz nebenbei hat sie auch noch einen Mann, der in der Stadt arbeitet, und zwei Kinder, die jetzt keinen eigenen Raum mehr haben. Die Schreibtische der Kinder knubbeln sich neben der Garderobe auf dem Flur, die Spielsachen und Schulbücher sind im Wohnzimmer verteilt, dessen Hauptattraktion ein LCD-Fernseher ist. Und wo kommen die Kinder zur Ruhe?

Ich habe kein Glück bei Frau Middeldorfs Nummer. Kein Wunder, die Schule hat ja schon begonnen. Für Florian, Emmas Bruder, heißt das ja wohl, früh aufzustehen, um den Bus nach Gettorf zu erwischen.

Da habe ich nun Zeit gewonnen, um den Bericht über den kleinen Bettnässer Thorsten zu schreiben mit der Empfehlung für eine Klingelhose, weil alles andere nicht hilft, wie ich jetzt erst erfahren habe. Thorsten war nämlich in Kiel schon in der Kinderambulanz vorgestellt worden und hat ein Verhaltenstraining absolviert, das aber nur für ein paar Wochen wirksam war. Alfons muss nun nur noch ein Rezept unterschreiben. Diese Klingelhose sorgt dafür, dass schon beim kleinsten Tröpfchen ein Signal ertönt, so dass sein Träger aufwacht und sofort zur Toilette flitzen kann.

Meine Berichtsmappen sind nicht immer auf dem neuesten Stand, weil die Zeit zwischen den Terminen oft zu kurz ist, um in Ruhe die Sitzung noch einmal durchzugehen. Aber wenn ich ein bisschen Zeit durch einen Terminausfall geschenkt bekomme, versuche ich, mein Versäumnis wieder aufzuholen.

Um fünf vor neun klingelt mein Telefon, und zu meinem Erstaunen ist es Roland, der mir sagt, dass Herr Schulze im Wartezimmer sitzt, er sei anstelle seiner Frau gekommen. Und ob er nicht mit Herrn Schulze zusammen heraufkommen dürfe, der habe nichts dagegen. Widerwillig stimme ich zu, aber eigentlich finde ich es nicht in Ordnung, dass Roland schon selbst mit Herrn Schulze geklärt hat, ob er bei ihm hospitieren darf. Das hätte er schon mir überlassen sollen. Muss ich ihm nachher sagen.

In der Zeit zwischen Anruf und Ankunft der beiden Männer bei mir im Büro stelle ich fest, dass ich angespannt bin. Warum? Weil der Schulze beim Erstgespräch so unwirsch war? Weil er ohne Frau Middeldorf kommt? Oder weil er mit Roland hochkommt, Roland, bei dessen Anblick seine Stieftochter sich zusammenzog wie ein Knoten? Aber eigentlich ist es genau die richtige Kombination, beschließe ich plötzlich, denn wenn die beiden sich kennen würden, wäre erklärt, dass Emma den Roland auch kennt. Es bliebe dann nur noch zu fragen, was sie miteinander erlebt haben.

Herr Schulze tritt als Erster in mein Büro, streift seine Handschuhe und die Jacke ab und gibt mir eine warme Hand. Roland steht in der Tür wie bestellt und nicht abgeholt, so dass ich ihn energisch heranwinke und ihm den Platz anbiete, auf dem beim Erstgespräch Frau Middeldorf saß.

Herr Schulze legt ein Stück Papier auf den Tisch und sagt: „Für Sie!“

Es ist von Frau Middeldorf unterschrieben und informiert mich in einem ungewohnten Amtsdeutsch (Rechtsanwalt?), dass sie Herrn Schulze erlaubt, mit mir über Emma zu sprechen, und mir erlaubt, ihm Informationen zu geben.

„Danke, Herr Schulze. Mir ist das auch lieber so, wenn formal alles seine Richtigkeit hat, denn ohne dieses Papier wäre es mir nicht möglich, Ihnen über Emma Informationen zu geben. Ich war inzwischen in der Schule und habe mit ihr, wie Sie sicher wissen, einen Intelligenztest gemacht, der unauffällig ist. Genauso unauffällig ist die ärztliche Untersuchung verlaufen, also: keine Fehlsichtigkeit und die Ohren sind in Ordnung." Ich gucke weiter in Emmas Akte auf den Kurzbericht von Alfons, aus dem ich ablese: „Altersgerecht entwickeltes Mädchen, sechs Jahre, vier Monate alt, Appendixnarbe, keine weiteren Narben oder Verletzungen."

Herr Schulze guckt mich aufmerksam mit seinem zwinkerlosen Blick an, während ich ihm das vorlese und sagt dann: „Das mit der Narbe, das wusste ich gar nicht."

„Da hat sie ihren Blinddarm wohl vor Ihrem Eintritt in die Familie verloren", sage ich. Ich bemerke, dass Roland die Stirn runzelt, als ob er etwas nicht versteht, aber das muss ich ihm nachher erklären.

„Herr Schulze, Sie haben im Erstgespräch erzählt, dass Sie manchmal die Kinder bei Ihrem Bruder und seiner Frau abgeben. Ist das richtig so?" Ich versuche, meinen Ton so neutral klingen zu lassen, als frage ich nach der Wetterprognose für nächste Woche.

„Nicht ganz, Emma geht dort hin, wenn ihre Mutter zur selben Zeit wie ich noch länger arbeitet, Florian bleibt allein zu Haus. Er ist ja schon zwölf. Aber wir wollen nicht, dass er auf seine Schwester aufpassen muss, sondern wir wollen, dass er Zeit für seine Hausaufgaben und seine Freizeitbeschäftigungen hat."

„Geht Emma denn immer, wenn sie denn geht, am gleichen Tag zu Ihrem Bruder?" Ich spüre, wie sich in meinem Magen etwas zusammenzieht, als wäre ich nicht berechtigt, diese Frage zu stellen. Aber wo hört die Arbeit der Psychologin auf, und wo beginnt die der Detektivin?

„Das ist beinahe jede Woche, und wenn, dann ist das immer mittwochs. Der Anwalt, bei dem meine Frau, äh, Emmas Mutter arbeitet, bietet Mittwochabends für seine berufstätigen Mandanten Spättermine an, deswegen muss Heide dort alle vierzehn Tage Dienst machen. Wenn aber eine Kollegin ausfällt, muss sie auch einspringen, das erfährt sie natürlich immer erst kurzfristig. Ich arbeite jeden Mittwoch lange, bis zweiundzwanzig Uhr."

„Und kommt Emma mit Ihrem Bruder gut klar?" Manchmal folgen meine Fragen einer Logik, die mir selbst nicht bewusst ist, die ich aber „psychologisch" nenne, denn sie leitet sich aus der Summe dessen ab, was ich mit dem Kind und den Eltern erlebt oder von ihnen berichtet bekommen habe.

„Ich wüsste nichts Gegenteiliges, warum fragen Sie?" Jetzt wird sein Ton wieder unkonziliant, so wie im Erstgespräch.

„Frau Rust hat festgestellt, dass Emma von Dienstag bis Donnerstag nicht recht bei der Sache ist, aber montags und freitags besser dem Unterricht folgt und tut, was man von ihr verlangt. Ich habe mich gefragt, ob dieser Rhythmus mit ihren Besuchen bei Ihrem Bruder zu tun hat." Ich versuche, meine Stimme neutral zu halten und nicht in einen Ton von Rechtfertigung zu verfallen.

Herr Schulze schaut mich mit großen Augen an, ich spüre mehr, als dass ich es sehe, dass auch Roland mich anstarrt, und dann lacht Herr Schulze los. Diese Reaktion hätte ich bei ihm nun nicht erwartet!

„Wollen Sie damit andeuten, dass mein Bruder irgendwas mit Emma macht, was ihr die Konzentration raubt? Meinen Sie das wirklich? Vielleicht sollten Sie wissen, dass er verheiratet ist und zu Emma so gut ist, wie ein Onkel es sein sollte. Nein, bei Nick brauchen Sie sich keine Sorgen zu machen!" Er kichert noch ein bisschen vor sich hin, während er dabei den Kopf schüttelt über meine unsinnige Annahme, zwischen den Besuchen von Emma bei seinem Bruder und ihrem Verhalten in der Schule sei einen Zusammenhang herzustellen.

„Haben Sie eine Idee, Herr Schulze, wie der Besuch bei Ihrem Bruder und Emmas Verhalten in der Schule zusammenhängen könnten?"

„Nein, keine Ahnung.“ Herr Schulze ist jetzt ernst geworden, aber nicht mehr so kratzbürstig. Er scheint wirklich über meine Frage nachzudenken.

Nun wendet sich Roland mit fragendem Gesicht an mich. Ich weiß, er möchte von mir die Erlaubnis, sich in das Gespräch einzuschalten. Ich nicke ihm zu, selbst noch beschäftigt mit Herrn Schulzes Unglauben, dass sein Bruder etwas mit Emmas Verhalten in der Schule zu tun haben könnte.

„Herr Schulze, ich möchte Ihnen gerne etwas berichten, was ich hier mit Emma in der Beratungsstelle erlebt habe. Frau Janner hatte mich ins Spielzimmer gerufen, und als Emma mich sah, fing sie an zu weinen und hat ein großes Geschäft in die Hose gemacht.“ Roland spricht vorsichtig, hält aber Herrn Schulzes Blick gut stand. Innerlich muss ich über seine Ausdrucksweise grinsen, aber wie hätte ich das ausgedrückt? Vermutlich hätte ich gesagt: „eingekotet“. Ich bin zumindest beeindruckt, dass Roland dieses Erlebnis von sich aus erzählt.

Herr Schulze hört ruhig zu und beginnt dann, den Kopf zu schütteln. Er sieht uns ratlos an und sagt: „Was soll ich dazu sagen?“

„Hatte Emma mal ein ungutes Erlebnis mit einem Mann?“ frage ich, ohne mir zu erhoffen, dass er eine aufschlussreiche Antwort gibt, schließlich kennt er Emma erst seit gut zwei Jahren.

„Wüsste ich nicht“, sagt er mit Erstaunen in der Stimme. „Eigentlich geht sie auf Männer wie Frauen mit derselben Freundlichkeit zu.“

Dann erzähle ich noch mein Erlebnis mit Emma bei der Hospitation in der Schule, versuche herauszufinden, ob dieses Märchen zu Hause eine irgendwie geartete Rolle gespielt hat („nein“), und wie Emma zu Hause auf Lob reagiert. Hier in der Beratungsstelle schien sie dem Braten nicht zu trauen.

„Da muss ich mal drauf achten“, sagt Herr Schulze, „das weiß ich gar nicht. Wissen Sie, zu Hause spielen ja ganz andere

Dinge eine Rolle. Hast du deine Hausaufgaben gemacht? Beeil dich, wir wollen los! Lass Florian in Ruhe! Hast du schon deine Zähne geputzt? Das sind so typische Fragen und Anweisungen. Auf das, was klappt, achtet man nicht so, das ist selbstverständlich. Ich bin mir noch nicht mal sicher, dass wir loben. Aber" – er guckt nachdenklich auf seine Hände – „das ist ja wohl auch wichtig, mal was Gutes zu sagen, nicht?"

„Ja, da hapert es manchmal. Ein Kind bekommt bis zu vierhundert Anweisungen pro Tag, da muss man sich nicht wundern, dass sich die Ohren auf Durchzug stellen! Aber bitte gucken Sie mal drauf, Herr Schulze, es könnte ja sein, dass Emma Lob ganz anders auffasst, als es gemeint ist." Ich schaue ihn eindringlich an, damit er meine Bitte um Beobachtung auch wirklich ernst nimmt.

Dann frage ich Herrn Schulze nach Frau Middeldorf, was ich höflichkeitshalber als Erstes hätte tun sollen, aber das ist mir durchgegangen. Er berichtet Roland und mir, dass Emmas Mutter eine Gehirnerschütterung hat und erst einmal im Krankenhaus zur Beobachtung bleibt. Selbst wenn sie entlassen wird, kann sie nicht sofort wieder arbeiten, weil sie auch eine Rippenprellung hat, die sie beim Atmen behindert.

Aus unerfindlichem Grunde wird mir immer heißer. Was ist mit mir los? Hitzewallung wegen Wechseljahren? Jetzt schon? Hab ich doch zu Hause nie! Peinliches Thema? Nein. Ärger gegen jemanden? Zurzeit nicht. Da sagt Roland zu mir: „Sag mal, Mara, kann es sein, dass deine Heizung zu hoch gestellt ist?", und ich springe auf und drehe den Knopf auf eine durchschnittliche Temperatur. „Danke, Roland, hatte ich ganz vergessen."

Teamsitzung

Heute ist wieder Teamsitzung. Anna hat ihren Superschnupfen nun endgültig überwunden und droht uns nicht mehr anzustecken. Selbst ihr Pferdeschwanz wippt jetzt wieder ganz anders, irgendwie munterer! Der Schnee hat mit sich gebracht, dass weniger Klienten ins Haus gekommen sind, um ihre Termine wahrzunehmen, weil so manche Schneeverwehung den Weg versperrt hat. Dafür wird die Anmeldeliste immer länger.

Wir berichten wieder alle von unseren Fällen, wobei ich diesmal, extra für Alfons aufgeschrieben, auch ein verhunztes Sprachbild zu bieten habe, das mir eine Klientin geliefert hat: „Sie hat von ihrem Sohn Folgendes gesagt: ‚Der andere Junge hext meinen Jungen auf.‘ Ist doch schön ausgedrückt, nicht? Manchmal sind die Entgleisungen treffender als die echten Formulierungen."

„Stimmt", fällt Joschka ein, „mir sagte ein Vater mal, er habe im Fernsehen die ‚Tour de Franc‘ gesehen. Stimmt vermutlich auch. Ab der Zeit kann ich dieses Radrennen gar nicht mehr anders nennen."

Alfons hat seinen Spaß und formuliert selbst ganz bewusst ein schönes Beispiel: „Na, Jungs und Mädels, dann möchte ich eure Zeit nicht weiter opfern", dabei zwinkert er uns zu, „lasst uns zum Ende kommen. Roland, welche Aufgaben übernimmst du zurzeit?"

Roland bekommt von Eddie und Joschka schon selbständige Aufträge zum Erledigen und stellt sich anscheinend ganz clever dabei an. Wenn er doch ein bisschen mehr vom Humor und der entspannten Gelassenheit seines Onkels hätte, das würde mir den Umgang mit ihm erleichtern! Ob er wohl eine Freundin hat? Und ist er bei der auch so düster?

„Roland, hast du eigentlich eine Freundin?" frage ich möglichst ungezwungen, als wir zusammen auf dem Weg ins Sekretariat sind. „Nein, nicht mehr", sagt er und schaut mich direkt an, als forsche er in meinem Gesicht, was der Hintergrund meiner Frage sein könnte. Und nach einer kurzen Pause setzt er hinzu: „Die hat mich verlassen, als ich krank wurde und ins

Krankenhaus ging. Kann ich ihr auch nicht verdenken.“ Er wendet den Kopf ab, als fiele ihm dieses Geständnis schwer.

„Was hattest du ...“, beginne ich zu fragen, aber da kommt Gabi zu uns, die mich um einen gemeinsamen Termin für ein Elterngespräch bittet, und ich mag vor ihr nicht so etwas Privates fragen, was Roland womöglich unangenehm wäre.

Mit Gabi habe ich immer zu tun, wenn es um Kinder geht, denen ich eine Förderung empfohlen habe, wie zum Beispiel eine Lese-/Rechtschreibförderung, ein Konzentrationstraining oder eine Dyskalkulieförderung. So was hätte ich als Schulkind auch gut gebrauchen können, da ich durch meine Matheschwäche und der daraus folgenden Unsicherheit im Umgang mit Zahlen immer schlechter in Mathe wurde. Erst während des Psychologiestudiums habe ich ein bisschen Aufwind bekommen, als ich feststellte, dass ich in Statistik mithalten konnte und in der Klausur sogar zu den besten fünf Studenten gehörte. Das hat nur nicht lange gehalten, heute misstraue ich wieder jeder Rechnung, die ich anstelle! Wenn ich Prozente ausrechnen muss, schreibe ich Norbert eine Mail, damit er mir die Faustregel noch einmal herunterbetet, die ich immer vergesse. Was musste oben stehen und was unten? Ich kann es mir nicht merken!

Nach der Mittagspause habe ich volles Programm: ein Gespräch mit einem Lehrer, Herrn Hasske, aus Gettorf, der mir seinen Eindruck über den begabten Jungen mitteilen soll, der auf die Gesamtschule nach Friedrichsort will, eine Mutter mit Trennungsproblematik und eine selbstunsichere Jugendliche. Danach überlege ich mir eine Art Fahrplan für Emma, die am nächsten Spätnachmittag kommen soll. Wer sie wohl bringt?

Als ich an diesem Abend nach Hause komme, ist die Welt dort friedlich, was mich verwundert, ich aber gerne zur Kenntnis nehme. Es ist, als hätten Nina und Norbert ihr Pulver verschossen. Vor dem Einschlafen sage ich zu Norbert: „Mich hat heute gar keiner gefragt, ob ich die Mutter von Nina Janner bin. Ist doch ein gutes Zeichen, oder?“

„Wart's ab, meine Liebe", sagt mein Mann ungewohnt düster. „Aber schlaf trotzdem gut!"

Entdeckung und Rollenspiel mit Emma

Als ich am nächsten Morgen etwas später ins Büro komme, weil ich morgens noch ein Rezept in Gettorf bei Dr. Moog abholen muss, damit sich mein Ischiasnerv endlich beruhigt, empfängt Anna mich mit der Nachricht, dass Emma heute erst eine Stunde später kommen kann, ich möge dies entschuldigen. Sie kommt also um halb sechs, da bin ich vor sieben wieder nicht zu Hause. Ich maile Norbert diesen Sachverhalt, damit er eine Pizza aus der Tiefkühltruhe nimmt und schon mal in den Ofen schiebt. Salat haben wir noch.

Weil ich heute Morgen ein bisschen Zeit habe, lade ich mich bei Kira in deren großes Arbeitszimmer für eine Dreiviertelstunde lang ein, um ein Kind anzusehen, das ich ihr empfohlen hatte. Der vierjährige Louis klettert nicht von alleine, beginnt zu weinen, wenn er geschaukelt wird und quetscht sich am liebsten in enge Höhlen und Nischen. Er hat kaum ein Körpergefühl; es ist, als könne er zwischen gestreichelt werden und fest angefasst werden nicht unterscheiden. Kira wickelt ihn ganz fest in ein Tuch und rollt ihn durch den Raum, was er genießt. Dann spielen sie Pizza-Belag: sein Rücken ist die Pizza, auf die der grobschlächtige Pizzabäcker erst Soße verteilt (Kira reibt ihm fest den Rücken), dann Tomatenscheiben (Sandsäckchen) auflegt und daraufhin die Pizza mit Oliven garniert (Stachelbälle). Louis ist glücklich, er hat ein angenehmes Körpergefühl. Mich würde interessieren, wie Emma auf so eine Behandlung reagieren würde. Ich mache mir eine Notiz auf meine innere Liste.

Der Tag vergeht mit Telefonaten, Briefen, Klientengesprächen, einem Kurzaustausch über Louis mit Alfons und einer kollegialen Supervision für Eddie, der in einem Fall gerade

„steckengeblieben" ist. Wir finden eine Lösung, die ihn zufriedenstellt. Um siebzehn Uhr höre ich, wie die Haustür sich hinter Anna schließt, die noch ein lautes „Tschüs" ins Treppenhaus ruft, und ich weiß: jetzt bin ich alleine im Haus und muss noch eine halbe Stunde lang auf Emma warten.

Ich bin sehr gerne in diesem Haus, auch alleine. Es hat so seine eigenen Geräusche, weil es ein altes Haus ist. Gerade heute, wo draußen ein scharfer Ostwind weht, ächzen die Kastanienbäume, die auf dem Hof stehen, und es klappert im Obergeschoss, als sei dort ein Fenster undicht oder sogar offen. Besser ist es, ich gehe mal hinauf und schaue nach, ob alles verschlossen ist. Für die Nacht sind weitere Schneefälle vorhergesagt.

Ich stapfe die Treppe ins Obergeschoss, sammle noch ein Springseil ein, das auf der Treppe liegt und nicht dahin gehört, und öffne die Tür zu Rolands Praktikantenzimmer. Als Erstes fällt mein Blick auf die Kinderbücher, die ganz unten in unserer „Bibliothek" stehen, und ich schaue die Reihe der Bücher durch, ob ich das mit dem Titel „Mein Geheimnis" finde. Das könnte ich gut mit Emma lesen, als Anreiz, miteinander ins Gespräch zu kommen. Da höre ich hinter mir ein Geräusch, so, als ob jemand „Psst" sagt. Aus dem Augenwinkel nehme ich wahr, dass die Tür sich bewegt. Mit einem leisen Klicklaut stößt sie am Schloss an. Will mich hier jemand einsperren? Mein Herz springt in ein paar Extrasystolen, dann merke ich, dass ich den Türstopper nicht untergeschoben habe und die Tür sich daraufhin, langsam über den Teppich schleifend, von allein geschlossen hat. Was bin ich doch für ein Angsthase! Das ist mir hier noch nie passiert! Was macht mich denn so nervös?

Mit dem gefundenen Buch in der einen, dem Springseil in der anderen Hand, erhebe ich mich mit knackenden Knien und gehe zum Fenster, um zu prüfen, ob es fest verschlossen ist. Da fällt mein Blick auf etwas, das ich hier in der Beratungsstelle noch nie gesehen habe und auch gar nicht hierher passt: ein Fernglas! Was soll das? Wer hat das hierher gelegt? Roland?

Wozu braucht Roland das? Hier kann man doch sowieso die ganze Straße hinunter bis nach Krusendorf gucken, zumindest sieht man von hier aus die einzigartig geformte Kirchturmspitze, die aussieht wie der Helm eines mittelalterlichen Soldaten und das dunkle Dach des Kindergartens. In die andere Richtung kann man bis dahin sehen, wo die Straße ihre Biegung nach Eckernförde macht.

Was hat der denn noch alles hier in seinem Schreibtisch, frage ich mich. Neugierig ziehe ich die oberste Schublade rechts auf, entdecke aber nur Schreibutensilien, einen Tischkalender und einen Apfel. In der Schublade darunter sieht es genauso uninteressant aus: zwei Fachbücher, ein Schreibblock, ein leerer Ordner. Sozusagen nur der Ordnung halber gucke ich auch in die linken Schubladen. Da liegt das Etui, das zu dem Fernglas gehört. Also gehört es wirklich Roland. Gerade, als ich die Schublade wieder schließe, höre ich, dass unten die Haustür aufgeht. Das muss jemand mit Schlüssel sein, denn man kann die Haustür von außen nicht einfach aufziehen. Wer kommt denn heute noch zu einem Spättermin hierher? Im Bürokalender stand nur bei mir Emmas Name, unter allen anderen Namen der Kollegen und Kolleginnen stand für diese Zeit kein Eintrag.

Ich vergewissere mich, dass ich alle Schubladen wieder geschlossen habe und husche zur Tür. Hier schiebe ich leise den einfachen Holzkeil unter und trete auf den Flur. Ich hätte jetzt noch die Wahl, in der Bodenkammer zu verschwinden, in der wir allerlei Gerümpel aufbewahren, aber ich weiß, die Angel quietscht so unerbittlich, da könnte man ja gleich herunterrufen: „Ich bin in der Bodenkammer!“

Ich trete oben an die Treppe. Von hier aus kann ich den Handlauf sehen, und sieh an, da schiebt sich eine Hand hoch. In meiner Brust schlägt jetzt ein Holzfäller auf seinen Holzklotz ein, ich sehe förmlich, wie sich mein Pulli vorne rhythmisch ausbeult. Soll ich doch noch versuchen, in die Bodenkammer zu kommen? Aber das könnte ich nicht geräuschlos hinkriegen.

Verdammt, ich gehöre hier ins Haus und habe nichts zu befürchten! Sage ich mir todesmutig. Mit festem Tritt steige ich die erste Stufe hinab, trete weiterhin extra fest auf und summe ein Lied. Wer immer du bist, ich stell mich dir entgegen. An der Treppenbiegung sehe ich dann, dass zu der Hand der Arm von Roland gehört, und sein ganzer Körper schiebt sich ins Bild. Mit zu mir erhobenem Gesicht sagt er: „Warum bist du noch im Haus? Ich habe mich schon gewundert, dass im Treppenhaus Licht ist. Ich habe was vergessen, das wollte ich noch holen." Damit schiebt er sich an mir vorbei.

„Ich habe oben was klappern gehört, ich dachte, da stände ein Fenster offen", sage ich und gehe die Treppe weiter runter. „Außerdem habe ich noch einen Spättermin, der kommt sicher gleich." Mein bummerndes Herz hat sich beruhigt. Ist ja nur Roland, sagt es sich. Ich blicke auf die Uhr: fünf Minuten vor halb sechs. Da klingelt es an der Tür, ich nehme die letzten Stufen schneller, winke Roland, der noch oben auf der Treppe steht, zu und drücke gegen die Glastür, auf der der Ostwind steht, so dass sie sich schwer öffnen lässt. Emma, dick in ihren Anorak eingehüllt, grinst mich an und kommt in den Windfang, ein fremder Mann hat sie gebracht, der sich mir jetzt mit den Worten vorstellt: „Ich bin der Bruder von Herrn Schulze. Jannik." Aha, der Bruder Nick.

„Moin, Herr Schulze, Janner mein Name", stelle ich mich vor.

„Sind Sie die Mutter von Nina Janner?" Nick Schulze guckt mir aufmerksam ins Gesicht.

„Leider ja", sage ich verbissen und denke insgeheim: Leider nur in Bezug auf ihre Beziehung zu Herrn Gruber, ansonsten bin ich gerne ihre Mutter. Laut sage ich: „Kommen Sie rein, es wird sonst kalt." Emma hat ihren Anorak, die Mütze und die Handschuhe schon ausgezogen und auf einen Stuhl im Wartezimmer geworfen. „Was machen wir heute?" fragt sie mich. Ich wende mich an Herrn Schulze und frage: „Sie bleiben hier, während ich mit Emma spiele?“

„Ja“, sagt er, „Emma geht so gerne mit nach Surendorf in den Supermarkt, da will ich ihr die Freude nicht nehmen und jetzt schon dahin fahren. Ich warte hier.“ Er setzt sich auf einen Stuhl im Wartezimmer und knöpft sich bedächtig die Jacke auf, behält sie aber an.

Im obersten Geschoss höre ich Roland rumoren, Emma hört die Geräusche auch und greift auf dem Weg nach oben ins Spielzimmer nach meiner Hand. Als ich die Tür öffne, kommt Roland gerade die Treppe von oben herunter und sagt „Tschüs“. Emmas Händedruck wird fester, aber sie dreht sich trotzdem neugierig zu ihm um.

„Heute will ich mich verkleiden“, sagt sie. „In der Schule spiele ich im Weihnachtsspiel einen Engel, weißt du das schon? Wir haben dafür geprobt, die Aufführung ist in einer Woche.“

Sie geht zu dem Garderobenständer neben dem Spiegel und sichtet die Kleidung. Dann nimmt sie ein langes Kleid vom Bügel, knöpft ihre Skihose auf und zieht die herunter. Da es hier warm ist, denke ich, es ist in Ordnung, dass sie die Hose auszieht, damit sie das lange Kleid anziehen kann. Dann wühlt sie in der Kleiderkiste, entdeckt einen Schal, den sie sich über die Haare legt und fragt mich: „Hast du denn keine richtige Perücke?“

„Was für eine Perücke meinst du?“ frage ich erstaunt.

„Eine blonde mit langen Zöpfen, das haben Prinzessinnen immer. Weißt du das nicht?“

„Doch, doch“, beeile ich mich zu sagen. „Welche Prinzessin bist du denn?“

„Die aus dem Märchen!“ sagt Emma ein bisschen mürrisch über meine dumme Frage.

„Bist du Schneewittchen?“ frage ich listigerweise.

„Nein.“ Muffiger Ton.

„Bist du Goldmarie?“ Wie viele Prinzessinnen kenne ich noch?

„Nein!“ Ihr Ton wird empört.

„Bist du Dornröschen?“ Langsam komme ich in Bedrängnis.

„Nein, du bist aber dumm!“ Emma ist jetzt richtig sauer auf mich.

Ich muss es wagen, ich muss jetzt aussprechen, was ich vermute und auf was Emma vielleicht sogar wartet. Bei allen anderen Namensvorschlägen würde sie sich auf den Arm genommen vorkommen.

„Bist du Rapunzel?“ Ich versuche denselben Tonfall und dieselbe Intensität in den Namen zu legen wie zuvor bei den anderen.

In Emmas Gesicht beginnt es zu arbeiten. Sie wendet sich um zum Spiegel, aber ich kann es dort sehen, was ihr aber nicht klar ist. Ein zufriedener Zug in ihrer Miene wird abgelöst durch eine neue Spannung, die sie vorher nicht hatte. Sie antwortet: „Ja.“

„Gibt es etwas, was ich dabei spielen soll?“ frage ich. Ich merke, dass mir selbst heiß wird, weil ich nicht weiß, was auf mich zukommt.

„Ja, du musst unten am Turm stehen und sagen: ‚Rapunzel, Rapunzel, lass dein Haar herunter.‘“ Emma ist jetzt ganz überlegen, weil sie mir Anweisungen geben kann.

„Okay. Bist du fertig? Soll ich anfangen?“

„Warte, weil wir ja keine Perücke haben, muss ich den Schal runterhängen lassen, das sind meine Zöpfe. Los, mach!“

„Rapunzel, Rapunzel, lass dein Haar herunter!“ Ich bin gespannt, was nun kommt.

In Emmas Gesicht spielen sich widerstreitende Gefühle ab, aber sie beugt sich zu mir herunter, die ich trotz eines bedenklichen Ziehens in der Pobacke in die Hocke gegangen bin, um einen Höhenunterschied anzudeuten, und sagt mit fester Stimme: „Nein. Mach ich nicht!“

„Was muss ich jetzt sagen?“ frage ich verblüfft.

„Das weiß ich nicht. Ist mir auch egal.“ Sie reißt sich den Schal vom Kopf, anscheinend ist das Spiel beendet. Ich gucke sie ein bisschen ratlos an, woraufhin sie sagt: „Na gut, du darfst einmal gucken.“ Daraufhin lüftet sie vorne ihr Kleid und lässt es dann wieder fallen. Ich erhebe mich und gehe etwas abseits zu einem Stuhl vor dem kleinen Tisch mit meinen Schreibsachen, auf dem ich mich niederlasse, aber ich bleibe mit meiner Aufmerksamkeit bei Emma.

Die geht in dem langen Kleid aber ohne Schal zum Kaufmannsladen und sagt munter zu mir: „Du musst jetzt wieder einkaufen. Nimm die Tasche, da ist Geld drin.“ Sie reicht mir resolut die Einkaufstasche und wendet sich dem Ordnen der kleinen Päckchen von Lindes-Kaffee, Erbsen und Fischstäbchen zu. Die Cola-Fläschchen von ungefähr fünf Zentimeter Größe stellt sie sorgfältig in Reih und Glied, die kleinen Milchflaschen drapiert sie in das Fach darunter.

„Ist Rapunzel jetzt zu Ende?“ frage ich. Emma wirft mir einen misstrauischen Blick zu, ordnet dann weiter in einer Schublade des Ladens, so dass sie mich nicht ansieht, und sagt „Ja“.

Ein Teil der Stunde vergeht noch mit Einkaufen, was mir nach einer gewissen Zeit auch zum Hals raushängt, aber sie liebt es, Übersicht im Laden zu schaffen. Dann fragt sie: „Können wir nicht eben noch die Matte schlagen?“ Ich gucke wohl ein bisschen verdutzt, so dass sie erklärt: „Drüben in der kleinen Turnhalle, wo die Matte steht.“ Ich begreife, wir gehen für fünf Minuten noch mal rüber. Als ich die Matte senkrecht stelle und festhalte, damit sie dagegenschlagen kann, guckt sie mich wieder erst fragend an, ich nicke, und dann legt sie los, aber wie! Wir sind schon ein bisschen über die Zeit, und außerdem muss sie noch aus dem langen Kleid raus und ihre Skihose wieder anziehen.

Als Emma und ich die Treppe heruntergehen, um ihren Onkel im Wartezimmer abzuholen, springt Emma ganz fröhlich die Stufen hinunter und ruft, als sie ihn sieht: „Onkel Nick, wir haben mit dem Kaufmannsladen gespielt, und Frau Janner hat sich wieder verrechnet.“ Das stimmt auch, und es ist mir nicht schwergefallen.

Jannik Schulze sieht mich lächelnd an, wird dann aber ernst und fragt mich: „Sagen Sie mal, wer war denn der Mann, der vorhin hier die Treppe heruntergekommen ist?“ Irgendwas in seiner Stimme ist merkwürdig.

„Das war unser Jahrespraktikant. Wieso?“ Ich schaue ihn neugierig an, was hat der mit Roland?

„Ach, ich dachte, den Typen kenne ich. Hab mich wohl geirrt.“ Er gibt keine weitere Auskunft über seine Gedanken, hilft Emma aber, ihren Reißverschluss am Anorak einzuhaken. Aus seiner gebeugten Haltung heraus und vielleicht aus der Anstrengung heraus, die er mit dem Reißverschluss hat, oder aus anderen Gründen sagt er mit rotem Kopf zu mir: „Wenn Sie sich wundern sollten, dass ich Emma gebracht habe: Mein Bruder hat heute Spätdienst und ist daher erst um zweiundzwanzig Uhr zu Hause, daher bleibt Emma heute Nacht bei uns. Meine Frau und ich – wir leben in Trennung, ich sage Ihnen das lieber schon mal, bevor Sie es von jemand anderen hören.“

Weiß er von Siemens Klatschbörse? Was soll ich daraufhin sagen? Herzliches Beileid? Gratuliere? Ich sage mal lieber gar nichts, sondern lächle ihn unbestimmt an.

„Und wie geht es Emmas Mutter?“ Der Satz ist doch auf keinen Fall falsch!

„Sie muss noch im Krankenhaus bleiben, weil sich jetzt erst herausgestellt hat, dass ihr Kopf doch mehr in Mitleidenschaft gezogen worden ist als angenommen. Der Sachgutachter hat übrigens herausgefunden, dass der Unfall beabsichtigt war, da kann man ja heutzutage die tollsten Nachweise nur anhand der Beulen, des Aufprallwinkels oder der Schnelligkeit des gerammten Autos feststellen. Mein Bruder war stinkewütend, als er das gehört hat.“

„Aber wer hat denn ein Interesse daran, so einen Unfall mit Absicht zu machen? Aus welchem Motiv heraus?“ Ich starre ihn beinahe mit offenem Mund an, so verwunderlich finde ich seine Information.

„Ja, das ist genau die Preisfrage!“ Herr Schulze, den ich innerlich Nick nenne, um ihn von Frieder Schulze zu unterscheiden, reicht mir die Hand zum Abschied. Emma hebt die Arme, als wolle sie mich umarmen, aber ich gebe ihr die Hand wie allen anderen Klienten auch.

Dann bringe ich beide zur Tür, wünsche ihnen einen schönen Abend und versichere Emma, dass ich mich darauf freue, sie in einer Woche wiederzusehen. Stimmt auch.

Einkauf bei Siemen und in der Stadt

Donnerstag und Freitag sind diesmal ereignislose Tage, außer dass ich in der Supervisionsgruppe, die sich in Kiel trifft, meine Freundin Elisa wiedersehe, die auch Psychologin ist, aber in einer kirchlichen Beratungsstelle arbeitet. Nach der Gruppensitzung gehen wir noch schnell ins Café Fiedler in der Holstenstraße und trinken zusammen einen Kaffee. Sie fragt nach Norbert und Nina, staunt, dass ich deren Beziehung zu Gruber relativ gelassen hinnehme und berichtet von ihrem Sohn Henry, der bei „Jugend musiziert“ gerade den ersten Preis im Klarinettenspiel bekommen hat.

„Du siehst ein bisschen genervt aus, Mara, hast du gerade in der Beratungsstelle viel am Hals?“ Elisa greift mir vertraulich auf den Unterarm und drückt ihn warm.

Ich berichte ihr von Emma, meine Überlegungen zu deren Rapunzelspiel, Emmas Wut, mit der sie die Matte schlägt, und die Tatsache, dass ihre Mutter absichtlich angefahren wurde. Ich habe bei diesem Fall ein wirklich ungutes Gefühl.

„Warum hast du in der Supervisionsgruppe den Fall nicht vorgestellt?“ fragt Elisa erstaunt.

„Weil die meisten Kolleginnen und Kollegen immer so hektisch reagieren, wenn es um einen Missbrauchsverdacht geht. Da muss man doch sehr aufmerksam bleiben, nicht nur dem Kind gegenüber. Auch seine eigenen Gefühle muss man im Blick behalten: Habe ich jetzt Sorge oder Neugier, interpretiere ich eigene Phantasien in das Verhalten, oder ist das eine eindeutige Tatsache? Suggeriere ich dem Kind etwas, manipuliere ich es? Und wenn es eindeutig wird, ist die nächste Frage: was tun? Ich bin ja keine Polizistin, daher würde ich von mir aus nicht nach dem Missbraucher fragen, sondern sicher als Erstes daran denken, wie das Kind sich selbst schützen kann. Und was ich dafür tun kann. Als Psychologin.“

Elisa, die fünf Jahre älter und ein Jahrhundert weiser ist als ich, stimmt mir zu.

„Aber du weißt, wenn du jemanden zum Quatschen brauchst, bin ich für dich da!“ Wir verabschieden uns herzlich voneinander.

Am Freitagabend, nachdem ich den Wocheneinkauf im Surendorfer Supermarkt hinter mir habe, der viel zu groß ausgefallen ist, eröffnet uns Nina am Abendbrottisch, dass sie am Wochenende wieder bei Gruber übernachten will. Sie nennt ihn jetzt GG, und wenn ich das leise vor mir ausspreche, kann ich das mit richtiger Überzeugung zu Gert Gruber sagen, aber anders, als Nina es sagen würde: „Geh, geh!“

Norbert kommentiert Ninas Ankündigung nur mit einem finsteren Blick, ich sage zu ihr: „In Gettorf ist es jetzt rum, dass ihr rumturtelt, ein Klient hat mich darauf angesprochen.“ Aber das kümmert sie nicht.

Ich bin gespannt, was Siemen mir morgen zu berichten hat!

Am nächsten Morgen ist der Schnee bis auf wenige weiße Inseln getaut, und die Welt präsentiert sich mir in den gewohnten Winterfarben: grau-braun, mit einem Himmel, über den die

Wolken jagen. Norbert und ich sitzen lange am Frühstückstisch, er liest die Zeitung, ich die Beilage, und wir empören uns abwechselnd über das Weltgeschehen oder die Angebotspreise. Um halb zehn gehe ich unter die Dusche, weil ich angezogen sein will, wenn Siemen seine Runde fährt. Heute will ich bei ihm den köstlichen Schichtkäse kaufen, der in keinen Supermarkt der Welt so gut ist wie bei ihm. Er macht auch Kefir selbst, und seine Frau bestückt ihn manchmal mit zwei Blechen Butterkuchen. Aber wenn er zu uns kommt, ist der leider meist schon ausverkauft.

Heute habe ich Glück: Siemen hat noch zwei Stück übrig, die so lecker aussehen, dass ich mich beherrschen muss, nicht gleich hineinzubeißen.

„Na, geht heute die Kleine wieder zum Gruber?“ fragt er mich mit verschmitztem Lächeln, und ich wähle die Flucht nach vorne: „Ja, die beiden verstehen sich wirklich gut. Und mir ist es ja lieber, dass sie mit jemandem zusammen ist, den ich kenne, als wenn sie sich in der Stadt mit einem mir unbekannten Mann rumtreiben würde.“

Siemen sagt nichts dazu, und um das Thema Nina und Gruber zu beenden, frage ich ihn: „Was gibt's denn Neues?“ Das ist für Siemen eine eindeutige Aufforderung, mich auf den neuesten Stand in puncto Klatsch und Tratsch zu bringen, der er bereitwillig nachkommt.

„Na, die Frau vom Polizisten is immer noch in der Klinik, die hat ja was am Kopf abgekriegt, wenn da man nich was bleibt! Das soll der Fahrer ja mit Absicht gemacht haben, in der ihr Auto zu fahren, wat es all givt.“

„Weiß man denn schon, wer das war und warum der das gemacht hat?“ Ich frage betont harmlos, als würde ich nur freundliche Konversation machen, aber innerlich bin ich gespannt wie ein Flitzebogen.

„Das is ja das Komische, den Mann ham'se schon, aber der sacht, das wär nich ernst gemeint gewesen, also, er hätte kein

Dingsda, kein, wie heißt das: Motiv. Die Polizei meint nun, der hat im Auftrag von jemand gehandelt, aber von wem, das weiß man nich."

Ich schüttele voller Unglauben den Kopf. Das sind die Momente, in denen ich Siemen glücklich mache. Er kann mich verblüffen und mir zeigen, dass seine Geschichten doch denen, die ich in der Beratungsstelle höre, über die ich aber nicht rede, haushoch überlegen sind. Ich frage mich allerdings immer, woher Siemen so gut unterrichtet ist und ob auch alles stimmt, was ich von ihm höre. Er ist ja clever und setzt sich aus den Gesprächsstücken, die er hört, manches richtig zusammen, andere Teile seiner Erzählung kann man nicht nachprüfen. Und es ist schwer zu unterscheiden, was er im guten Glauben weitererzählt, was er nur referiert, weil es so gut klingt, er aber selbst nicht glaubt, und was er wirklich weiß.

Siemen brilliert dann mit weiteren Geschichten von Leuten aus Borghorst, Felm, Osdorf und Sprenge, die ich alle nicht kenne, aber lustig, ungewöhnlich oder typisch sind. Insofern fühle ich mich gut unterhalten.

Nach zwanzig Minuten an Siemens Wagen wird mir kalt, und als ich anfange, mit den Füßen zu stampfen, um mich wärmer zu machen, sagt Siemen: „Dann gehen Sie mal lieber wieder rein, sonst werden Sie noch krank wie Ihnen Ihre Sekretärin, die hat das ja nun gerade hinter sich."

Nachdem ich den Schichtkäse verstaut, den Butterkuchen ausgepackt und Norbert erzählt habe, was Siemen mir berichtet hat, sammle ich meine Sachen zusammen, um in die Stadt zu fahren, weil ich für Nina ein Geburtstagsgeschenk in der Stadt kaufen will. Sie hat unglücklicherweise am Heiligen Abend Geburtstag, was sie uns jedes Jahr vorwirft. Norbert hat zwei Stapel Hefte zum Korrigieren auf seinem Schreibtisch liegen und soll die Lichterkette um die Haustür anbringen, daher kommt er nicht mit.

Ich genieße die Fahrt über die Dörfer nach Kiel, wobei ich ungefähr zwanzig Minuten bis zur Kanalbrücke Holtenau brauche. Dabei stelle ich fest, was ich mir vorher nicht klargemacht habe, dass ich immer an Emmas Haus vorbeikomme. Ich gucke mir diesmal bewusster das Haus an: roter Klinker wie alle Häuser in unserer Gegend, außer es sind Fachwerkhäuser, die Gardinen hängen akkurat und sind blickdicht, der Vorgarten mit den Schneeresten ist symmetrisch angelegt und von einer Buchsbaumhecke eingefasst. Ein Schlitten lehnt hochkant neben der Haustür. Das Haus sagt: „Hier wohnen anständige Leute." Mag sein, aber auch anständigen Leuten widerfährt Unanständiges, denke ich.

Ich parke wie immer am Hafen hinter dem Schifffahrtsmuseum, weil von dort aus der Weg in die Stadt nicht so weit ist und ich mir einbilden kann, einen Blick auf die Fähre nach Dänemark werfen zu können. Auf der habe ich mal als Studentin gearbeitet, zwanzig Jahre ist das schon her. Diese Fähre gibt es nicht mehr, aber die nach Oslo. Als ich an der vorbeikomme, legt sie gerade ab, schickt dunklen Qualm in den Himmel und macht dieses durchdringende „Tuu-huut", was ich als freundlichen Gruß empfinde.

Als Erstes gehe ich in die Weiland-Buchhandlung, die so hübsche Gutscheine ausstellt; Nina soll sich ihr Buch selbst aussuchen, denn ich kann nicht mehr überblicken, was sie schon hat oder nicht. Danach gehe ich zu Scandic, der Boutique, in der es die Markenhosen für teures Geld gibt, die meine anspruchsvolle Tochter am liebsten hat. Gottseidank hat sie eine solche Normfigur, dass bei ihr alles passt. Die Verkäuferin ist jetzt, kurz vor Weihnachten, schon leicht genervt, ich merke es daran, dass sie mich nicht berät, sondern geradezu unbesehen alles lobt, was ich in die Hand nehme. So entscheide ich mich für eine Jeans mit kleinen Glassteinchen an den Vordertaschen und dem Schriftzug des Designers auf den rückwärtigen Taschen. Ich weiß, dass Nina sich darüber freuen wird, gerade deswegen, weil wir am Esstisch schon hundert Mal besprochen haben, wie blöd wir diese Markenbesessenheit finden. Norbert hat zu mir gesagt, als ich ihm meinen Kauf ankündigte: „Du bist eine rückgratlose, tochterabhängige Mutterglucke“, und hat mir einen Kuss auf die Nasenspitze gegeben. Ich weiß, er würde genauso Gefahr laufen, seinen Grundsätzen zu widersprechen, wenn es um Nina geht.

Der letzte Einkauf führt mich zum Einkaufszentrum Sophienhof am Hauptbahnhof, in dem etliche Geschäfte ihren Platz finden. „Was Sie hier nicht finden, brauchen Sie auch nicht!“ könnte deren Slogan sein. Ich will zu der Sportabteilung, in der es Basketballschuhe gibt, denn Ninas Schuhe sind arg ramponiert. Um die Knöchel zu schützen und die Knie zu schonen, sollte das ein guter Schuh sein. Morgens bekommt sie die Hose und den Büchergutschein, die Schuhe sind dann das Geschenk für abends zu Weihnachten,

Als ich am Eingang des „Sophienhofs“ mit der Rolltreppe hochfahre, mit Blick nach oben und konzentriert auf meinen geplanten Schuhkauf, sehe ich aus dem Augenwinkel auf der herunterfahrenden Rolltreppe, die uns entgegenkommt, eine männliche Figur, die mir bekannt vorkommt. Als wir auf gleicher Höhe sind, erkenne ich: Es ist Roland mit einer auffälligen Blondine, mit der er sich sehr vertraut unterhält. Ich will noch „Roland“ zu ihm herüberrufen, als ich sehe, dass er den Arm um die Frau legt. Da will ich doch mal lieber nicht stören, zumal wir beide gleich auf verschiedenen Ebenen aussteigen. Aber wundern tut mich das doch: War das seine Freundin? Die alte? Eine neue? Und dann so eine attraktive Frau! Er selbst sah eben auch ein bisschen – verwandelt aus, selbstsicher, gewandt, angeregt, gar nicht so düster wie sonst.

In der Sportschuhabteilung bekomme ich die Basketballschuhe, die ich im Auge habe, und sogar noch schicke passende Socken dazu. Na, da wird sich das Mäuschen aber freuen! Bepackt mit meinen diversen Tüten mache ich mich auf den Weg zum Auto und fahre vergnügt nach Hause.

Am Montagmorgen habe ich vergessen, dass ich Roland auf der Rolltreppe des „Sophienhofes“ gesehen habe, das fällt mir erst in der Mittagspause wieder ein. Ich will gerade hochgehen zu seinem Zimmer, als mir klar wird, dass der Anlass das doch nicht wert ist. Würde ich extra zu Eddie oder Joschka gehen, wenn ich die in meiner Freizeit irgendwo gesehen hätte? Nein, ich würde dieses Vorkommnis vielleicht ansprechen, wenn sich die Gelegenheit ergäbe, aber sicher nicht extra in deren Büro gehen. Also kehre ich wieder um. Anscheinend denke ich über Roland anders als über die anderen, da will ich mich immer vergewissern oder etwas verstehen, was sich mir entzieht. Vielleicht behandele ich ihn ja auch anders als die anderen? Hoffentlich nicht!

Als ich an diesem Tag mit meiner Arbeit fertig bin, wobei ich die letzte Sitzung ein bisschen überziehen muss, weil ich die Mutter, eine Afrikanerin, nicht gut verstanden habe und immer noch einmal nachgefragt habe, komme ich herunter ins Sekretariat, wo Alfons mit Roland steht. Beide diskutieren irgendwas über einen Fall, es scheint um Autismus zu gehen, aber ich klinke mich nicht in das Gespräch ein. Als ich noch mal in mein Fach gucke, ob Anna mir eine Nachricht hineingelegt hat, sagt Alfons zu mir: „Kannst du Roland morgen mal mit in deine Sitzungen nehmen? Der Junge hat mir zu viel Leerlauf.“

„Sicher kann ich das. Hast du Lust, Roland? Ach, ich hab dich übrigens am Samstag in der Stadt gesehen, im Sophienhof auf der Rolltreppe, mit einer hübschen jungen Frau an deiner Seite!“

„Musst du denn immer mit der Torte ins Haus fallen, Mara?“ fragt Alfons vorwurfsvoll. „Vielleicht ist das doch sein süßes Geheimnis!“

Roland ist am Hals rosa angelaufen, aber er schüttelt den Kopf, schaut seinen Onkel mit einem Blick an, den ich nicht deuten kann und sagt: „Ich war am Wochenende in Hamburg, bei Freunden, da kannst du mich wohl nicht gesehen haben!"

„Ach", sage ich verblüfft, „dann hast du einen Doppelgänger. Der sah dir so ähnlich! Obwohl ..." Ich versuche, mir das Bild dieses Mannes noch einmal vor Augen zu führen, aber es rutscht immer weg und überlagert sich mit dem Bild von dem Roland, der vor mir steht.

Als Onkel und Neffe gemeinsam in Richtung Alfons' Büro gehen, habe ich den Eindruck, als ob sie ihre Stimmen dämpfen. Norbert würde jetzt zu mir sagen: „Mara, du hörst nicht nur das Gras wachsen, du siehst es auch wachsen!"

Kollegiale Beratung und Rolands Geheimnis

Am nächsten Morgen haben wir Sitzung. Vor Weihnachten nehmen die Anmeldungen ein bisschen ab, weil sich alles auf das Fest konzentriert, so dass wir unsere Anmeldeliste abarbeiten könnten. Aber auch das ist in jedem Jahr dasselbe: Wenn man zwischen Weihnachten und Neujahr einen Termin anbietet, wird um einen Termin im neuen Jahr gebeten, dann ist die Anmeldung plötzlich nicht mehr so dringlich.

Eddie berichtet von einer Jugendlichen aus Dänischenhagen, die er in einer Wohngruppe in der Stadt untergebracht hat. Die alleinerziehende Mutter trinkt, die Wohnung ist ein Saustall, weil die Mutter alles, aber auch wirklich alles sammelt. Selbst Bindfäden, die nicht mehr zu gebrauchen sind! Alfons fragt, ob Eddie auch nachgesehen hat, ob Elvira, so heißt das Mädchen, noch Läuse hat; als Alfons Elvira das erste Mal gesehen hat, konnte sie vor lauter Juckreiz nicht still sitzen. Eddie macht sich eine Notiz, dass er noch mal auf Elviras Kopf gucken will.

Anna erinnert uns daran, dass wir die Umläufe bitte weitergeben und nicht auf dem Schreibtisch horten mögen, und Kira bietet einen neuen Platz in ihrer Gruppe für schüchterne Mädchen an. Gabi berichtet von einem Zehnjährigen, der in die vierte Klasse geht, und nicht ein Wort lesen oder schreiben kann. „Wie ist der bis in die vierte Klasse gekommen? Das ist doch ein Unding!“ ereifert sie sich.

„Was macht deine Emma, Mara?“ fragt Alfons. „Wie häufig hast du sie bis jetzt gesehen?“

„Meine Emma, wie du sie nennst, habe ich insgesamt dreimal gesehen, die Eltern einmal. Ich würde euch gerne ausgiebiger von ihr erzählen, um eure Eindrücke zu hören.“

Und dann berichte ich, was ich mit Emma erlebt habe, mache noch einmal den Rückgriff auf ihre Reaktion auf Roland, der bei dieser Stelle auf sein Papier vor sich starrt, und erzähle, dass ich weiß, dass die Mutter, Frau Middeldorf, noch länger im Krankenhaus bleiben muss. „Der Bruder vom Herrn Schulze, Nick, macht einen sehr sympathischen Eindruck. Er hat mir von sich aus erzählt, dass er mit seiner Frau in Trennung lebt. Was das zu bedeuten hat, weiß ich aber nicht.“

„Vielleicht will er dir damit sagen, dass die bald nichts mehr mit Emma zu tun hat“, sagt Eddie. „Die Frage könnte sein: Hatte sie bis jetzt was mit ihr zu tun?“

Ich mache mir eine Notiz und schaue weiter fragend in die Runde.

„Es klingt, als kenne sie die ‚Rapunzel-Geschichte‘ aus einem anderen Zusammenhang als den der Schule“, sagt Gabi. „Und zwar aus einem, der mir nicht ganz koscher vorkommt, wenn du weißt, was ich meine.“

„Du meinst Missbrauch?“ frage ich sie. Gabi nickt.

Joschka rutscht plötzlich auf seinem Stuhl nach vorne und sagt eifrig: „Ich finde es bemerkenswert, dass Emma von sich aus ‚Rapunzel‘ noch einmal nachspielen wollte. Das klingt ja so, als habe sie intuitiv etwas für sich bearbeiten wollen. Als ob sie das ‚Nein' bei dir geübt hat." Er schaut, wie so häufig nach einem Beitrag, Eddie an, was der dazu meint.

Da sagt Roland: „Ich fände es interessant zu wissen, was sie sagt, wenn du ihr erzählst, dass das Märchen von Rapunzel aber eigentlich anders ausgeht, als sie es gespielt hat." Ich notiere mir auch diesen Hinweis.

„Vielleicht geht sogar die Frage, woher sie die andere Version kennt", meint Alfons.

Joschka weist mich noch einmal darauf hin, dass ich Emma fragen könnte, was sie in der Schule bei dem Märchen so traurig gemacht hat, dass sie weinen musste.

So tragen meine Kolleginnen und Kollegen allerhand zusammen, was es mir erleichtert, für die nächste Stunde mit Emma bestimmte Interventionen im Kopf zu haben. Ich fühle mich hier in diesem Team gut aufgehoben. Wenn ich mal Bockmist mache oder ganz vernagelt bin, werde ich freundlich (Gabi, Joschka) bis spöttisch (Alfons) darauf hingewiesen, wenn ich etwas gut gemacht habe, lobt Alfons über den grünen Klee, und Kira bestätigt mir, das wäre ihr leider nie eingefallen, es so zu machen!

Anna hat ihr Büro mit Tannengrün verschönert und auch ins Wartezimmer einen Kiefernstrauß mit kleinen bunten Kugeln gestellt. Auf ihrem Schreibtisch brennt jetzt schon morgens eine Kerze, und Alfons unkt, dass sie bestimmt mal ein Stück Papier auf die Kerze legt, und dann geht das ganze Haus in Flammen auf. Anna pflegt ihm recht souverän zu kontern, indem sie ihn mit seinen eigenen Wortwaffen schlägt und zum Beispiel sagt: „Das multiviert mich nicht, die Kerze auszumachen." Alfons tut dann so, als sei er beleidigt, aber ich kann erkennen, dass er über Annas Antwort grinsen muss. Die Stimmung ist schon ein bisschen vorweihnachtlich, der Stress von Anfang Dezember hat sich gelegt.

Morgen ist der letzte Arbeitstag vor Weihnachten, denn am 24. selbst haben wir alle frei bis einschließlich des zweiten Feiertags. Diesmal haben Eddie und Anna zwischen Weihnachten und Neujahr ihre letzten Urlaubstage genommen. Wenn das Sekretariat durch Anna nicht besetzt ist, bedeutet das für uns im Allgemeinen einen Haufen Mehrarbeit, weil wir umschichtig Dienst am Telefon machen müssen. Wir können aber nicht Annas ganze Arbeitszeit abdecken, und zusätzlich muss man auch den Anrufbeantworter abhören und auf die Nachrichten reagieren. Und man muss seine Klienten selbst an der Haustür abholen oder für andere dorthin flitzen, um jemanden ins Wartezimmer zu lassen. Aber die Stimmung ist trotz dieser Aussicht eher gelassen, weil wir uns auf ein paar freie Tage in der Familie freuen.

Nachmittags sitzen Gabi, Roland und ich zusammen und besprechen, was für den Jungen, der in der vierten Klasse noch nicht lesen und schreiben kann, Sinnvolles getan werden kann und was noch außerhalb unseres Hauses abgeklärt werden muss. Stimmt seine Wahrnehmung? Alfons hat bei ihm keine Einbußen festgestellt, außer dass er Linkshänder ist, was ja nicht dagegen spricht, lesen und schreiben zu lernen. Wir sammeln die Fragen, die ich den Eltern noch stellen muss, damit Gabi ihre Arbeit auf das Niveau abstellen kann, das er zurzeit beherrscht. Ich bin zwar für Lars fallverantwortlich, aber Gabi macht die Förderung.

Um fünfzehn Uhr kommt Roland dann mit in ein Erstgespräch mit einer Mutter, deren siebenjähriger Sohn Toni als „nicht führbar“ gilt; die Lehrerin hat ihn kurzerhand als hyperaktives Kind diagnostiziert. Aus den Erzählungen der Mutter wird schnell deutlich, dass sie zu Hause keine Grenzen setzt, so dass Toni machen darf, was er will. Da ist er es gar nicht gewohnt, sich an Verbote und Regeln zu halten. Die Mutter fürchtet, dass sie sich bei Toni unbeliebt macht, wenn er mal seinen Willen nicht bekommt und gibt ihm daher lieber nach. Roland stellt kluge Fragen, ist engagiert, einfühlsam und verliert nicht die Übersicht. So komisch mir dieser Knabe bisweilen vorkommt, er ist für diesen Beruf gut geeignet.

Als Tonis Mutter gegangen ist, gebe ich Roland Rückmeldung über seine gute Art, mit der Mutter umzugehen und dass ich glaube, Beratung sei genau „sein Ding", wie man heute in Neudeutsch sagt. Er bekommt wieder die roten Flecken am Hals, freut sich aber sichtlich und ist plötzlich wie ausgetauscht: entspannt und heiter. Das ist der Moment, in dem ich zu ihm sage: „Sag mal, Roland, letztens war ich ja mal oben in deinem Büro, weil ich nach dem klappernden Fenster geguckt habe. Und da habe ich gesehen, dass du ein Fernglas auf der Fensterbank liegen hast. Wozu brauchst du das denn?"

Rolands Gesicht färbt sich jetzt rosa, er verzerrt wie unter Anstrengung seinen Mund und sagt: „Wie dumm, dass ich es so offen herumliegen lassen habe! Ich guck damit, ob jemand die Straße von Krusendorf herunterkommt oder ob sich hier jemand im Garten versteckt."

„Warum sollte sich hier denn jemand im Garten verstecken", sage ich voller Verwunderung. „Ich kann mir nicht vorstellen, dass jemand so etwas hier tun würde."

„Ich habe das früher schon mal erlebt, dass mir jemand gefolgt ist, ja, mich regelrecht beschattet hat. Das habe ich mit der Zeit nicht mehr ausgehalten, und das ist auch der Grund, warum ich letztlich in die Klinik gekommen bin. Ich bekam solche Panikattacken, dass ich mich nicht mehr rühren konnte. Furchtbar." Roland schaut mich mit einem leeren Blick an, aber er sieht mich gar nicht, sondern er scheint in seine Vergangenheit zu blicken.

„Und dieses Gefühl, verfolgt zu werden oder beschattet, wie du sagst, hast du das jetzt wieder?" Ich höre selbst, dass mein Ton ein bisschen misstrauisch klingt und kann nur hoffen, dass Roland das nicht hört.

„Du glaubst, dass ich paranoid bin, was? Kann ich dir nicht verdenken, das dachten die Ärzte in der Klinik zunächst auch.

Aber dort war auch ohne entsprechende Medikamente meine Angst, verfolgt zu werden, schlagartig weg. Alfons glaubt auch, dass mir da wirklich jemand nachgeschlichen war, und ich mir das nicht eingebildet habe. Ein richtiger Stalker."

„Warum sollte das jemand tun?" Ich bin immer noch skeptisch bezüglich dieses „Schattens", der Roland gefolgt sein soll.

„Das weiß ich nicht, daher kann ich es dir nicht sagen. Was glaubst du, wie viele Nächte ich mit dieser Frage verbracht habe? Hunderte! So was kann einen wirklich wahnsinnig machen." Weil Roland dieses Wort selbst ausspricht, habe ich plötzlich das Gefühl, zwischen uns ist kein Tabu mehr nötig.

„Und Alfons weiß das alles?" frage ich.

„Klar, ohne Alfons hätte ich die Zeit nicht überlebt. Er mag hier ja manchmal den komischen Typen spielen mit seinen Wortwitzen und -spielen, aber im Grunde genommen ist er ein ernsthafter und gewissenhafter Mensch. Ich bin ihm so dankbar, dass er mir hier die Chance gibt, mein Jahrespraktikum zu machen, denn wenn ich arbeite, fühle ich mich richtig und normal. Nur wenn ich zu viel Zeit zum Grübeln habe, dann holen mich alte Gedanken ein."

„Ich bin froh, dass du mir das alles erzählt hast, Roland. Ich konnte mir ein paar Dinge bei dir nicht erklären, und das hat mich verunsichert. Außerdem wussten wir ja auch nicht, warum, also mit welcher Diagnose du in die Klinik gekommen bist. Und wenn man sich erst mal einen falschen Reim auf etwas gemacht hat, kommt man davon nicht so schnell los. Das nennt man dann wohl Vorurteil, nicht? Tut mir leid, Roland. So, nun packe ich meine Sachen und mache den Abflug. Tschüs, bis morgen!"

Auf dem Weg nach Hause lasse ich mir das Gespräch mit Roland noch einmal durch den Kopf gehen. Ich habe das Gefühl, dass jetzt alles geordnet ist in meinem Verhältnis zu ihm, und so mancher Blick zwischen Roland und Alfons eine sinnvolle Bedeutung bekommt.

Schon von Ferne scheint mir die hell leuchtende Girlande von unserer Eingangstür entgegen, die Norbert am Wochenende angebracht hat. Das Küchenfenster ist auch erleuchtet, das gelbe warme Licht begrüßt mich, so dass mich eine Welle von Zuneigung für Norbert, mein Mäuschen und unser Heim überschwappt. Erinnerungen an den ersten Geburtstag von Nina unter dem Weihnachtsbaum kriechen in mir hoch, so dass ich gutgelaunt und mit zärtlichen Gefühlen das Haus betrete. Da werde ich von einer empörten Nina, einem ärgerlichen Norbert und einer mit Wut angestauten Atmosphäre empfangen, so dass meine Zärtlichkeit in sich zusammenfällt. Nina will mit GG Weihnachten feiern, Norbert hat ihr in Aussicht gestellt, dass sie nicht ein einziges Geschenk bekommt, wenn sie den Heiligenabend nicht mit uns verbringen will.

„Mama, was sagst du dazu?" Nina macht ihr Kindergesicht, mit dem sie ihre Bitten an mich gerne begleitet, weil sie weiß, dass mich das rührt. Aber heute hat sie Pech: Ich möchte sie auch zu Weihnachten bei uns haben. Soll sie doch am ersten Weihnachtstag zu ihrem Lover gehen.

Das Ende von Lied ist, dass wir uns darauf einigen, dass Nina mit in die Kirche nach Krusendorf geht, wir danach hier Bescherung machen und sie sich um dreiundzwanzig Uhr vom Gruber abholen lassen kann. Mein Hintergedanke ist, dass der vielleicht gar keine Lust hat, sich um die Zeit noch aus dem Haus zu bewegen. Diesen Gedanken walzen Norbert und ich vor dem Gutenachtsagen noch unter Kichern und Prusten aus, so dass der Abend für mich ein entspanntes Ende nimmt und ich schnell einschlafe. Morgen ist erst einmal der letzte Arbeitstag.

Doppelgänger und ein weiteres Rollenspiel

Am nächsten Morgen ist Annas Schreibtisch schon leer, weil sie im Urlaub ist; ihre Kerze bleibt unangezündet.

„Ich wusste gar nicht, dass Anna schon heute Urlaub hat“, sage ich maulig zu Kira. „Dann hätten wir auf der Sitzung doch die Telefonpräsenz verteilen sollen.“

Ich mosere noch ein bisschen vor mich hin, denn Annas Abwesenheit bedeutet, dass ich meine Freistunde zwischen zehn und elf Uhr am Telefon verbringen kann. Ich habe im Bürokalender gesehen, dass ich die Einzige bin, die zu der Zeit frei hat. Um halb zwölf muss ich im Kindergarten in Dänisch Nienhof sein, um mir ein völlig in sich zurückgezogenes Kind anzusehen. Um fünfzehn Uhr kommt Emma, zum letzten Mal in diesem Jahr.

Als ich um zwei Uhr mit dem Auto auf den Hof fahre, sehe ich, wie Roland hinter das Haus läuft. Was will er denn da? frage ich mich, habe aber meine Frage sofort wieder vergessen, als ich das Auto auf dem Parkplatz abstelle.

Ich schließe auf, gehe ins Sekretariat, da höre ich, wie jemand die Treppe herunterkommt. Es ist Roland.

„Wie hast du das gemacht?“ stammele ich fassungslos.

„Wie habe ich was gemacht?“ fragt er mit gerunzelter Stirn.

„Ich habe dich eben hinter das Haus laufen sehen, aber jetzt bist du schon hier!“

Hinter dem Haus führt eine „Notfalltreppe“ in den obersten Stock, in dem auch Rolands Büro liegt. Die Tür dort oben kann man mit einer Klinke von innen öffnen, so dass man im Notfall sofort aus dem Haus kommt, aber von außen hat die Tür einen Knauf und ist nur durch einen Schlüssel zu öffnen. Der hängt im Sekretariat im Schlüsselkästchen. Wir mussten die Treppe vor ein paar Jahren anbauen lassen, als die Feuerwehr bei einer Begehung feststellte, dass die Besucher des Hauses und die Angestellten der obersten Räume bei Feuer wenig Chancen haben, durch den Hausflur nach unten zu gelangen.

Roland wird so schlagartig blass, dass ich fürchte, er fällt gleich um. Ich schiebe ihn in Richtung von Annas Bürostuhl, wo er sich steif niederplumpsen lässt. Er starrt mich an, in seinem Gesicht arbeitet es. Dann springt er plötzlich wieder auf und stürmt wie von Hornissen gejagt die Treppe hoch zu seinem Büro. Erst bleibe ich verdutzt im Sekretariat stehen, dann denke ich, ich sollte mir mal ansehen, was Roland macht. Daher renne ich hinter ihm her. Als ich an Gabis Tür vorbeihaste, öffnet sich diese, und sie kommt mit einem Jungen heraus. Beinahe komme ich beim Abbremsen zu Fall, kann mich aber am Treppengeländer abfangen und sehe aus dem Augenwinkel, dass Gabi den Kopf schüttelt und etwas zu dem Jungen sagt, was ich nicht verstehe. Als ich keuchend die oberste Etage erreiche, hat Roland schon das Fernglas an den Augen und sucht die Fläche hinter dem Haus ab. Dort stehen einige Tannen, die so dicht sind, dass man nicht erkennen kann, ob sich dort jemand versteckt.

„Entweder bist du sehr sportlich, oder es gibt dich zweimal!“ japse ich, aber er schüttelt den Kopf und knurrt mit dem Glas vor dem Gesicht: „Nein, das ist ein anderer, der mir verdammt ähnlich sieht. Und ich weiß nicht, was er hier will. Aber er macht mir Angst.“ Roland klingt eher grimmig als ängstlich.

„Lass uns zu Alfons gehen! Vielleicht sollten wir die Polizei rufen? Komm mit runter, wir gehen selbst hinters Haus.“ Meine Vorschläge kommen schnell hintereinander, und ich sehe förmlich, wie sie an Rolands Ohr vorbeifliegen und keinen Einlass finden. Der öffnet nun sogar leise das Fenster und schaut nach unten, aber da scheint er keinen Menschen zu entdecken, denn er schließt das Fenster wieder.

Ich dränge ihn, mit mir zu Alfons zu gehen, aber er kann sich nicht vom Blick in den Garten trennen. Da gebe ich auf und mache mich auf den Weg zu Alfons’ Zimmer. Gabi hat ihre Tür noch offen und macht eine Bemerkung zu mir, aber ich lasse mich nicht aufhalten.

Alfons telefoniert gerade, als ich anklopfe und sofort die Tür aufstoße. Er nickt mir zu und macht eine Geste, dass ich hereinkommen soll. Anscheinend spricht er gerade mit dem Leiter des

Gesundheitsamtes in der Stadt, das Gespräch kann er nicht nach Belieben abkürzen, sondern muss höflich abwarten, bis der Gesprächspartner, Herr Singer, fertig ist. Ich lasse mich unaufgefordert auf einem der Sessel in der Gesprächsecke nieder, da höre ich, dass noch jemand klopft und sofort die Tür aufreißt: Roland. Auch er wird hereingewunken, er setzt sich auf den anderen Sessel. Sein Gesicht hat wieder etwas Farbe. Alfons wendet sich zu uns um und verdreht theatralisch die Augen, aber kurz danach fallen die typischen Abschiedsformeln, die Menschen sagen, um das Ende eines Telefonats einzuleiten.

„Was habt ihr denn? Platzt hier beide rein, als sei jemand hinter euch her! Ein bisschen mehr Respekt, wenn ich bitten darf. Irgendwann ist das Fass mal erreicht!"

„Mit dem Fass hast du es aber, und ich sag dir was, Alfons, wenn du unsere Geschichte hörst, wirst du verstehen, dass wir so unhöflich bei dir reinstürmen!" Ich fühle mich angesichts Rolands Lügerei völlig im Recht.

„Was ist?" Er schaut mit großen Augen über seine Lesebrille von Roland zu mir und wieder zurück.

„Mara sagt, sie hat mich draußen gesehen, wie ich hinter das Haus gelaufen bin, aber das war ich nicht, ich war in meinem Büro." Roland quetscht sich den Satz mit sichtlicher Mühe heraus.

„Der sah aber haargenau so aus wie du, Roland, mit so einer Jacke, wie du sie hast, mit Kapuze." Ich kann mich doch auf meine Augen und mein Hirn verlassen!

Was soll dieses Theater? Warum sagt Roland nicht die Wahrheit? Oder will er mit seiner Lüge legitimieren, warum er dieses Fernglas auf der Fensterbank liegen hat? Wer weiß, was er sich damit ansieht!

„Auch wenn der Mensch genauso aussah wie ich, ich war es nicht, Mara", sagt Roland eindringlich und starrt mich mit seinen dunklen Augen grimmig an.

„Wer soll es dann gewesen sein?“ frage ich. „Hast du einen Doppelgänger? Oder ist das ein Spiel, das ich nicht verstehe? Meinetwegen kannst du die Notfalltreppe hundertmal am Tag rauf und runter rennen, ich verstehe nur nicht, warum du das dann nicht zugibst!“ Da fällt mir ein, dass Roland ja den Schlüssel zur Tür mit Knauf gehabt haben muss, um von außen ins Gebäude zu kommen.

Ohne mich zu erklären, springe ich auf und renne ins Sekretariat, wo ich das Schlüsselkästchen aufreiße. Mit den Augen inspiziere ich Reihe für Reihe die Schlüssel, aber der mit dem ausgekochten Markknochen daran ist nicht dabei. Ha, Roland, erwischt! denke ich und gehe langsam zurück in Alfons' Zimmer.

„Der Schlüssel für die obere Notausgangstür ist nicht im Kasten. Frag mal deinen Neffen, ob er ihn hat.“ Ich fühle mich sicherer, wenn unser Chef den Jahrespraktikanten fragt, ob er den Schlüssel hat. Mir gegenüber könnte er eher lügen.

„Das brauche ich gar nicht, Mara. Den Schlüssel habe ich.“ Er geht zu seinem Schreibtisch, zieht die oberste Schublade auf und hebt den Schlüssel hoch. Der Markknochen pendelt rhythmisch hin und her. Als er meinen Gesichtsausdruck sieht, fügt er hinzu: „Ich habe ihn an mich genommen, weil ich bei Gelegenheit prüfen wollte, ob die Tür auch von innen wirklich zu öffnen ist oder ob wir aus Versehen dort oben mal abgeschlossen haben. Dann hätte ich sie gleich aufgeschlossen. Bei abgeschlossener Tür wäre der Notausgang nämlich sinnlos.“

„Mir kommt das hier vor wie ein Taschenspielertrick! Und die doofe Zuschauerin, die immer falsch rät, unter welchem Becher eine Münze versteckt ist, bin ich!“ Ich habe mich jetzt so sehr in Wut geredet, dass ich kein Gegenargument mehr gelten lasse. Womöglich hat sich Roland einen Schlüssel nachmachen lassen, ist doch auch möglich.

„Warum bist du so misstrauisch, Mara?“ Alfons guckt mich eher besorgt als ärgerlich an.

Ja, warum? Weil ich meinen Sinnen lieber weiterhin trauen möchte? Sonst könnte ich ja gleich meinen Job aufgeben! Weil es mir unvorstellbar ist, dass zwei Leute identisch aussehen? Und wenn es jemanden gibt, der Roland so ähnlich sieht: Was wollte der gerade hier?

„Ich weiß es selber nicht. Es ist, als müsste ich mich entscheiden, wem ich glaube: euch oder mir!“ Ich stehe auf, gucke Alfons hilflos an und hoffe immer noch, dass er jetzt sagt: „April, April, war alles nur ein Scherz!“ Aber da kommt nichts.

Mit diesem Gefühl der Verunsicherung und einem nicht zu verscheuchenden Ärger auf Roland, der mir „das alles“ eingebrockt hat, warte ich auf Emma. Wer sie heute wohl bringt? Ich ordne im Spielzimmer die Sachen: das Puppenhaus sieht verboten aus, das müssen wir unbedingt mal wieder reinigen! Staubflusen hängen an dem kleinen Teppich, die Gardinen starren vor Dreck, und die Puppen sind schmuddelig. Am besten mal alles raus und abwaschen. Aber nicht heute, das ist eine Arbeit für die Zeit zwischen Weihnachten und Neujahr. Dann könnten wir auch mal wieder sichten, welche Unterlagen und Akten wir entsorgen können, weil sie die zehn Jahre Aufbewahrung hinter sich haben.

Ich hänge aus der Kleiderkiste noch ein paar Sachen auf die Bügel und an die Garderobe, damit Emma sieht, dass die Auswahl für ihr Spiel da ist, wenn sie sich denn verkleiden will. Ich habe so ein Gefühl, dass das Rapunzelspiel heute weitergeht.

Als es klingelt, gehe ich selbst hinunter, weil Anna ja nicht da ist. Joschka hat auf seinem Weg zum Sekretariat mal eben die Haustür aufgemacht und zeigt mit einer Kopfbewegung auf das Wartezimmer. Also für mich. Ich öffne die Tür dorthin, Emma grinst mich an, und Herr Schulze, diesmal Frieder, steht auf und reicht mir seine Hand zum Gruß. Plötzlich kommt mir eine Idee, und ich sage zu Emma: „Möchtest du alleine mit mir ins Spielzimmer gehen, oder soll der Frieder mitkommen?“

Beinahe hätte ich „Papa“ gesagt, kann mich aber gerade noch bremsen.

„Der kann mit“, sagt Emma und dreht sich schon um Richtung Treppenhaus. Ich schaue Herrn Schulze an: „Ist Ihnen das recht?“ Er nickt und setzt sich auch in Bewegung.

Im Spielzimmer reißt Emma ihren Anorak von sich, wirft ihn auf den Boden und stürzt auf den Kaufmannsladen zu. Herr Schulze sieht die Jacke und sagt zu ihr: „Emma, heb die Jacke auf.“ Sie blickt auf, sieht mich an, als ob sie schauen wolle, was ich dazu sage, und als ich nicht reagiere, zieht sie einen Flunsch, kommt aber hinter dem Laden hervor und nimmt die Jacke hoch. Ich zeige auf die Garderobe neben der Tür, und sie hängt ihre Jacke auf. Herr Schulze hat sich auch ausgepellt, mir fällt auf, wie athletisch er gebaut ist. Na, als Polizist muss man vielleicht mal hinter einem Dieb her spurten, da wäre ein Bauch eher hinderlich. „Frieder, komm, du musst einkaufen. Da ist die Tasche, ist auch Geld drin. Nicht richtiges“, sagt sie altklug belehrend zu Herrn Schulze, „aber wir tun so, als wäre es echt. Sag, was möchtest du kaufen?“

Herr Schulze macht zu meiner Überraschung das Spiel sehr gut mit. Er fragt, er kauft, er rechnet, er meckert. Die beiden haben ihren Spaß, und ich neige dazu, in Gedanken schon nach Hause zu fahren in vier freie Tage. Doch Emma weckt mich aus meiner Träumerei, als sie sagt: „Und jetzt Rapunzel!“ und zu dem Kleiderständer hinübergeht.

Herr Schulze guckt hilflos zu mir herüber. Ich erhebe mich und gehe zu dem Ständer, wo Emma schon auf mich wartet.

„Heute bist du Rapunzel“, verkündet sie und hält mir das Prinzessinnenkleid hin, das ich daraufhin mit einiger Mühe über den Kopf ziehe. Mir geht es nur bis zu den Knien, und hinten kann ich es nicht schließen. Ich sehe aus wie eine Knackwurst in der Pelle, aber Emma stört das nicht. Ich steige auf den Stuhl an der Wand und frage: „Welche Rolle hat Frieder?“

„Na, der ist der Prinz, der zur Prinzessin will." Für Emma scheint das Rollenskript völlig klar zu sein.

Ich nicke Herrn Schulze ermutigend zu, damit er die Rolle auch übernimmt. Für mich ist es am spannendsten, wie Emma sich jetzt verhalten wird.

„Klappe!" sagt sie.

„Ich hab doch gar nichts gesagt", erwidere ich erstaunt, und Herr Schulze sagt im selben Augenblick: „Emma, so kannst du mit Frau Janner aber nicht reden!" Dann aber geht er in seine Rolle, indem er sich hinkniet und zu mir hochflötet: „Rapunzel, Rapunzel, lass dein Haar herunter!" Ich muss beinahe lachen, wenn ich mir vorstelle, dass ihn, den Polizisten, jemand von seiner Klientel sehen könnte. Stopp, in welcher Abteilung arbeitet er eigentlich? Ich war stillschweigend davon ausgegangen, dass er Kriminalbeamter ist, aber vielleicht regelt er den Verkehr? Muss ich ihn nachher mal fragen.

„Ich habe keine Lust, mein Haar herunterzulassen", antworte ich leicht muffig.

„Warum nicht?" fragt mein anbetender Ritter.

„Weil du dann hochkommst, und ich soll meinen Rock heben. Dazu habe ich keine Lust." Ritter Frieder schaut mich befremdet an. Seine Augen fragen mich: Was soll das?

„Na gut, dann suche ich mir eben eine andere", sagt mein frustrierter Prinz und geht aus der Hocke hoch.

Emma hat sich zu Beginn der Szene eine leere Klopapierrolle aus dem Materialkorb genommen und ans Auge gehalten. So kann ich ihre Mimik nicht gut erkennen. Als Frieder sich hinstellt, nimmt sie die Papierrolle herunter und sagt zu mir in einem fremden Tonfall: „Das hast du sehr schön gemacht. Aber jetzt musst du den Rock heben, du weißt doch, was sonst passiert."

„Was passiert sonst, Emma?" frage ich.

„Sonst macht das jemand anderes."

„Das möchte ich aber nicht. Ich möchte entscheiden, ob ich meinen Rock hebe oder nicht. Wenn jemand mich zwingen will, sage ich das jemandem, der mir helfen kann.“ Ich spreche mit überzeugendem Ton, ganz selbstsicher.

Emmas Lächeln wird jetzt wieder zu ihrem eigenen. Sie legt die Papprolle weg und läuft zu dem kleinen Trampolin hinüber. „Frieder, pass auf, dass ich nicht auf den Rand springe“, sagt sie zu Herrn Schulze, der die ganze Zeit aufmerksam zugehört hat, aber aussieht, als wisse er nicht ganz, um was es hier geht. Aber jetzt hat er eine klare Anweisung und stellt sich mit ausgebreiteten Armen ans Trampolin. Ich wurstele mich aus dem Kleid, was noch schwieriger ist als hineinzukommen, und setze mich dann an den kleinen Tisch, wo ich einen Notizblock liegen habe. Schnell schreibe ich den Wortlaut der eben erlebten Szene, meine Beobachtungen und meine Gedanken dazu auf. Blick auf die Uhr: die Zeit ist um.

„Emma, unsere Zeit ist um. Ich wünsche dir jetzt, dass du ein ganz tolles Weihnachtsfest hast und was Schönes als Geschenk bekommst. Wie feiern Sie denn Weihnachten?“ frage ich Herrn Schulze, mich ihm zuwendend.

„Wir gehen am Nachmittag in die Kirche in Gettorf, danach ins Krankenhaus zu Heide, äh, Emmas Mutter. Sie kommt aber in drei, vier Tagen heraus. Florian ist dann zwar in einer Skifreizeit, aber vielleicht ist das ganz gut so, dann ist es zu Hause ruhiger.“

„Ich will dir noch mein Geschenk geben, das ich dir mitgebracht habe“, sagt Emma und geht zur Garderobe, wo sie in einer der Taschen ihres Anoraks wühlt. Sie bringt ein winziges Päckchen zum Vorschein, das sie in Geschenkpapier gewickelt hat. Zusätzlich hat sie eine riesige Schleife um das Geschenk gebunden, vermutlich hat die mal eine Parfümflasche ihrer Mutter verziert.

„Soll ich jetzt reingucken oder später?“ frage ich.

„Später!“ sagt sie mit einem Gesichtsausdruck, als sei ich völlig von Sinnen.

Wir gehen die Treppe hinunter, und ich bitte sie, einen Augenblick zu warten. Im Sekretariat steht ein Jutesäckchen, wo jedes Kind in der Adventszeit einmal hineingreifen darf, um sich was Leckeres herauszunehmen. Emma erwischt eine Tüte Apfelchips und ist damit sehr zufrieden. Wir verabschieden uns alle mit guten Wünschen voneinander, ich mit dem Gefühl, etwas Entscheidendes nicht verstanden zu haben. Dann mache ich mich auf ins Spielzimmer, um aufzuräumen, und mir anzusehen, was Emma mir als Weihnachtsgeschenk dagelassen hat.

Heiligabend, eine Erkenntnis und zwei Brüder

Am nächsten Morgen richte ich schnell den Geburtstagstisch für meine jetzt erwachsene Nina her. In meinem Herzen ist sie natürlich das Mäuschen geblieben, aber ich versuche, ihr das nicht zu zeigen. Ich lege die Jeans und den Gutschein für das Buch unter die brennende Kerze und wecke sie. Sie kommt auch brav im Schlafanzug herunter, verschlafen und zerknittert, aber plötzlich hellwach, als sie die Jeans sieht. Ihr Jubel ist die Rechtfertigung für mein biegsames Rückgrat.

Am Morgen des Heiligenabends in den Supermarkt nach Gettorf zu fahren, ist der helle Wahnsinn. Ich wusste nicht, dass es in der Umgebung so viele Menschen gibt, die alle einkaufen wollen! Aber es hilft nichts, ich muss besorgen, was wir in den nächsten zwei Tagen brauchen werden. Also karre ich meinen Einkaufswagen durch die Gänge, weiche Leuten aus, warte an verstopften Stellen und packe immer wieder was in meinen Wagen.

Hier trifft sich alles: meine Klienten (Toni mit Mutter und der kleine Bettnässer mit seinen Eltern), meine Kollegen (Gabi mit Mann, den man höchst selten sieht, er arbeitet in der Stadt),

Joschka mit seinem älteren Sohn (ist der groß geworden!) und auch Alfons, Ella, seine Frau, und der liebe Neffe Roland. Das ist mir nicht ganz so lieb, weil ich nicht weiß, was Alfons und Roland wohl noch besprochen haben, als ich im Termin mit Emma und ihrem Vater war. Aber Alfons ist wie immer heiter: „Ich wollte dir noch das mit der Hoflampe sagen, dir war es doch auf dem Hof immer zu dunkel. Mein Weihnachtsgeschenk an dich ist, dass ich schon alle Fäden in Bewegung gesetzt habe, damit dort eine Lampe hinkommt." Ich lache, teils aus Erleichterung darüber, dass Alfons so ungezwungen ist, teils über seine verrückte Formulierung. Ich revanchiere mich mit einem vergnügten: „Das ist ja Basilikum auf meine Seele", was Alfons zu würdigen weiß, indem er mir anerkennend zunickt.

Ella redet mit Roland, so dass ich zu ihm gar nichts sagen muss und wünsche allen, dass sie ein paar schöne, ruhige Tage haben. Wahrscheinlich sehe ich heute Abend alle in der Kirche in Krusendorf wieder.

An der Kasse muss ich eine Viertelstunde warten, weil natürlich die Bonrolle just leer ist, als der Mann vor mir dran ist. Die junge Kassiererin, die unter unseren kritischen Blicken die neue Rolle einfädelt, tut dies mit zittrigen Händen, muss noch einen Kollegen hinzurufen, weil sie mit ihrer Aufgabe nicht fertig wird und bekommt einen so roten Kopf, das ich als nächstes Ereignis, das mich aufhalten wird, erwarte, dass die Kassiererin umfällt und mit einem Krankenwagen abtransportiert werden muss. Während ich mir das ausmale, ist der Mann vor mir unbemerkt fertig geworden, und die Kassiererin raunzt mich an: „Bitte Beeilung! Sehen Sie nicht, was hier los ist?"

Ich hebe an, etwas zu sagen, winke mir selbst aber innerlich ab. Was soll's? Ich habe ja heute keine Termine mehr; ich muss nur ein Abendessen auf den Tisch bringen, das werde ich ja wohl noch schaffen! Hinter mir höre ich plötzlich die Stimme von Nina, die sich mit jemandem unterhält. Da muss ich eben gucken, wer das ist. Natürlich ist es G.G. Ich überlege kurz, ob deren gemeinsames Auftreten gegen eine unserer Verabredungen verstößt, finde aber kein Packende. Weil es mich aber wurmt, dass Nina Zeit für Gruber hat, mir aber nicht beim Einkauf helfen wollte mit der Begründung, noch etwas besorgen zu müssen, kann ich es nicht lassen, mich freundlich zu ihr umzudrehen, Gruber lässig zuzuwinken und sie zu fragen: „Mäuschen, hattest du noch einen Wunsch?“ Sie wird knallrot, schüttelt wild ihre rote Mähne und dreht sich weg von mir. Eltern können doch die reinste Plage sein!

Zu Hause ist Norbert damit beschäftigt, das Fußende des Tannenbaums so zurechtzusägen, dass er in den Christbaumhalter passt, was er unter reichlichem Knurren, Ächzen und Mosern auch schafft. Er trägt mir den Baum dann ins Wohnzimmer, wo ich ihn heute Nachmittag schmücke. Als Norbert sich ins Arbeitszimmer verzieht und Nina bei Gruber, einer Freundin oder in ihrem Zimmer ist, trage ich die Geschenke herein und verteile sie unter dem Baum. Dann lege ich ein Laken über die Pakete, Kistchen und Kästen, damit keiner schon vorher gucken kann, wer was bekommt. Dieses Prozedere haben wir schon immer so gemacht und werden es vermutlich mit unseren zu erwartenden Enkeln später auch so machen. Hoffentlich ist kein Enkelkind von Gruber dabei! Da ich weiß, dass der Abend lang wird, lege ich mich nach der Geschenk-verteil-Aktion noch ein bisschen aufs Sofa, höre dabei auf 3Sat ein Konzert und nicke ein.

Ich wache erst wieder auf, als Nina ins Zimmer platzt und fragt: „Gehen wir denn diesmal nicht in die Kirche? Papa hat schon gefragt, wo du denn bist und was du machst. Steh auf, sonst kommen wir noch zu spät!“ Ich wundere mich, dass Nina so scharf darauf ist, in die Kirche zu kommen, aber vielleicht entspringt dieser Wunsch einem verloren geglaubten Quell von Sehnsucht nach Harmonie und Frieden. Man sollte nie die Macht der Rituale unterschätzen, das sage ich meinen Klienten auch immer. Schließlich geben sie einem Struktur, und Struktur gibt Halt.

Ich beeile mich, in meinen Mantel zu kommen, Nina und Norbert sind schon zum Auto vorgegangen. Ich vergewissere mich, dass das „Weihnachtszimmer", wie es ab jetzt heißt, aufgeräumt und einladend ist, dann lösche ich das Licht und gehe, nicht ohne mich zu vergewissern, dass in meiner Manteltasche noch reichlich Kleingeld klimpert. Der Klingelbeutel will heute ja auch gefüttert werden, am einzigen Tag im Jahr, an dem die Kirche wirklich voll ist.

Hier bei uns in die Kirche zu gehen, hat eher etwas mit einem gesellschaftlichen Anlass zu tun als mit dem Glauben. Man trifft sich, um einander zu sehen, Neuigkeiten auszutauschen, dem anderen zu versichern, dass man sich freut, ihn zu sehen, und um selbst zu spüren, dass man bei den anderen erwünscht ist und zur Dorfgemeinschaft dazugehört. Pastor Harms pflegt die Bedeutung von Gemeinschaft auch zu betonen, er hätte uns nur gerne auch in seinen verschiedenen Gruppen sitzen, aber dafür haben Norbert und ich nicht genügend Zeit. Er muss sich damit begnügen, dass wir an den hohen Festtagen immer da sind und Norbert sich alle vierzehn Tage zum Kirchenstammtisch nach Krusendorf bemüht. Mehr ist nicht drin.

Wir müssen in der Nähe des Ortschildes parken, weil wir spät dran sind, aber wir kennen eine Abkürzung über Schopps Hof, so dass wir schnell an der Kirche sind und uns von seitwärts in die Schlange einreihen, die sich gemessenen Schrittes durch das Kirchenportal zwängt. Im Vorraum entdecke ich für einen kurzen Augenblick Eddie, aber bevor ich ihm zuwinken kann, ist er verschwunden. Der Altarraum ist mit zwei Tannenbäumen rechts und links geschmückt, in der Mitte steht schon die noch leere Krippe. Ein paar Pappkühe und ein Esel gucken über die roh zusammengezimmerten Latten, die den Stall darstellen sollen.

Von der Empore höre ich Fußgetrappel, da steht uns wieder was bevor! Der Organist setzt immer seine ganze Ehre darein, jedes Jahr ein neues Opus zu Gehör zu bringen; nicht immer ist seine Auswahl ein guter Griff ins Repertoire. Kira singt auch mit in dem Chor, und als ich mich umdrehe, um die Gesichter zu inspizieren, die ich oben sehe, grinst Kira mich an und winkt. Norbert brummelt mir zu: „Mach mir keine Schande!" und zieht seinen Mundwinkel leicht hoch. Nina auf meiner anderen Seite guckt sich immer wieder um, vielleicht wartet sie auf Gruber.

Dann endet das Glockengeläut, Pastor Harms heißt uns willkommen, und das erste Lied wird angestimmt. Ich höre über den Gesang der Gemeinde hinweg den leicht rumpelnden Ton, den der Uhrmechanismus macht. Heute ist es richtig angenehm warm hier. Das kann sich die Kirche nicht jeden Sonntag leisten! Dann kommt die Hauptattraktion dieses Gottesdienstes: das Krippenspiel. Wie in jedem Jahr sind es die Konfirmanden, die für die Darstellung der Weihnachtsgeschichte zuständig sind. Ich liebe es, diese jungen Gesichter zu beobachten, sie sehen so gesund und normal aus.

Den Josef spielt zu meiner Überraschung Joschkas älterer Sohn, auf dessen Namen ich leider im Augenblick nicht komme. Er hat dasselbe Mausgesicht wie sein Vater. Die Maria ist mir unbekannt, aber eine kleine Schönheit mit ihrem blonden Haar und den großen Augen. Sie spricht sehr diszipliniert, als sei sie es gewohnt, Gedichte vorzutragen oder sogar in einem Schauspiel aufzutreten. Die Hirten nuscheln ihren Text in ihre angeklebten Bärte; man versteht sie nicht, aber das macht auch nichts, weil wir ja alle wissen, um was es geht.

Der Scheinwerfer, den Pastor Harms extra im Altarraum hat aufstellen lassen, scheint auf das heilige Paar, und ohne dass ich es gemerkt habe, ist die Krippe nun auch mit einer Puppe bestückt. Ich versinke in diesem Bild, höre gar nicht mehr zu, lasse mich von den jungen Stimmen einlullen und betrachte das picklige Gesicht eines der drei Könige. Dann wandert mein Blick wieder zurück zu Maria, die gerade anmutig ihren Kopf dem Kinde in der Krippe zuneigt, und ich denke: Wie im Film! Da sagt es in mir *Klappe*, und ohne es zu wollen, sage ich es auch, und zwar laut: „Klappe!"

Norbert stößt mich mit dem Ellbogen in die Rippen, Nina wendet mir so schnell ihr Gesicht zu, dass mir ihre Haare ins Gesicht fliegen. Sie schaut mich entsetzt an und zischt: „Mama!" Ich merke, wie mir heiß wird, nicht nur vor Scham, dass ich hier in die Weihnachtsgeschichte hineingeredet habe, sondern weil mir aufgeht: Das hat Emma gemeint! Die Klappe beim Film! Deshalb auch die Papprolle, das war der Blick durch eine Kamera! Also scheint Emma bei dem Märchen Rapunzel gefilmt worden zu sein und zwar mit einem abgeänderten Text, der beinhaltet, dass sie ihren Rock hochheben musste, um jemandem zu zeigen, was sie darunter hat, nämlich: nichts. Sie trägt keine Unterhosen, sondern steht da vermutlich mit gespreizten Beinen und muss sich zwischen die Beine gucken lassen. Oder es fasst sie sogar jemand an. Woher ich das schlagartig weiß? Das kleine Geschenk von Emma ist eine Puppe, die nur ein kleines, dilettantisch gehäkeltes Oberteil trägt, aber der Popo und die Beine sind nackt.

Ich merke, wie mir schlecht wird bei diesen Gedanken an die Szene und hoffe, der Gottesdienst ist bald zu Ende, damit ich mit Norbert über meine Schlussfolgerung reden kann. Ich schaue auf meine Uhr. Eine Dreiviertelstunde ist vergangen. Nur mit Mühe stehe ich den Rest der Vorstellung durch. Nach dem „Gehet hin in Frieden" von Pastor Harms setzt die Orgel zum obligatorischen „O du fröhliche" ein, was ich im Allgemeinen als Schlusslied liebe, aber heute kann ich die letzte Strophe kaum abwarten. Norberts mahnender Blick streift mich, Nina tut so, als habe sie mich noch nie gesehen und habe auch nicht die Absicht, mit mir bekannt zu werden. Vielleicht kann ich nachher den beiden eine Erklärung dafür geben, was mich so unruhig macht.

Beim Herausgehen spüre ich plötzlich eine Hand, die sich unter meinen Ellbogen klemmt und ein bisschen festhält. Ich drehe mich um, es ist Emmas Lehrerin, Frau Rust, die ich hier gar nicht erwartet hätte, weil sie doch in Gettorf wohnt.

„Frohe Weihnachten, Frau Janner. Wo ich Sie gerade sehe, wollte ich Ihnen eben schnell noch sagen, dass Emma in der Schule ruhiger und aufmerksamer geworden ist. Das ist doch auch ein schönes Geschenk für Sie, wenn Sie hören, dass Ihre Bemühungen gefruchtet haben!“ Mit einem Lächeln taucht sie weg, Nina drängt sich an ihre Stelle und flüstert mir ins Ohr: „Bin gleich wieder da!“ Norbert zieht an meiner Hand, aber ich kann wegen des Gedränges nicht so schnell voran wie gewünscht.

Am Ausgang gibt es einen Stau, weil Pastor Harms es sich nicht nehmen lässt, jeden mit Handschlag und guten Wünschen zu verabschieden. Da hat man beim Warten genügend Zeit, sein Geld für die beiden Kirchenvorstände herauszukramen, die mit ihren Tellern vor dem Pastor stehen und so tun, als sähen sie nicht, wie viel Geld man hinlegt.

Auf dem Weg nach Hause wird Nina überraschend gesprächig und erzählt von irgendwelchen coolen Weihnachtsparties, die in den nächsten Tagen steigen. Das finde ich ganz gesund, dass sie sich für das interessiert, was die Gleichaltrigen auch angeht; ich frage mich nur, wie sich das mit ihrer Freundschaft zu Gruber vereinbaren lässt. Der wird doch nicht mit auf diese Teenie-Partys gehen, oder?

Zu Hause gehe ich als Erstes in die Küche, um das Kasseler im Ofen zu wärmen. Zu Weihnachten gibt es bei uns immer Kartoffelsalat mit Kasseler, noch so ein Ritual, von dem wir an jedem Weihnachtsfest sagen: „Wir könnten auch mal was anderes essen!“, aber wenn dann die Zeit gekommen ist, was wünschen sich meine Lieben: Kasseler mit Kartoffelsalat.

„Was war eigentlich mit dir in der Kirche los?“ fragt mich Norbert beim Essen. Ich krause ein bisschen die Stirn, um ihm zu signalisieren, dass ich darüber nicht erschöpfend Auskunft geben will, sage dann aber: „Mir ist etwas zu einer Klientin eingefallen. Tut mir leid, dass mir das so rausgeplatzt ist, ich muss wohl ein wenig abwesend gewesen sein. Noch jemand einen Nachschlag?" Beide wollen jetzt lieber zur Bescherung schreiten als weiterzuessen. Ist mir alles recht, bloß über Emma will ich jetzt nicht befragt werden. Nachher, wenn Nina von Gruber abgeholt wird, habe ich Zeit, mit Norbert über meine Vermutungen und Schlüsse zu sprechen.

Wie gehen ins Weihnachtszimmer hinüber, und jeder nimmt nun reihum ein Geschenk, packt aus, zeigt es den anderen, und dann kommt der Nächste dran. Die Basketballschuhe ernten den erwarteten Erfolg und bringen mir sogar einen von Ninas heutzutage seltenen Wangenküssen ein. Norbert hält zunächst stirnrunzelnd, dann mit immer mehr Begeisterung ein Computerprogramm in der Hand, mit dem er dreidimensionale Körper in der Mathematik darstellen kann, was er in der zehnten Klasse gut gebrauchen kann. Da er auch ein leidenschaftlicher Spieler am Computer ist, weiß ich, dass er dieses Programm in allen seinen Möglichkeiten ausreizen wird. Mit diesem Geschenk hat Nina einen guten Griff getan. Ich bekomme ein Buch, was ich mir immer verkniffen habe, weil es das noch nicht als Taschenbuch gab, von meiner lieben Tochter (mit Sicherheit auf Anraten von Norbert!), ein Abo für die größte Wochenzeitschrift Deutschlands und einen Kaschmirschal, den ich den ganzen Abend über nicht mehr ablege. Die Stimmung ist heiter, von Ninas Seite vielleicht ein bisschen angespannt, weil sie ja auf Gruber wartet. Ich habe mir vorgenommen, ihn diesmal hereinzubitten und freundlich zu ihm zu sein. Was bringt es denn, ihn Nina madig machen zu wollen, dann wird sie ihn noch aus lauter Opposition klasse finden.

Aber wer nicht kommt, ist Gruber. Obwohl Norbert und ich uns die größte Mühe geben, Nina bei Laune zu halten, säuert sie immer mehr ein. Ab halb zwölf hängt sie nur noch am Telefon, aber da ihre Gespräche nicht lang sind, vermute ich, dass sie ihre Bekannten anruft, um zu erfahren, ob die wissen, wo Gruber steckt. Mit ihm selbst scheint sie aber nicht zu telefonieren. Um Mitternacht bin ich bettreif und bitte Norbert, mit mir ins Bett zu kommen, denn die Emma-Geschichte verlangt immer noch sein Ohr. Nina muss und wird schon alleine mit ihrem G.G.-Problem klarkommen.

Die Weihnachtstage vergehen in herrlicher Ruhe und weitgehend im Bademantel. Wir erlauben uns all das, was wir uns das ganze Jahr über versagen: wir schlafen lange, frühstücken endlos, lesen im Bett, bis einer von uns Hunger hat und kramen in der Weihnachtspost. Nina hat sich in Bezug auf Gruber beruhigt. Er hat am ersten Weihnachtstag angerufen und irgendeine windelweiche Erklärung gegeben, warum er am Vorabend nicht mehr gekommen ist. Nina will das gerne glauben, Norbert und ich wechseln einen schnellen skeptischen Blick miteinander. Am Nachmittag des zweiten Weihnachtstages raffen Norbert und ich uns auf, um mal in Kiel ins Kino zu gehen, und danach, welche Seltenheit, gehen wir zu zweit in einem italienischen Restaurant essen, auch das ein Ritual aus der Zeit unserer ersten Verliebtheit.

Zwischendurch muss ich immer wieder mal an Roland denken und probiere den Gedanken aus, dass er doch die Wahrheit sagt. Aber ich lande mit meinen Gedanken in einer Sackgasse: wer sollte Roland so gleichen können? Und was sollte dieser Jemand in der Umgebung der Beratungsstelle machen? Wozu sollte der da herumschleichen? Ungelöste Fragen treiben mich um, und daher gehen wir beim Essen noch einmal die Emma-Geschichte durch, die mich die ganze Weihnachtszeit über begleitet hat. „Du solltest den Stiefvater noch mal sprechen", schlägt Norbert vor, „und ihn fragen, wie er die Szene erlebt hat. Wenn du ihm nicht vorgreifen willst, und deine Version erst einmal zurückstellst, siehst du ja, mit wie viel Kenntnis oder Offenheit er dir begegnet."

„Eine gute Idee, mach ich. Irgendwie habe ich das Gefühl, ich hätte einen Vorschlag, den jemand aus dem Team gemacht hat, vergessen, umzusetzen. So ganz vage glaube ich, das hatte was mit dem anderen Schulze, dem Jannik zu tun."

„Lad die Brüder doch zusammen ein", meint Norbert. „Ist doch ein Abwasch!"

Zwei Tage später habe ich Frieder Schulze am Telefon. Emmas Mutter ist aus dem Krankenhaus entlassen worden, darf sich im Haushalt aber nur reduziert betätigen, so dass er sich ein paar Tage Urlaub genommen hat. Florian ist in der Skifreizeit, Emma weicht nicht von der Seite ihrer Mutter. So hat Herr Schulze Zeit für einen Termin bei mir. Auf meinen vorsichtigen Vorschlag, ob ich seinen Bruder zu dem Gespräch auch einladen darf, reagiert er völlig neutral.

Da sitzen die beiden Schulze-Brüder nun vor mir, und ich erkenne, wie ähnlich sie einander sind. Frieder Schulze ist nur ein bisschen athletischer als Jannik, der wiederum in seinem ganzen Auftreten zugewandter und freundlicher wirkt. Bei Frieder weiß ich manchmal nicht, warum er leicht abweisend oder distanziert ist, aber vielleicht ist das ja auch eine Berufskrankheit, so wie ich angesichts von Klienten zu einem Dauerlächeln neige.

„Herr Schulze, ich wollte Sie gerne nach Ihrem Eindruck von Emma in der letzten Stunde fragen." Diese Gesprächseröffnung habe ich mir überlegt, weil sie neutral und offen gestellt ist.

Beide Schulze-Brüder gucken mich an und holen Luft, um etwas zu sagen, und ich begreife, dass ich im Gespräch Schwierigkeiten bekomme, wenn wir jetzt nicht die Regel treffen, dass ich die beiden mit ihrem jeweiligen Vornamen anspreche. Das schlage ich ihnen auch vor, und beide sind einverstanden.

„Frieder, ich meinte Sie mit meiner Frage." Ich nicke ihm zu.

„Ich war sehr erschrocken, Frau Janner. Anscheinend spielt Emma dieses Märchen in einer sexualisierten Form. Das muss sie doch irgendwo her haben! Also, bei uns zu Hause finden solche Spiele nicht statt, das kann ich Ihnen versichern. Mir kam das vor wie ein – Theaterstück, eine Aufführung." Er schaut mir gerade mit seinem zwinkerlosen Blick in die Augen.

„Sie meinen, Emmas Anweisungen für uns stammten eher aus einer Darstellung, die eingeübt war, und waren keine spontane, aus dem Augenblick geborene Idee?"

„Genau das! Wie eine Aufführung auf der Bühne oder wie beim Film!"

„Auf diese Idee bin ich auch gekommen, weil Emma sagte: ‚Klappe', das ist doch ein Ausdruck aus der Filmwelt. Und sie hat durch diese Toilettenpapierrolle geschaut wie durch eine Kamera." Aufmerksam warte ich auf eine Reaktion.

Frieder guckt mich jetzt mit weit aufgerissenen Augen an, Jannik schaut erst ihn an und dann mich. Sein Blick fragt etwas, aber ich habe keine Antwort. Weder auf die Frage, woher Emma dieses Spiel kennen könnte, noch was jetzt zu tun ist.

Nach kurzer Erstarrung wird Frieder lebhaft und beginnt laut zu denken: „Was müssen wir jetzt tun? Als Erstes müssen wir dafür sorgen, dass Emma nicht mehr in die Situation kommt, aus der sie vermutlich dieses fiese Rapunzel-Spiel kennt. O, mir geht jetzt auf: Hat ihr Verhalten in der Schule etwa mit diesem Spiel zu tun? Dass sie sich nicht konzentrieren konnte, weil sie so sehr mit Gedanken an die Filmsituation beschäftigt war? Und die Lehrerin hatte gesagt, das war besonders schlimm an bestimmten Tagen. War das nicht mittwochs? Ja, stimmt. War sie denn nicht mittwochs bei euch, weil ich da meist Spätdienst habe und Heide häufig ihre Kollegin vertreten musste?" Frieder wendet sich seinem Bruder zu.

Jannik scheint mir die Bedeutung dieser Frage noch nicht ganz zu erfassen, denn darin liegt doch eine Annahme, wenn nicht gar eine Anschuldigung. Aber er bleibt ganz gelassen und sagt zu seinem Bruder: „Das kann schon sein, aber da müsstest du wohl eher Lynn fragen, die hat es immer übernommen, auf

Emma aufzupassen. Du weißt, dass ich durch diese Fortbildung zwei Abende in der Woche in der Stadt bin, mittwochs und freitags. Ich mache gerade meinen Meister als Maler und Lackierer“, wendet er sich an mich, „da muss ich noch mal die Schulbank drücken, und das fällt mir nicht ganz leicht.“

Jetzt fällt mir ein, dass Eddie mir in der Teamsitzung einen guten Tipp gegeben hatte. Er war es doch, der Janniks Worte, er lebe getrennt von seiner Frau, so interpretiert hatte, dass Lynn nun nichts mehr mit Emma zu tun hätte. Frage: Was hatte sie denn bisher mit Emma zu tun?

In dem Gespräch erfahre ich dann, dass Jannik und seine Frau Lynn sich zwar getrennt haben, aber noch gemeinsam in einem Haus wohnen. Das stelle ich mir nicht ganz einfach vor! Die Ehe kann nicht lange gedauert haben, und Kinder sind, in diesem Falle *Gott sei Dank*, nicht vorhanden. Was Jannik so von seiner Frau erzählt und durch Frieder ergänzt wird, vermittelt mir den Eindruck, dass er und Lynn nicht gut zusammengepasst haben. Lynn ist ein Stadtkind, deren Auftreten Jannik zu Beginn ihrer Partnerschaft wohl sehr imponiert hat. Aber Interessen und Vorlieben, Lebensentwürfe und Pläne waren bei beiden doch so unterschiedlich, dass die Trennung eigentlich für alle, inklusive der Beteiligten, vorhersehbar war. Sie können noch mit einander reden, zumal Lynn dabei ist, sich eine Wohnung in Kiel zu besorgen, so dass ihr Noch-Ehemann weiß, dass die augenblickliche Wohnsituation nicht mehr lange dauern wird.

Ich lasse mir diese Geschichte so ausführlich erzählen, weil Lynn durch die Aufgabe, auf Emma aufzupassen, eine besondere Rolle bekommen hat, und da will ich mir ein Bild von ihr machen können. Heimlich, still und leise will ich auch Informationen darüber haben, ob Jannik Leute aus Lynns Dunstkreis kennt, und ich wundere mich, wie wenig sich dieser Mann im Leben seiner Frau auskennt! Er weiß gerade mal, dass Lynn Verkäuferin in einem Schmuckladen in Kiel ist, aber wie der

Besitzer heißt, ist ihm entfallen. Auch die Adresse weiß er nicht, aber er versichert mir, dass er weiß, wie man da hinkommt. Die Telefonnummer des Ladens hat er aber in seinem Handy, immerhin, man könnte Kontakt zu Lynn über den Laden aufnehmen, wenn man es wollte. Über Lynns Freundeskreis ist ihm bis auf eine Freundin nichts bekannt, und diese eine wird von Lynn immer „Molly“ genannt. Er weiß aber nicht, ob das ihr richtiger Name ist oder ob Lynn sie so nennt, weil sie etwas mollig ist.

Eigentlich gehen mich diese Hintergrundinformationen gar nichts an, denn ich bin ja nicht beauftragt, die Leute ausfindig zu machen, die Emma in ihrem perfiden Spiel benutzt haben, ich muss nur dafür sorgen, dass Emma sich anvertraut, damit die Verantwortlichen sie in Schutz nehmen können. Das sind in diesem Fall die Eltern, und – ganz formal gedacht – in diesem Fall Heide Middeldorf.

„Haben Sie, Frieder, eigentlich mal daran gedacht, Emma und ihren Bruder zu adoptieren?“ Meine Gedanken eilen der augenblicklichen Sachlage voraus.

„Ja, das haben wir, aber es gibt Schwierigkeiten in der Hinsicht, dass der leibliche Vater ja zustimmen muss, dass Emma meinen Namen tragen darf. Da wir bis jetzt nicht ausfindig machen konnten, wo dieser Typ sich aufhält, sind wir zum Abwarten gezwungen.“ Er macht jetzt wieder sein abweisendes Gesicht, und ich kapiere: Das macht er immer, wenn ihm etwas zu nahe geht.

„Was werden Sie nun machen, Frieder?“ frage ich ihn. „Wollen Sie Anzeige erstatten, oder ist es für Sie in Ordnung, Emma für eine gewisse Zeit nicht mehr zu anderen Leuten zu geben, von denen Sie nicht wissen, wo sie sich mit Emma aufhalten?“

„Ich weiß noch nicht, das muss ich mit Heide besprechen. Ich möchte vor allem, dass Emma keine zusätzliche Belastung aushalten muss.“ Frieder schaut auf seine Hände, die er reibt, als müsse er seinen Kreislauf anregen.

Ich stimme sofort zu, auch deshalb, weil ich nicht weiß, inwieweit sich Nick über die Bedeutung dieser ganzen Geschichte für Emma im Klaren ist. Deshalb sage ich noch einmal mit besonderer Betonung: „Machen wir uns nichts vor, hier geht es um sexuelle Gewalt." Ich schaue Nick an, um zu erkennen, ob er das Ausmaß von Emmas Situation verstanden hat.

„Was, um sexuelle Gewalt? So habe ich das gar nicht gesehen! Die haben doch nicht – Wenn ich Lynn frage ..." Nick schaut von mir zu seinem Bruder und wieder zurück.

„Ich bitte Sie inständig, nicht mit Lynn darüber zu sprechen, zu wem sie mit Emma gegangen ist! Für Lynn wäre das eine Warnung, ja, geradezu eine Aufforderung, Spuren zu verwischen und Kontakte zu kappen, falls es doch einmal zu einer polizeilichen Ermittlung kommt." Ich höre selbst, dass mein Ton scharf wird.

„Nick, das darfst du nicht tun, da hat Frau Janner schon recht! Wenn du mit Lynn redest, kannst du jegliche heiße Spur vergessen. Betätige dich nicht als Spürnase, überlass das denen, die dafür ausgebildet sind! Ich will nicht ausschließen, dass wir Anzeige erstatten, denn wenn diese Leute, wer immer sie sind, Emma nicht mehr zur Verfügung haben, so werden sie sich jemand anderen suchen, oder sie haben sowieso schon ein Kontingent von Kindern, das sie für ihre miesen Zwecke benutzen." Jetzt hält Frieder seine Hände zu Fäusten geballt, ohne es zu merken.

Nick ist nun sichtlich erschrocken über die Worte seines Bruders und nickt während dessen Warnung mit dem Kopf.

Die Stunde ist um, ich mache die Brüder darauf aufmerksam und verabrede einen Termin für Emma und einen für das Paar Middeldorf/Schulze in der Hoffnung, dass Emmas Mutter sich dann schon außer Haus bewegen darf.

Als wir die Treppe hinuntergehen, lacht Nick plötzlich auf und sagt: „Ich habe doch letztes Mal, als ich Emma gebracht habe, hier im Hause jemand gesehen. Sie wissen schon: das war jemand, von dem ich meinte, dass ich ihn mal mit Lynn gesehen habe! Aber das hier, das wäre ja Ihr Praktikant, haben Sie gesagt, sonst hätte ich ein doofes Gefühl gehabt. Als ich meine Frau nämlich nach ihm gefragt habe, da hat sie mir gesagt, das sei ein Kollege von ihr. Dabei haben die in dem Schmuckladen doch nur Frauen!" Er lacht noch einmal auf, vielleicht war ihm die Erkenntnis erst später gekommen, dass Lynn ihn belogen haben musste.

Ich bin froh, dass die Brüder mir nicht in den Kopf sehen können, wo sich auf diese Bemerkung hin alles zu drehen beginnt. Sofort ist meine Unsicherheit in Bezug auf Roland wieder aktualisiert, sofort bin ich bereit, ihn als Lügner anzusehen. Gleichzeitig gibt es einen Profi in mir, der mich mahnt, erst einmal alles in Ruhe entgegenzunehmen, nicht zu urteilen und nicht zu werten, sondern die Puzzleteile der Informationen auszulegen und zu schauen, wie sie ineinanderpassen.

Unschlüssig wandere ich durchs Haus. Soll ich zu Alfons gehen? Oder direkt zu Roland? Ich drücke mich davor, aber ich weiß, dass ich mit beiden über Jannik Schultes Aussage sprechen muss. Vielleicht kann ich ja vorher noch im Sekretariat in mein Postfach sehen, mal hören, was der Anrufbeantworter zu bieten hat, denn Anna ist ja nicht da, um sich darum zu kümmern. Vielleicht kann ich auch mal bei Kira reinschauen und sehen, was die gerade macht.

Als ich ins Sekretariat komme, sitzt Alfons an Annas Schreibtisch und macht irgendwas am Computer. Er hat eine Excel-Datei aufgerufen und fährt mit dem Finger an verschiedenen Namen vorbei. Das scheint was Längeres zu werden, und ich überlege ...

„Was streichst du hier herum wie eine hungrige Katze?" fragt Alfons mich freundlich. „Wolltest du etwas von mir?"

„Ja, ich ... Ich wollte kurz mit dir sprechen. In deinem Büro, wenn's geht." Mir ist es lieber, nicht durch das Läuten des Telefons oder durch jemanden vom Team gestört zu werden.

Alfons nickt, schließt das Programm und macht sich auf zu seinem Büro. Ich sause hinterher.

„Setz dich." Alfons nickt in Richtung der Sitzgruppe. „Geht's um einen Fall?"

„Sowohl als auch. Also, hast du bei Emma Middeldorf an den Oberarmen oder Schenkeln blaue Flecken gesehen, eventuell auch gelbe, nämlich verblasste Flecken? Inzwischen scheint klar zu sein, dass sie für pornografische Filmaufnahmen benutzt worden ist." Ich versuche, mit überzeugender Stimme zu sprechen.

„Nein, Mara, das hätte ich dir doch auf die Karteikarte geschrieben. In der Hinsicht war nichts zu entdecken. Ich fand sie nur ein bisschen zu scheu beim Ausziehen, sie schaute dabei immer ganz intensiv ihre Mutter an. Mehr Bemerkenswertes gab es bei ihr nicht zu sehen." Alfons schiebt wie so häufig seine Lesebrille mit dem Zeigefinger höher, er kann das aber auch durch Kräuseln der Nase, was besonders komisch aussieht.

„Okay, dann bin ich mit dem Thema fertig. Ich wollte dann noch – ach, das fällt mir jetzt erst auf, das hat ja doch noch mit dem Fall zu tun ... Der Stiefvater hat einen Bruder, der Emma auch schon mal zum Termin gebracht hat. Der lebt in Scheidung mit seiner Frau Lynn. Wenn Frieder Schulze Mittwochabends Spätdienst hatte und die Mutter, Frau Middeldorf, für ihre Kollegin einspringen musste, haben sie Emma zu Jannik, dem Bruder, gebracht. Frieder glaubte, sein Bruder kümmert sich um Emma, aber der hat sie weitergereicht an Lynn, weil er einen Abendkurs besucht. Kommst du noch mit? Und wie Lynn mit Emma die Zeit verbracht hat, das wissen wir nicht. Noch nicht. Aber eigentlich wollte ich das gar nicht erzählen, sondern dir sagen, was mir der Jannik erzählt hat. Der hat nämlich Roland hier im Haus gesehen und gedacht, er habe ihn mal mit seiner Frau Lynn zusammen gesehen. Die hat aber auf seine Nachfragen gelogen und gesagt, es wäre ein Kollege, aber sie hat nur Kolleginnen. Ich muss gestehen, dass ich dann wieder

Zweifel an Roland bekommen habe. Verstehst du? Immer diese verwirrenden Hinweise!“

„Wir holen Roland dazu“, entscheidet Alfons ernst. „Der kann das am besten klären.“

Ich nicke, und Alfons greift zum Telefon. Wenig später höre ich ihn auf dem Gang, es klopft, und Roland steht in der Tür. Zum wiederholten Mal denke ich, dass Alfons und er überhaupt keine Familienähnlichkeit aufweisen.

„Sag mal, Roland“, beginne ich unbedacht, „bist du eigentlich der Sohn von Alfons’ Bruder oder Schwester?“

„Ich habe gar keine Schwester“, mischt sich Alfons ein. „Das wollte Mutter Natur keinem Mädchen antun, so auszusehen wie ein Seegers. Nein, ich habe einen Bruder, Hein. Und der hat Roland adoptiert, zusammen mit seiner Frau, Anne-Marie. Bist du nun zufrieden? Wieso willst du das eigentlich wissen?“ Sein Ton sagt: Was spielt das für dich eigentlich eine Rolle?

Ich bin erst mal damit beschäftigt, diese Information zu verdauen. Ach, so ist das! Roland kann Alfons gar nicht ähnlich sehen, weil er von Eltern abstammt, die mit Alfons gar nicht verwandt sind.

„Kann es denn sein, dass du noch einen Bruder hast, Roland? Immer wieder gibt es doch Hinweise darauf, dass jemand dich gesehen haben will, und du sagst, du warst es gar nicht.“

Ich sehe, dass Roland und Alfons einen Blick miteinander tauschen. Es scheint eine geheime Absprache darüber zu sein, wer jetzt mit mir spricht. Alfons gewinnt.

„Deine Annahme ist uns auch schon, öfter als uns lieb ist, durch den Kopf gegangen. Roland hat dir, glaube ich, erzählt, dass er Panikattacken bekommen hat, weil er sich verfolgt fühlte. Es scheint wirklich jemanden zu geben, der sich auf Rolands Fährte gesetzt hatte und der ihm wohl auch noch ähnlich sieht. Als du letztens meintest, Roland hinter das Haus laufen zu sehen, war er das ganz bestimmt nicht. Das muss wieder dieser

Kerl gewesen sein, der ihm so ähnlich sieht. Wir haben schon gemutmaßt, dass er einen Zwillingsbruder hat, aber da das damals eine anonyme Adoption war, wissen wir nichts über die Herkunftsfamilie. Wenn also Jannik Schulze meint, Roland mit seiner Frau Lynn gesehen zu haben, kann das nicht sein. Oder, Roland?"

Roland schüttelt nur den Kopf und guckt weiter düster vor sich hin.

„Alfons, das müsst ihr der Polizei melden! Womöglich begeht dieser Mister X ein Verbrechen, und du, Roland, wirst von Zeugen als der Täter erkannt! Das ist ja gefährlich für dich!" Ich werde ganz aufgeregt bei dieser Vorstellung und merke gar nicht, dass mein Vorschlag aus einer ganz anderen Haltung kommt, nämlich der, Roland vor Ungerechtigkeit zu schützen. Bin ich jetzt doch auf seiner Seite?

„Ach Mara, das haben wir doch damals, bevor Roland in die Klinik kam, schon gemacht! Die haben das bei der Polizei alles ganz brav aufgenommen, aber wir hatten den Eindruck, dass die sich insgeheim darüber gekringelt haben, dass es Roland zweimal geben soll. Es kamen so ein paar Bemerkungen, aus denen wir schließen konnten, dass sie ihm nicht recht glauben wollten. Aber du hast natürlich recht: wir sollten trotzdem wieder Bescheid geben, dass da ein Stalker unterwegs ist, der dich beunruhigt. Wenn wir es nicht tun, und es kommt einmal zu einer solchen Situation", Alfons wendet sich Roland zu, „wie Mara sie beschreibt, wird man dir sonst vorwerfen, dass du ja nicht noch einmal angegeben hast, dass es wieder jemanden gibt, der dich verfolgt."

Roland nickt, gibt aber wieder keinen Ton von sich.

„Ich bin froh, dass wir erst mal wieder das Wochenende und Neujahr vor uns haben", sage ich sehnsuchtsvoll und füge voller Überzeugung hinzu: „Ich werde für so viel Aufregung langsam zu alt."

„Wenn ich so etwas von dir höre, dann krieg ich gleich einen Klotz im Hals!“ Alfons scheint zurück auf der sonnigen Seite seines Gemüts, die falschen Sprachbilder funktionieren wieder. „Am Dienstagmorgen müssen wir uns dann sofort wegen der Jahresstatistik zusammensetzen und sammeln, wer im kommenden Jahr welche Fortbildung machen möchte. Dann sollten wir festlegen, nach welchem Schlüssel das Geld für die Fortbildungen verwendet wird. Wie lange bist du heute noch im Hause?“

„Heute kein Spättermin, ich gehe um vier Uhr. Tschüs, ihr beiden, ich habe gleich einen Termin. Danke für die Aufklärung.“ Ich nicke beiden zu und gehe. Roland guckt aber gar nicht hoch.

Um drei Uhr kommt ein Junge, Lasse, der schlecht rechnen kann (wie sympathisch) und den ich testen muss. Er ist in der dritten Klasse, in Deutsch ein Ass, aber wenn er Zahlen nur sieht, bekommt er geradezu Ausschlag. Als er bei mir über die Schwelle tritt, ist er sehr aufgeregt, so dass ich mich erst ein bisschen mit ihm unterhalte, wobei ich ihm das Geständnis mache, dass ich auch nicht rechnen kann. Er sieht mich erstaunt an und lächelt zum ersten Mal. Ich bin froh, dass dieser Test nicht mit den typischen Rechenaufgaben beginnt, sondern erst einmal nach Zahlen fragt, die größer oder kleiner als andere sind, dann muss das Kind vorwärts und rückwärts zählen und Einschätzungen über Mengen abgeben. Das klingt für Lasse nicht wie Mathematik, so dass er ganz entspannt wird und auch nicht vom Stuhl fällt, als er ein paar Additions- und Subtraktionsaufgaben machen muss. Ich will die Kinder ja nicht quälen, sondern herausfinden, was sie benötigen, um später besser durchs Leben zu kommen, und sei es vorher durch die Schule. Währenddessen kann ich mir bei Lasse ansehen, wie niedrig seine Frustrationsschwelle bei Misserfolg ist, und das wiederum gibt mir Ideen dafür, was ich seiner Lehrerin sagen kann, wie sie mit ihm umgehen soll. Wir sind nach einer Dreiviertelstunde fertig, so dass er sich noch eine Runde Kickern leisten kann, bevor seine Mutter ihn wieder abholt.

Nach der verlorenen Runde mit Lasse gehe ich in mein Büro und packe den Test zusammen, werte ihn aus, stecke die Auswertung in Lasses Akte und verstaue alles in der Schreibtischschublade. Auf meiner „To Do“-Liste gibt es noch drei Telefonate, zwei Briefe und ein Kurzprotokoll über das Gespräch mit den Schulze-Brüdern, aber ich bin so müde, dass ich den Schreibtisch nur leer räume und nichts mehr von der Liste abarbeite. So kann Karin den Schreibtisch gut abwischen, und am Dienstag geht es dann mit neuer Kraft in ein neues Jahr.

Siemens Mitteilung

Heute ist Sonnabend, der letzte in diesem Jahr, morgen ist Silvester, und Montag haben wir frei. Als ich erwache, höre ich Norbert in der Küche herumklappern. Er macht seinen berühmten Dinkelgrießbrei mit in Butter angebratenen Trockenfrüchten und einer hineingeschnittenen Birne. Das Ganze wird mit Zimt und Koriander abgeschmeckt und mit einem Schwupp Sahne übergossen. Eine kleine Portion Honig rundet den Geschmack ab.

Nina und ich lieben diese Art Frühstück, und das Tollste ist überhaupt, wenn ich im Bett frühstücken darf. Und tatsächlich, Norbert kommt mit dem Breitopf, zwei Schälchen und Löffeln ans Bett und verteilt den Brei in die beiden Schalen.

Dann geht er mit dem Topf zu Nina nach oben, aber ich höre, dass er gleich wieder herunterkommt, vermutlich schläft sie noch.

„Na, meine Liebe? Hast du gut geschlafen? Was hast du heute vor?“

„Weiß noch gar nicht. Nachher hole ich bei Siemen mal den selbstgemachten Käse, den mag unser Mäuschen so gerne. Und wenn du morgen backen willst, brauchen wir noch Eier. Und Milch sowieso.“ Ich lasse mir den Brei erst einmal schmecken. Er fließt wie von selbst durch meine Kehle, und zwischendurch kann man auf den Backpflaumen und Aprikosen herumkauen. „Willst du eigentlich um Mitternacht Raketen in die Luft schießen? Wir haben im Keller noch Zeug aus dem letzten Jahr, aber ich weiß natürlich nicht, ob das noch funktioniert. Haben die eigentlich auch ein Verfallsdatum?“

„Wenn sie nicht nass geworden sind, werden sie wohl noch was taugen. Ich habe eigentlich keine Lust, dafür Geld auszugeben. Wollen wir heute Nacht nicht in die Abendandacht gehen und danach gucken, was die Leute in Krusendorf alles in die Luft schießen?“

„Dort ist doch nichts zu sehen, lass uns nach dem Gottesdienst nach Kiel zum Hafen fahren.“

Norbert zieht eine Grimasse, weil er jetzt schon weiß, dass er dort seine Kollegen treffen wird, die ihn nach dem neuen Stundenplan fragen werden, aber mir zuliebe ist er trotzdem einverstanden.

Als ich gerade mit dem Anziehen fertig bin, höre ich Siemens Glocke läuten. Ich schnappe mir die Milchkanne und die gebrauchten Eierkartons, werfe mir die alte Windjacke von Norbert über und trete in die Kälte. Der Himmel hat sich noch nicht entschieden, ob er regnen oder die Sonne durchlassen will, aber es ist kühl und windig. Die Weiden biegen sich heute weiter nach Südost als sonst, und sie tun es mit knarrendem Geräusch.

Siemens wettergegerbtes Bauerngesicht strahlt mir entgegen.

„Moin! Na, was brauchen Sie heute? Eier und Milch, ich seh schon. Hab noch ein bisschen Butterkuchen von meiner Ollen, sind vier Stück, aber eins is wie angeknabbert. Kricht Ihre Lütte für umsonst. Der Gruber hat ja wohl ne Neue, nicht?“

Neugierig guckt Siemen mich an. Mir fällt vor Schreck über diese Nachricht beinahe die Kanne aus der Hand, und ich stammele: „Huch, das wusste ich ja noch gar nicht. Bist du denn sicher, Siemen? Nach Weihnachten ...“ Ja, was war nach Weihnachten, denke ich. Nina war auf zwei Weihnachtsparties, aber von G.G. hat sie auch nichts erzählt. Wenn das stimmt, so hoffe ich nur, dass Nina ihn verlassen hat, sonst haben wir im Haus eine trübe Zeit, bis Nina sich wieder berappelt hat.

„Herzeleid, das vergeht wieder. Aber das andere finde ich ja noch schlimmer.“ Siemen macht eine Kunstpause, um die Spannung zu steigern. Er hat damit bei mir vollen Erfolg.

„Was meinst du mit ‚das andere‘?“ frage ich beklommen.

Siemen lutscht an seinen superweißen Zähnen und lässt sich noch ein bisschen mehr Zeit, um die Spannung zu erhöhen. Dann kraust er die Stirn und sagt: „Haben Sie denn noch nich gehört? Die Kleine von der Middeldorf, die den Unfall hatte, ist verschwunden.“

„Wie verschwunden?“ sage ich dumm und ohne zu verstehen. Mein Kopf ist wie leer, und als ich entdecke, dass ich vergessen habe, den Mund vor Staunen und Entsetzen zu schließen, schüttele ich den Kopf, um mein Gehirnkästchen wieder auf Trab zu bringen.

„Wie heißt die noch? Ach ja, Emma, Emma Middeldorf. Die ist verschwunden. Der Stiefvadder, das ist dieser Polizist, meint, dass sie entführt worden ist.“

Siemen sieht geradezu glücklich aus, weil er mir wieder etwas sagen kann, was mir noch völlig neu ist.

„Oh, die arme Frau Middeldorf!“ rufe ich aus. „Gerade hat sie den Unfall hinter sich, wo man sich ja auch fragt, was das sollte, und nun dies!“ In meinem Kopf wirbeln die Gedanken durcheinander; ich sehe die Schulze-Brüder vor meinem geistigen Auge. Und Lynn? denke ich. Ist die auch weg? Aber das kann ich Siemen nicht fragen, damit würde ich indirekt ja Informationen benutzen, die ich in der Beratung gehört habe. Aber Siemen bringt mich gar nicht in die Versuchung, nach

Lynn zu fragen, denn er sagt: „Wahrscheinlich hat die getrennte Frau von dem Schulze-Bruder die mitgenommen.“

Weil ich so leer und unbestimmt vor mich hin gucke, meint Siemen, mich besser aufklären zu müssen und sagt: „Der Frieder Schulze hat nämlich einen Bruder, der heißt Jannik, wird aber überall Nick genannt. Dem seine Frau arbeitet in der Stadt, und da ist die mit der kleinen Emma auch ab und zu gewesen. Das weiß ich von der ollen Surmann, die hat die beiden da mal gesehen. Und deswegen glaubt der Frieder, dass Emma mit dieser Frau weg is. Bloß wohin, das weiß keiner.“

Ich muss bei Frau Middeldorf anrufen, denke ich. Oder am besten, ich spreche mit Herrn Schulze, der kann mir sicher noch Genaueres sagen. Ich surfe durch meinen Kopf in der Hoffnung, meinen nächsten Schritt zu finden, den ich gehen muss.

Ich verabschiede mich etwas überstürzt bei Siemen, wünsche ihm einen guten Rutsch ins Neue Jahr und balanciere meine Kanne, den Käse, die Eier, das Pfund lose Butter und den Kuchen an die Brust gedrückt, ins Haus. Ich kann es kaum erwarten, Norbert zu erzählen, was ich von Siemen erfahren habe, aber Norbert ist unter der Dusche und singt, was ich von ihm eigentlich nicht kenne. Das macht er nur, wenn es ihm besonders gut geht. Na ja, denke ich, er hat ja nun auch schon seit einer Woche Ferien, das hat ihm sicher gutgetan.

Als Norbert angezogen in der Küche erscheint und ich ihm die Neuigkeiten erzähle, reagiert er nicht so, wie ich es erwartet habe. Er bremst mich aus, indem er sagt: „Mara, du hast heute keinen Dienst, du hast diese Informationen privat erfahren und musst daher nicht reagieren. Außerdem ist das jetzt ein Fall für die Polizei geworden, jetzt geht es um eine Straftat.“

„Siemen hat dann auch noch gesagt, dass Gruber eine neue Freundin hat. Weißt du was davon?“

„Nein, und ich glaube, dass Nina das auch nicht weiß! O je, da steht uns womöglich was bevor! Es wäre schön, wenn sie das nicht an diesem Wochenende erfahren würde, sonst haben wir hier das heulende Elend. Was hat sie eigentlich für morgen Abend vor?"

„Sie ist bei Betty, dieser Freundin in Osdorf eingeladen. Da sind noch fünf weitere Mädels aus ihrer Klasse, mit ganz konventionellen Plänen für den Silvesterabend: Bleigießen, gute Vorsätze besprechen und ein bisschen Knallerbsen-Zauber. Die Eltern von Betty sind allerdings nicht da, darum wollen die Mädels auch alle dort übernachten. Mal sehen, in welcher Verfassung unser Mäuschen zurückkommt."

Ich bin so unruhig und kribbelig, dass ich glaube, dieses Wochenende nicht mit Nichtstun in puncto Emma verbringen zu können; Norbert hat ja recht, aber ...

Da kommt mir die rettende Idee: Ich muss für dieses verlängerte Wochenende sowieso noch einkaufen und deshalb zum Supermarkt nach Gettorf fahren, da kann ich ja vielleicht mal eben bei Frau Middeldorf hereinschauen. Aber Norbert, der mich besser kennt als ich mich selbst, sagt zu mir: „Meine Liebe, tu mir einen Gefallen und geh der Middeldorf und dem Schulze nicht auf den Nerv. Die haben jetzt ein anderes Programm, du bist gerade nicht dran. Glaub mir, meine Süße, ich meine es gut mit dir."

Er hat ja mal wieder recht, und ich weiß aus Erfahrung: wenn Norbert sagt, dass er es gut mit mir meint, will er mich vor einer Torheit schützen. Und es ist ja nicht so, dass er mit mir keine Erfahrung hätte!

Daher lenke ich den Opel mit dem festen Vorsatz, nur einkaufen zu fahren, nach Gettorf. Insgeheim hoffe ich ein bisschen, dass mir jemand begegnet, mit dem ich über Emmas Entführung reden kann, das wäre dann ja Schicksal, wenn ich jemand Passendes fände. Alfons wäre mir jetzt recht, am besten noch Herr Schulze. Doch meine Hoffnungen erfüllen sich nicht. Von Ferne sehe ich zwar Gabi, aber die ist an dieser Emma-Geschichte nicht nah genug dran, und zu ihr habe ich eine wenig intensive Beziehung. Sie gehört halt zum Team und passt sich dort gut an, aber ich bin ihr nicht herzlich verbunden.

So fahre ich enttäuscht zurück ins „Kleine Moor“ und richte mich auf ein ruhiges Wochenende und einen besinnlichen Jahreswechsel ein. Als ich das Auto bei uns hinters Haus stelle, höre ich schon Ninas Organ in voller Lautstärke: „Der Scheißkerl, das kann er doch nicht machen! Das habe ich nicht verdient!“ Die Tirade wird schwächer, weil Nina anscheinend von der Küche, wo das Fenster gekippt ist, in den Flur geht, aber ich kann mir ausmalen, was mich gleich erwartet.

In der Küche empfängt Norbert mich mit rollenden Augen, und ich wispere ihm zu: „Da müssen wir durch!“ und verstaue die Einkäufe in der Speisekammer und im Kühlschrank. Für morgen Abend habe ich auch eine gute Flasche Wein geholt, aber Norbert sagt mit einem Blick auf sie: „Wenn wir noch in die Kirche in Krusendorf wollen und an die Förde, müssen wir das Trinken auf den Montag verschieben.“

„Vielleicht ist sie heute Abend schon nötig“, erwidere ich mit einer Kopfbewegung in den ersten Stock, wo Nina anscheinend in ihrem Zimmer wütet.

Mit einem Seufzer mache ich mich auf zu Nina, die jetzt laute Musik angestellt hat, vielleicht deshalb, damit wir sie nicht weinen hören. Ich klopfe, und als keine Antwort kommt, öffne ich die Tür einen Spalt und sage: „Nina, darf ich reinkommen?“ Statt einer Antwort fliegt ein schwerer Gegenstand an die Tür, so dass diese mir gegen den Kopf knallt. Jetzt bin ich aber beleidigt! Da höre ich von innen: „Wahrscheinlich bist du schuld, weil du zu Gruber nicht nett genug warst! Ihr hättet ihn ja auch mal einladen können, statt immer über ihn zu stänkern.“

Norbert streichelt mir die Beule an der Stirn und sagt sanft und leicht zynisch: „Du wolltest doch immer eine Tochter haben und keinen Sohn. Wenn wir einen Sohn hätten, bräuchtest du dir jetzt keine Sorgen zu machen, und du müsstest dir nicht überlegen, wie du dem Kind wieder nahe kommst. Der würde sich still in seinem Zimmer vergraben und uns mit seinen Gefühlen nicht behelligen."

„Stimmt", sage ich, „der würde zu seinen Kumpels gehen, eine Flasche Schnaps auf ex trinken und mit einer Alkoholvergiftung ins Krankenhaus eingeliefert werden."

Als wir nachmittags eine Tasse Tee trinken und die letzten Weihnachtsplätzchen dazu essen, die Norbert gebacken hat, hören wir Nina herunterkommen. Als wäre nichts gewesen, setzt sie sich zu uns, stopft sich mit Keksen voll, fragt nach unserem Silvesterprogramm und klingt ganz aufgeräumt.

„Woher hast du denn erfahren, dass der Gruber nicht mehr ..., also dass er eine neue Freundin hat?"

Nina starrt mich an. „Was sagst du da? Der hat eine Neue? Dieses feige Schwein! Das hat der mir gar nicht gesagt, er meinte nur, dass er für mich zu alt sei, und dass er doch Verantwortung für mich habe, weil ich ja seine Fahrschülerin bin und all so einen Käse. Dass man mit Abhängigen doch kein Verhältnis haben darf. Als ob er das nicht vorher gewusst hat! Aber eine Neue! Woher weißt du das denn?"

„Siemen. Aber es kann natürlich sein, dass der das auch nur aufgeschnappt hat und dass das gar nicht stimmt." Ich will mich da lieber nicht festlegen, sonst mache ich mich wieder schuldig wie stets bei Nina. „Übrigens, mit allem, was Gruber zu dir gesagt hat, hat er recht: vor deinem Geburtstag war das Unzucht mit Abhängigen. Und dass er schon ein alter Sack ist, stimmt auch."

Ich lehne mich auf dem Sofa zurück und finde mich ganz mutig.

Nina wirft mir einen Blick zu, als schätze sie ab, ob sich ein Kampf mit mir lohnt, scheint den Gedanken dann aber zu verwerfen. Stattdessen guckt sie ihren Vater mit diesem bestimmten Hundeblick an, von dem wir wissen: Achtung, aufpassen, jetzt kommt eine Bitte, die mehr verlangt als normal.

„Papa, kannst du mich denn morgen Abend erst mal zu Betty fahren? Wie soll ich denn sonst zu der kommen? Wenn ich mit euch fahren würde, ist mir das zu spät, die anderen sind doch schon ab acht Uhr bei ihr."

Norbert guckt mit schicksalsergebenem Blick auf seine Tochter, die sofort kapiert: Er widerspricht nicht! Flugs schmatzt sie ihm einen Kuss auf die Wange und springt danach auf. „Bist auch der beste Papa der Welt", ruft sie über die Schulter zurück und knallt die Tür zu.

„Hast du's gut", knurre ich. „Und wer bin ich?"

„Du bist meine liebste Frau, mein Schätzele", sagt Norbert und küsst mir auf die Nase.

Frau Middeldorf und ein später Besuch

Das Wochenende vergeht ohne weitere dramatischen Höhepunkte: Norbert bringt eine gefasste Nina zu ihrer Freundin Betty, während ich uns ein kleines Abendessen zubereite; um dreiundzwanzig Uhr gehen wir in den Silvestergottesdienst in Krusendorf. Die Kirche ist nur durch Kerzen erhellt, was ein schön schummeriges Licht gibt, so dass keiner sieht, dass ich Norberts Hand die ganze Zeit über halte. Als wir hinausgehen, sehe ich Alfons und Ella, Roland ist diesmal nicht dabei. Als Alfons mich sieht, ruft er zu mir herüber: „Ein gutes Neues Haar!" und grinst. Ich rufe zurück: „Tito!", was er mit einem Lachen quittiert.

Dann fahren wir nach Kiel zum Hafen, wo die meisten Raketen gezündet werden, aber nach einiger Zeit wird mir kalt, ich bin müde und möchte nach Hause. Die Ereignisse der letzten Zeit fordern ihren Tribut, ich fühle mich schlapp und erschöpft. Mein lieber Norbert hat vollstes Verständnis für mich, obwohl er noch topfit ist und Lust auf ein Glas Wein hat. Das trinken wir zu Hause. Mir gibt es den Rest, ich verschwinde ins Bett und bin eingeschlafen, bevor Norbert ins Bett kommt.

Der Neujahrstag beginnt mit einem Telefonat. Nina möchte von Betty abgeholt werden; es ist zehn Uhr, für Ninas Verhältnisse richtig früh. Als sie mit Norbert nach Hause kommt, erzählt sie kurz von ihrem Abend mit den Mädels. Klingt ein bisschen langweilig, wahrscheinlich wäre sie doch lieber mit Gruber in die Disco in der Stadt gegangen. Aber sie hält sich, was Gruber anbelangt, recht tapfer, und als ich sie mal eben um die Schulter fasse und drücke, lächelt sie mich traurig an und sagt mit abgrundtiefem Seufzer: „Das Leben geht weiter." Stimmt, Mäuschen, denke ich, aber ich verkneife mir, das zu sagen.

Der Rest des Tages vergeht mit Aufräumen im Weihnachtszimmer, und Norbert backt ein Vollkornbrot. Danach legen wir, was wir uns aus Zeitgründen nur noch ganz selten leisten, ein wunderschönes Puzzle mit tausend Teilen: Elisabeth die Erste, mit einem riesigen weißen Spitzenkragen und in ein dunkelblaues Gewand gekleidet. Wir suchen die Randteile, jeder von uns denkelt vor sich hin, ich nehme schon mal den morgigen Tag ins Visier und frage mich, ob ich gleich morgens bei Frau Middeldorf anrufen soll oder bei Schulze auf der Dienststelle. Nein, das ist vielleicht doch zu aufdringlich.

„Hör auf, schon an morgen zu denken, du sitzt jetzt mit mir hier", sagt Norbert zu mir und lächelt mich lieb an.

Schuldbewusst schlage ich die Augen nieder; es ist selten so, dass mich die Arbeit innerlich so beschäftigt wie jetzt.

Am nächsten Morgen hat es über Nacht wieder geschneit, so dass ich den Weg zur Garage erst freischippen muss, bevor ich das Tor öffnen kann. Norbert macht derweil Frühstück, ich sehe ihn in der Küche hin und her gehen und verliebe mich zum hundertsten Mal in ihn.

Wir fahren hintereinander her bis zu der Kreuzung, wo Norbert nach Gettorf abzweigt und ich weiter zur Beratungsstelle fahre. Zu meiner großen Freude ist Anna wieder da, so dass die Zusatzbelastung, auf Telefon, den Anrufbeantworter und das Türöffnen zu achten, entfällt. Eddie sitzt auf dem einzigen Stuhl außer Annas Bürostuhl und blättert in einer Akte. Als ich hereinkomme, wünschen wir uns gegenseitig ein gutes Neues Jahr und plaudern ein wenig über unsere Erlebnisse an Silvester. Ich verabschiede mich dann schnell in mein Büro, weil ich bei Frau Middeldorf anrufen will. Ich hoffe, dass sie noch zu Hause ist und nicht schon wieder arbeiten geht.

Ich habe Glück, Frau Middeldorf meldet sich nach dem ersten Klingeln. Sie nimmt mein Angebot, am Spätnachmittag zu mir zu kommen, gerne an. Sie klingt müde, resigniert und hat eine ganz kleine Stimme. Danach beginnt der normale Alltag. Wir haben Teamsitzung, Alfons ist bester Laune und haut einen Witz nach dem anderen heraus, so dass die Stimmung eher der an einem Biertisch als in einer Beratungsstelle gleicht. Aber dafür legen wir uns ins Zeug, als es darum geht, die Jahresstatistik vorzubereiten. Ohne Ärger einigen wir uns dann auf einen Modus, wie das Geld für die Fortbildungen in diesem Jahr verteilt wird. Ich bekomme den Zuschlag für eine Fortbildung mit dem Titel „Das Asperger Syndrom. Genie oder Wahnsinn?“, was ich ein bisschen zu reißerisch finde. Sie findet im September in Kiel statt und ist zweitägig.

Roland interessiert sich auch dafür, hat aber das Nachsehen, weil er als Jahrespraktikant im Dezember aufhört und wir von dem Gewinn seines Wissenszuwachses nichts mehr haben würden. Darüber bin ich immer wieder erstaunt, wie souverän Alfons seinen Neffen genauso behandelt wie uns, wenn es um Entscheidungen geht: er bevorteilt ihn nicht, vertritt aber auch dessen Recht. Er ist eben einfach ein guter Chef, ich könnte mir keinen besseren wünschen.

Der Tag vergeht im Fluge mit einem Erstgespräch, einer weinenden Mutter, deren Mann gestern wortlos ausgezogen ist, einem hochbegabten, altklugen Blondschopf und mit Telefonaten. Um siebzehn Uhr bin ich eigentlich mit meiner Kraft am Ende, aber Frau Middeldorf will ja noch kommen, da muss ich durchhalten. Als es klingelt, öffnet Anna, und ich schaue die Treppe hinunter, wer Frau Middeldorf begleitet. Es ist Jannik Schulze, ihr Schwager.

Frau Middeldorf hat noch eine Halskrause um, so dass sie ihren Kopf starr geradeaus hält. Sie sieht müde aus, geschafft. Ich frage sie als Erstes nach Emmas Verschwinden.

„Das war am Freitag am Spätnachmittag. Emma war zum Spielen herausgegangen. Ich hatte mich ein bisschen hingelegt, weil es mich doch immer noch sehr anstrengt, auf den Beinen zu sein, aber dann bin ich eingeschlafen und zwei Stunden später erst aufgewacht. Florian war zum Training, er spielt Basketball, also war klar, dass er erst später nach Hause kommen würde, aber als ich nach Emma rief, kam keine Antwort. Das war schon sehr erstaunlich, weil sie ja in letzter Zeit, seitdem ich wieder zu Hause bin, so sehr an mir klebte, als hätte sie mich jahrelang vermisst. Mein Mann wollte um sieben Uhr zu Hause sein. Es war schon dunkel geworden, da bin ich rufend durchs ganze Haus gegangen, habe draußen im Garten nachgesehen, bin dann durchs ganze Dorf gelaufen, ohne Mantel, weil ich den in der Aufregung vergessen habe. Da muss mich jemand gesehen haben, der meinen Mann auf dem Revier angerufen hat, und der ist eine halbe Stunde später nach Hause gekommen. Wir haben dann sofort eine Vermisstenanzeige aufgegeben, und die Kollegen meines Mannes aus Gettorf, die beiden Meiers, haben sofort in den Geschäften und auf der Straße Leute befragt, ob sie Emma gesehen hätten. Keiner konnte eine Angabe machen, obwohl alle sie kennen."

Frau Middeldorf greift in ihre Tasche und zieht ein Taschentuch heraus, weil ihr die Tränen in die veilchenblauen Augen steigen. Mir fällt auf, dass sie ihren Schwager, Jannik, bis jetzt noch nicht ein einziges Mal angesehen hat.

Der schaltet sich jetzt ein, mit deutlich bedröppelter Miene. „Und ich fürchte, ich bin an der ganzen Sache schuld“, sagt er und schaut kurz zu Heide Middeldorf hinüber, die aber nicht reagiert, sondern weiterhin auf ihr zerknülltes Taschentuch starrt. Frau Middeldorf hat sich ihre gepflegten Fingernägel diesmal dunkellila angemalt, was für etwas gewagt halte.

„Wieso?“ frage ich, „was haben Sie damit zu tun?“

„Ich glaube, dass Lynn etwas mit Emmas Verschwinden zu tun hat. Ich schäme mich so, das zu erzählen, glauben Sie mir. Also, nachdem wir bei Ihnen hier gewesen waren und ich kapiert habe, dass Lynn Emma mit zu anderen Leuten genommen hat, die ... mit ihr irgendwas gemacht haben, was ich mir lieber nicht vorstellen möchte, war ich wirklich geschockt. Ich hatte verstanden, dass ich mit Lynn nicht darüber reden sollte. Dann passierte aber Folgendes: Ich komme nach Hause und sehe, dass Lynn dabei ist, Dinge zu packen, die sie in ihre neue Wohnung mitnehmen will. Auch meine Münzsammlung! Die ist wirklich wertvoll, und da behauptet Lynn doch, sie hätte mir die meisten Stücke doch selbst geschenkt, und ich würde sicher von ihr nichts behalten wollen, was mich an sie erinnert. Einfach blöd! Es ging ihr nur um den Wert der Sammlung, um nichts anderes! Wie das so ist, ein Wort gibt das andere, und Sie hätten ihre Ausdrucksweise hören müssen: so abfällig, so gemein, ich konnte es nicht mehr aushalten. Ich habe dann gesagt, dass ich mich schon immer gewundert habe, in was für teuren Klamotten sie rumläuft, ob sie die vielleicht auch schon von meinen Münzen gekauft hat, da lächelt sie hämisch und sagt: ‚Nein, das war von anderem Geld.‘ Da bin ich geplatzt und habe geschrien: ‚Wahrscheinlich hast du Emma an irgendwelche fiesen Kerle verkauft und dafür deinen Judaslohn bekommen!‘ Da passierte irgendetwas in ihrem Gesicht, so, als würde sie vorsichtiger werden, misstrauischer, und sie gab mir schweigend meine Münzsammlung wieder. Kaum hatte ich meiner Wut Luft gemacht, verstand ich, was ich getan hatte, aber ich konnte die

Worte nicht mehr rückgängig machen. Ich habe dann noch versucht, meine Anschuldigung zu mildern, in der Art, dass ich es ja so nicht gemeint hätte. Aber es war klar, dass Lynn nun ahnte, dass ich irgendwas wusste, was sie und Emma betraf. Einen Tag später ist die Kleine verschwunden, und Sie werden es sich schon denken können: Lynn ist auch weg, und zwar mit all ihren Sachen, so dass sie nicht mehr zurückkommen muss. Mir tut es so leid, Heide, glaub mir, ich will alles tun, um diese schreckliche Geschichte zu einem guten Ende zu bringen." Er beugt sich zu ihr hinüber und fasst ihr auf den Unterarm, was sie regungslos geschehen lässt.

Heide Middeldorf weint jetzt still vor sich hin, und ich unterbreche das auch nicht, sondern habe Respekt vor ihrer Trauer. Was helfen in dem Fall auch Worte? Auch Jannik guckt so trostlos vor sich hin, als würden ihn Scham, Trauer und Angst gleich übermannen.

Nachdem Frau Middeldorf sich noch einmal geschnäuzt hat und ihr Taschentuch wegsteckt, frage ich sie, ob sie für ihren Kummer genügend Menschen hat, um sich zu entlasten. Ihr Mann-Freund, Frieder Schulze, scheint für den emotionalen Teil nicht ganz so geeignet zu sein, weil er Emmas Entführung mehr von der beruflichen Seite aus sieht, aber sie hat eine Freundin, der sie sich in allen Lebenslagen anvertrauen kann.

„Ich habe ja nicht nur Emma verloren, sondern auch Lynn. Mit der war ich doch auch befreundet, und das ist für mich ein doppelter Schlag, weil ich Lynn vertraut habe! Wie kann sie mir das antun! Sie weiß doch, dass ich in Bezug auf Emma sowieso ein schlechtes Gewissen habe, und dann das!" Ihre Veilchenaugen füllen sich wieder mit Tränen.

„Wieso haben Sie in Bezug auf Emma ein schlechtes Gewissen?" frage ich langsam und voller Erstaunen.

„Ach", sagt Heide Middeldorf und rutscht ein bisschen auf dem Stuhl herum wie bei unserem Erstgespräch. „Als ich damals mit Emma schwanger war, war meine Ehe schon am Ende, und ich wollte eigentlich gar kein Kind mehr haben. Es war beinahe so, als würde ich Emma dafür verantwortlich machen, dass mein damaliger Mann abgehauen ist. Das ist natürlich Quatsch, mit dem Kind hatte das gar nichts zu tun, aber vom Gefühl her ... Na ja, das ist der Grund, warum ich nach der Geburt ganz schnell wieder arbeiten gegangen bin. Das war nicht nur Notwendigkeit, weil ich ja nun schnell Geld verdienen musste, das war auch der Wunsch, mit Emma nicht so viel zu tun zu haben. Ich habe sie ja dann ganz schnell an Lynn abgegeben und Emma nur am Wochenende gehabt." Ihre Hände sind jetzt ganz unruhig, als führten sie ein Eigenleben, das ihre Besitzerin nicht kontrollieren kann.

In meinem Hirn purzeln die Fakten der Familie Schulze-Middeldorf mit einem gefühlten „Rumms" durcheinander.

„Wie, Sie kannten Lynn schon zu der Zeit? Ich denke, Ihr Mann, äh, Herr Schulze ist erst vor zwei Jahren in Ihre Familie gekommen?"

„Ja, das stimmt schon, aber ich habe Frieder ja über Lynn und Jannik kennengelernt. Frieder arbeitete ja nicht nur in Kiel, sondern er wohnte auch dort. Bei einem Besuch von ihm bei seinem Bruder habe ich ihn dann kennengelernt, als ich Emma abholte."

„Kann es denn sein, Frau Middeldorf", ich zögere, um meine Worte sorgfältig abzuschmecken, „dass Lynn schon ganz früh mit Emma zu ihren sogenannten Freunden gegangen ist?"

„Nein, das kann nicht sein", unterbricht Jannik den Versuch seiner Schwägerin zu antworten. „Ich mache den Meisterkurs, der mich zwei Abende in der Woche kostet, ja erst seit sieben Monaten. Obwohl", er stutzt und schaut mehr nach innen als nach außen, „wenn man etwas Kriminelles vorhat, muss man dazu nicht auf den Abend warten." Er guckt schief zu Heide herüber, die daraufhin den Blick senkt, als könne sie diesen Gedanken nicht ertragen.

„Verstehen Sie, Frau Janner, das ist der Grund, warum ich in Bezug auf Emma immer ein schlechtes Gewissen hatte. Ich wollte gar nicht so genau wissen, was mit ihr ist, was mit ihr geschieht, denn mein geliebtes Kind, das war ja Florian. Und als mein Mann verschwunden war, nahm er schnell die Rolle des ‚Mannes im Haus' an, obwohl er ja auch nur ein Kind war! Aber er war eben so reif für sein Alter, mit ihm konnte ich über alles reden, was mich bedrückte."

„Wie, über alles?" frage ich erschrocken. „Sie haben mit ihm über den Weggang Ihres Mannes geredet? Über die Gründe, warum Ihre Ehe gescheitert ist? Oder warum Sie Emma immer an Lynn gegeben haben?"

Heide Middeldorf nickt mit unglücklichem Gesicht. „Dass ich Florian in der Beziehung falsch behandelt habe, hat mir Frieder erst klargemacht. Der fand, dass ich zu meinem Sohn ein völlig falsches Verhältnis hätte, dass Florian sich auch Dinge mir gegenüber herausnahm, die einem Kind nicht angemessen waren. Deshalb wollten wir auch nicht, dass Florian auf seine Schwester aufpassen muss, sondern haben sie weiterhin zu Lynn gegeben, weil er nicht wieder eine verantwortungsvolle Rolle haben sollte, sondern Kind sein sollte, seinen Sport machen, seine Hausaufgaben erledigen. Wenn ich gewusst hätte ..." Sie bricht ab und schaut ins Leere. Wo sie jetzt wohl innerlich hinguckt? frage ich mich.

Nun kann ich mir erklären, warum sie im Erstgespräch mit einem so anderen Ton über ihren Sohn als über ihre Tochter sprach: mit Stolz über Florian, mit Unverständnis über Emma. Und ich verstehe, warum Emma nicht im Kindergarten war: sie war bei Lynn.

„Hat Lynn denn zu der Zeit nicht gearbeitet?" frage ich Jannik.

„Nein, sie bekam ja Geld von Heide fürs Aufpassen. Und ich habe als Geselle schon für uns beide sorgen können, das Haus hatten wir von meinem Vater gemietet, der nahm nur einen sym..., also keinen richtigen Preis, wie er ihn von Fremden genommen hätte. Lynn hat erst wieder angefangen zu arbeiten, als Emma in die Schule kam."

„Frau Middeldorf, wenn sie mit Lynn befreundet waren oder sogar sind, dann müssen Sie doch auch Freunde von Lynn kennen."

„Nein, nein", sagt Frau Middeldorf, für meinen Geschmack zu schnell. „Das hat die Polizei mich natürlich auch gefragt, aber Lynns hauptsächliches Leben spielte sich ja nicht bei uns auf dem Dorf, sondern in der Stadt ab."

„Und ist Lynn denn auch nicht in dem Schmuckladen zu erreichen, wo sie arbeitet?"

Jannik schaut mich ganz ernst an, was die Ähnlichkeit mit seinem Bruder erhöht, und sagt: „Nun weiß ich nicht, ob Sie bei der Polizei oder in einer Beratungsstelle arbeiten! Nein, da ist sie natürlich nicht. Aber der Inhaber ist beauftragt, bei Maier anzurufen, sollte sie wieder auftauchen."

Anscheinend hat Heide Middeldorf die kurze Pause genutzt, um zu entscheiden, ob sie noch ein Stückchen Wahrheit aus ihrem Leben preisgeben soll: „Wissen Sie, nachdem mein Mann gegangen ist, da habe ich, als Emma noch ein Säugling war, nichts anbrennen lassen. Ich hatte wirklich etliche Verhältnisse, aber als ich Frieder kennenlernte, war damit Schluss."

Warum erzählt sie mir das? Macht sie ein Geständnis, damit ich an einer anderen Stelle nicht weiterfrage? Und bei dem Wort „Verhältnisse", da war doch im Zusammenhang mit dem Paar Middeldorf/Schulze schon mal was gewesen. Ich überlege, komme aber nicht drauf.

Die Stunde geht ihrem Ende zu, wir vereinbaren, dass jeder den anderen benachrichtigt, wenn er etwas Neues erfährt.

Als wir die Treppe herunterkommen, winkt Alfons mir gerade noch von der Haustür aus zu, dann fällt die Glastür ins Schloss. Ich verabschiede Frau Middeldorf und Jannik, gehe ins Sekretariat, das jetzt verwaist ist, weil Anna auch schon gegangen ist, und schau nach, ob eine Nachricht für mich im Postfach liegt. Da ist aber nichts, worüber ich erleichtert bin, denn auf einen abendlichen Anruf bei einem mürrischen Vater und einer gestressten Mutter hätte ich jetzt keine Lust mehr.

Ich sehe auf die Uhr: halb acht. Es wird Zeit, dass ich meine Sachen packe und nach Hause fahre. Was essen wir heute eigentlich?

Um mir und der Welt draußen zu signalisieren, dass die Beratungsstelle ab jetzt geschlossen ist, lösche ich das Licht unten im Flur und stapfe die Treppe hoch. Der Schein der Lampe im Windfang, die automatisch an- und ausgeht, je nach Helligkeit, gibt mir genügend Licht, um meinen Weg ins Büro zu finden.

Was habe ich vorhin alles von Frau Middeldorf und ihrem Schwager Jannik erfahren, und was bedeutet das? Vielleicht sollte ich doch noch kurz ein Protokoll schreiben, sonst vergesse ich womöglich noch Details, die von Bedeutung sind. Seufzend öffne ich die Schreibtischschublade, ziehe zwei Blatt Papier heraus und beginne mit meinen Notizen. Eine Viertelstunde später setze ich den letzten Punkt, loche die zwei vollgeschriebenen Seiten und hefte sie in Emmas Akte. Dann hänge ich die Akte wieder ins Register, prüfe, ob ich alle Papiere, auf denen Klientennamen stehen, in den Schubladen verstaut habe und ziehe meinen Mantel an.

Karin kommt immer erst um halb zehn oder später, wenn sie ihr Kind ins Bett gebracht hat, einen Jungen, von dem ich glaube, er weiß gar nicht, dass seine Mutter putzen geht, weil er zu der Zeit immer schon schläft. Der Papa, ein dicker Bär von Mann, ist Fliesenleger und schläft wegen seiner anstrengenden Arbeit sicher abends auch schon, wenn Karin hier putzt.

Als ich im Halbdunkel die Treppe hinuntergehe, höre ich plötzlich ein Geräusch. Ich bleibe stehen und lausche. Da probiert jemand, seinen Schlüssel in die Haustür zu stecken und schafft es nicht.

Ich gehe also weiter und sehe, dass Roland vor der Tür steht; er schaut sich gerade seinen Schlüsselbund an, anscheinend sucht er den richtigen Schlüssel heraus. Als ich auf ihn zukomme, blickt er hoch, eine Art Erschrecken geht über sein Gesicht, aber da ich ihm zulächle, lächelt er unsicher zurück.

Ich stemme die Tür auf und frage ihn scherzhaft: „Na, hast du etwa deinen Schlüssel vergessen? Das sage ich Alfons!“

Er geht an mir vorbei, und plötzlich habe ich das Gefühl, das ist gar nicht Roland! Aber wenn es der Doppelgänger ist, dann ist es für mich gefährlich, zu erkennen zu geben, dass ich ihn „erkenne“, also muss ich weiter so tun, als sei er Roland. Mit klopfendem Herzen gehe ich zurück ins Sekretariat und sage in gleichgültigem Ton: „Dann warte ich eben, bis du fertig bist, damit ich hinter dir abschließen kann.“

„Danke, hab was vergessen“, murmelt der scheinbare Roland und macht sich daran, die Treppe hochzugehen. Er hat das Flurlicht nicht angemacht, sondern geht im Dunkeln hoch. Er weiß nicht, wo der Lichtschalter ist, schießt es mir durch den Kopf. Ich flitze auf den Flur und drücke auf den Knopf. Sofort wird das ganze Treppenhaus über alle Stockwerke erhellt. Mit dem Licht fühle ich mich wohler. Was will er wohl hier im Haus? Anscheinend weiß er aber, dass Roland sein Zimmer im obersten Stock hat. Ich höre, wie er die Tür oben öffnet und schließt.

Ich gehe leise, obwohl das gar nicht nötig wäre, zu Annas Telefon und rufe zu Hause an. Lieber Norbert, geh ans Telefon, bete ich stumm vor mich hin.

„Janner!“

„Norbert“, flüstere ich heiser ins Telefon, „ich bin’s. Ich bin noch in der Beratungsstelle, und du glaubst nicht, wer hier gerade ins Haus gekommen ist: der Doppelgänger von Roland! Bitte, bitte, hol mich ab, ich habe eine solche Angst, dass er merkt, dass ich ihn erkenne. Ich mach jetzt lieber Schluss, bitte komm!“

Ich lege leise den Hörer auf. Mein Herz trommelt vor sich hin, ich höre selbst, dass ich ein bisschen keuche vor Aufregung und versuche, das zu kontrollieren. Was sucht der hier? Schnüffelt der in Rolands Schreibtisch? Nimmt er ihm das Fernglas weg? Ich muss mich jetzt nur darauf konzentrieren, heil aus dieser Situation herauszukommen, danach regle ich alles andere. Und Norbert kann in zehn Minuten hier sein, das ist meine Rettung.

Ich sitze auf Annas Schreibtischstuhl und schwitze und friere und lausche nach oben. Von dort höre ich nichts. Auf Annas Telefonapparat kann man sehen, wer im Haus telefoniert, aber das rote Licht neben Rolands Namen geht nicht an. Dann höre ich oben die Tür wieder gehen, die Schritte werden von Treppe zu Treppe lauter. Als sie unten im Flur angekommen sind, stehe ich auf, lösche das Licht im Sekretariat und sage betont heiter zu dem scheinbaren Roland: „Alles klar? Fertig?“

Er klopft auf seine Jackentasche und sagt: „Ja, ich hab’s.“

Da überkommt mich eine Welle dreisten Übermuts, und ich frage: „Soll ich dich eben nach Hause fahren? Norbert kommt auch gleich, wir wollen noch gemeinsam in die Stadt ins Kino.“

„Nein, nein“, sagt er und beeilt sich, zur Haustür zu kommen. „Es tut mir gut, noch ein bisschen zu laufen. Mach’s gut, bis morgen.“ Er stemmt die Haustür auf und ist in Windeseile in der Dunkelheit verschwunden.

Spätestens jetzt weiß ich, dass er nicht Roland ist, denn noch heute Morgen haben wird darüber gesprochen, dass Roland morgen mit Eddie und Joschka zum Sozialarbeitertreffen in die Stadt fährt!

Ich gehe zur Haustür und spähe auf den dunklen Hof, aber von diesem unheimlichen Gast ist schon nichts mehr zu sehen. Wenn wir doch die Hoflampe schon hätten, für die Alfons schon ‚alle Fäden in Bewegung gesetzt‘ hat! Da tastet sich ein Autoscheinwerfer über den Hof, und mir fällt eine Last von den Schultern.

„Hast du ihn noch gesehen?“ frage ich Norbert als Erstes, als er an die Tür kommt.

„Nein, nichts. Ich habe extra drauf geachtet. Aber Mara, das geht so nicht weiter, du bist in Gefahr, wenn du es mit diesem Kerl alleine aufnehmen willst! Du musst Alfons Bescheid geben, der muss auch die Polizei informieren! Ich habe Angst um dich!“ Norbert schaut mich mit gerunzelter Stirn an.

Als Norbert vom Hof fährt, lenke ich den Combo nicht gleich auf die Straße, sondern so, dass die Scheinwerfer die Tannen hinter dem Haus erfassen. Aber auch mit dem Fernlicht kann ich weder einen menschlichen Umriss noch eine Bewegung entdecken.

In dieser Nacht schlafe ich schlecht. Erst kann ich nicht einschlafen, dann höre ich, wie Norbert sich auf eine Schnarchphase einrichtet, und ich bleibe auf der Lauer, wann ich ihn anstoßen muss, damit er keine Apnoe bekommt. Und dann träume ich den tollsten Quatsch: Wir sitzen im Team (Norbert ist auch dabei!), und wir sitzen alle gedoppelt da! Die Mara neben mir ist eine aufgedrehte, engagierte Person, die ich still beobachte, Alfons' Doppel übertrifft den richtigen Alfons in seinen Sprachkalauern („Anna, das kannst du ruhig so in die Maschine schreiben, wie dir der Mund gewachsen ist!“), was „unseren“ Alfons veranlasst zu seinem Doppel zu sagen: „Kannst du das auch mal abstellen, oder hast du darauf keinen Zufluss?“ Roland und den anderen kenne ich ja schon und versuche herauszubekommen, wie sie sich unterscheiden, aber sie machen und sprechen alles simultan! Als wären sie einer! Verwirrend.

Ich erwache völlig zerschlagen, durcheinander und todmüde. Norbert macht uns Frühstück, Nina guckt mich fragend an, kommentiert aber mein Aussehen nicht, worüber ich froh bin. Jetzt nicht noch eine kritische Bemerkung, dann rutsche ich weinend unter den Tisch. Gleichzeitig arbeitet in mir ein kleiner Sheriff, der sich ein paar Fragen im Zusammenhang mit Rolands Alter Ego stellt: Hat der gewartet, bis die letzten Klienten, in dem Fall Heide Middeldorf und Jannik, gegangen waren und wollte dann einbrechen? War das Schlüsselbund in seiner Hand ein Bund mit Dietrichen? Hatte er gedacht, es sei keiner mehr im Haus, weil das Licht im Treppenhaus aus war und nur noch das im Windfang brannte? Was hat er in seiner Jacke aus dem Haus getragen oder hat er nur so getan, als habe er etwas vergessen und nun gefunden?

Gestern Abend hatte ich Alfons noch kurz Meldung erstattet über meinen ungewöhnlichen Besuch in der Beratungsstelle, aber ob er nun gleich tätig geworden war, indem er die Polizei angerufen hat oder noch selbst in die Beratungsstelle gefahren war, weiß ich nicht. Das werde ich gleich erfahren.

„Willst du heute nicht lieber mal zu Hause bleiben?" fragt mich mein sorgender Ehemann.

„Nein, dann verpasse ich womöglich was Wichtiges!"

Nobert schüttelt über so viel Torheit nur den Kopf und sagt: „Vergiss aber nicht: du bist Psychologin und Beraterin. Nicht, dass du glaubst, du müsstest auch noch die Polizeiarbeit übernehmen, Miss Marple!" Ich fühle mich ertappt, schüttele aber empört den Kopf.

Auf der Jagd nach DVDs

„Aber du könntest es doch wenigstens mal probieren, Schatz." Ich lege einen verführerischen Ton in meine Stimme, ich flöte geradezu wie eine Nachtigall.

„Ich will mir so ein Zeug aber nicht ansehen müssen!" Norbert schaut grimmig vor sich hin, die Hände hat er tief in die Taschen seines Anoraks geschoben.

„Brauchst du ja auch nicht, ich bitte dich nur, in so einer Ausleihe konspirativ zu fragen, ob sie auch schärfere Sachen haben als die in der normalen Sexabteilung." Ich schiebe meinen Arm unter seinen und drücke ihn vertraulich, aber er entzieht sich mir.

„Ich weiß nicht, ob ich das kann, Mara. Was glaubst du, was passiert, wenn das in Gettorf rumgeht, dass ich als Rektor der Schule in einer Videothek nach Kinderpornos frage! Stell dir vor, Siemen erzählt dir am Wagen ..."

„Norbert, das ist doch in der Stadt! Da kennt dich doch keiner!"

Wir gehen den Strand von Noer entlang, von der fahlen Sonne seitlich beschienen. Der Sand ist so stark gefroren und hart wie Beton, so dass man gut auf ihm laufen kann. Ab und zu treffen wir auf ein angeschwemmtes Stück Holz, einen halb angefressenen Fisch und auf Plastiktüten, die wir immer einsammeln und zu Hause entsorgen. Am Horizont sehe ich im Dunst die „Color Line"-Fähre nach Oslo fahren. Norbert macht immer noch sein grimmiges Gesicht, wahrscheinlich nicht wegen der Kälte, sondern wegen meines Ansinnens, er solle in den einschlägigen Leihgeschäften nach Kinderpornos fragen. Es ist nicht nur das Thema, gegen das er eine außerordentliche Abneigung hat, sondern auch sein Verdacht, dass ich mich in etwas einmische, was Sache der Polizei ist. Andererseits spürt er meine Unruhe; ich fühle mich hilflos, sauer und gleichzeitig entschlossen, etwas zu tun. Nur was, ist die Frage. Aber Nichtstun lässt meine Gedanken kreisen, ohne dass sich eine Lösung abzeichnet, und ich werde immer kribbeliger. Das kann Norbert nun auch nicht gut aushalten, in der Beziehung will er mir helfen. Aber so?

Selbst jetzt im Winter sind ein paar Surfer auf dem Wasser, mit Handschuhen und im Neoprenanzug, bunte Tupfer, die über die Wellen hüpfen. Schweigend, jeder mit seinen Gedanken beschäftigt, schauen wir einem Surfer zu, der immer wieder vergeblich versucht, auf sein Brett zu gelangen, aber bevor er auch nur stehen kann, rutscht er immer wieder runter. Er wird langsam zur Förde hin in die Fahrrinne abgetrieben, vermutlich weiß er, dass die Situation für ihn mit der Zeit ungemütlich wird. Norbert zieht sein Handy heraus, da sehen wir, dass ein Schnellboot über das Wasser schießt und auf ihn zuhält.

„Schwein gehabt", kommentiert Norbert, „so was kann böse enden, wenn man nicht aufpasst." Ich hake mich wieder bei ihm unter, und einmütig gehen wir bis zu der Stelle, wo im Sommer ein Campingplatz liegt, im Winter aber nur merkwürdige Betonflecken zu sehen sind und winzige Zäune im Sand stecken, die ein Areal abgrenzen. Dort gehen wir landeinwärts bis zu dem Parkplatz, wo wir das Auto abgestellt haben.

Ich habe heute früher Schluss gemacht im Dienst, weil ich nach der Befragung durch die Polizei völlig platt war. Herr Halvermann ist zwar sehr nett, aber auch hartnäckig in seinen Fragen. Herr Maier und Herr Meier haben Rolands Zimmer akribisch untersucht, Fingerabdrücke genommen, seine Schubladen durchgeschaut, und Alfons und die Frauen nach dem Menschen befragt, der Roland so ähnlich sieht. Gabi, Kira und Anna machten zu dieser Frage erstaunte Gesichter, während Alfons mit allen drei Herren in sein Büro ging und eine ganze Stunde lang mit ihnen dort konferierte. Roland, Joschka und Eddie sind ja heute nicht im Haus, also kommt mindestens einer der drei Herren morgen wieder, das haben sie auch schon angekündigt.

Als wir im Auto sitzen, sage ich zu Norbert: „Bitte, einmal probieren!"

Er weiß sofort, wovon die Rede ist, und als wir in Sprenge an die Kreuzung kommen, setzt er den Blinker nicht nach rechts, so dass ich weiß: Er fährt in die Stadt und nicht ins „Kleine Moor".

Gegenüber des Schifffahrtsmuseums ist das Viertel, in dem man in den Schaufenstern die unglaublichsten Dessous bewundern kann, Fotos von halbnackten Damen mit langem Haar, die meisten blond, und tolle Werbesprüche: „Hier werden Sie heiß gemacht!" oder „Das haben Sie noch nie gesehen, geschweige denn gefühlt!" Hier gibt es Peepshows, Kinos mit den entsprechenden Filmen, Sexshops, Kneipen und eben auch Läden, die

DVDs verleihen. Norbert stellt sein Auto im Förde-Parkhaus ab, das scheint ihm sicherer zu sein. Abends und nachts kann man hier nicht sicher sein, ob der Motor noch im Wagen ist, wenn man nach einem einstündigen Rendezvous im „Hotel zur roten Lampe“ in sein Auto steigt.

„Du bleibst hier“, sagt Norbert zu mir. „Ich schäme mich tot, wenn ich weiß, dass du zuhörst, wie ich nach so einem Schweinkram frage.“

„Ich kann ja vorne im Laden bleiben, wo es vielleicht auch anständige Filme gibt. Vielleicht finde ich sogar etwas, was mir gefällt. Außerdem bist du, glaube ich, besser bedient, wenn du ohne mich hinten im Laden rumschnüffelst und mit einem Angestellten sprichst, wir fallen doch sonst als biederes Ehepaar sofort auf. Du muss aussehen, als wärst du ein Single mit abartigen Gelüsten, der es nicht mal fertig bringt, eine normale Frau anzusprechen.“

Norbert wirft mir einen Blick zu, der Bände spricht. Das reicht von: „Weißt du eigentlich, was du mir gerade abverlangst?“ bis hin zu „Solche abartigen Bedürfnisse gehen mir völlig ab, ich bin mit meinem Sexleben sehr zufrieden.“ Dann wendet er sich kopfschüttelnd ab, drückt auf den Schließmechanismus am Schlüssel und macht sich auf den Weg. Ich renne ums Auto herum und wiesele hinter ihm her.

Als wir den ersten Verleih, das „Sex City“, betreten, merke ich, dass Norberts Atmung etwas schneller geht als normal, aber das passt vielleicht ganz gut zu seiner Rolle, die er gleich wird spielen müssen. Ich bleibe gleich am vorderen Regal stehen, lege den Kopf schief, um die Titel lesen zu können, und habe nach kurzer Zeit vergessen, mit welcher Mission ich Norbert hierhergeschleift habe. Der tippt mich nach einiger Zeit an, weist mit dem Kopf zur Tür und geht mit rotem Gesicht aus dem Laden.

„Mara, das war mir so peinlich! Der mich da bedient hat, das war ein ehemaliger Schüler von mir! Ich habe den zuerst nicht erkannt, aber als er zu mir sagte: ‚Herr Janner, kennen Sie mich noch? Ich bin der Ole Brauksmüller!‘, da habe ich mich nicht mehr getraut, ihn nach irgendwas zu fragen. Tut mir leid, aber es ging wirklich nicht.“

„Dann lass uns zu einem anderen Laden gehen, da vorne um die Ecke, vielleicht ist da noch ein Verleih!“

Wir kommen am „Harem“ vorbei, wo der Türsteher uns auffordert, unserer Ehe mal neuen Schwung zu verleihen, indem wir uns ansehen, was das Paar auf der Bühne zu bieten hat, aber wir lehnen dankend ab.

Das WOS-Video-Center in der Schuhmacherstraße hat nicht nur DVDs, sondern auch noch Videos, und da wir zu Hause auch noch einen Videorecorder haben, gucke ich mir diesmal diese Titel an, während Norbert sich in die Abteilung für Erwachsene begibt. Ich finde Namen und Filme, die ich vor zehn Jahren im Kino verpasst habe, einen Kinderfilm, den ich mit Nina mal gesehen habe, als sie krank zu Hause auf dem Sofa lag, und den Film, bei dem Norbert zum ersten Mal meine Hand genommen hat. Ich bin im Glück und merke gar nicht, wie die Zeit vergeht. Doch als ich die Videos alle durchgesehen und meine Erinnerungen genossen habe, fällt mir auf, dass es draußen dunkel geworden ist und Norbert immer noch nicht mit seiner Suche in den hinteren Räumen fertig zu sein scheint.

Ich lege zwei der ausgesuchten Videokassetten auf den Tresen und sage, dass ich die mitnehmen werde und dass ich mal eben noch nach „hinten“ gehe. Dort empfangen mich Superbusen, die aussehen, als seien sie aufgepumpt und Norbert im Gespräch mit einem Mann mit der Figur eines Bodybuilders. Ich zupfe Norbert am Ärmel, weise mit dem Kopf nach vorne, um ihm zu bedeuten, dass ich vorne warte und gehe wieder. Wenig später kommt auch Norbert zu mir, legt drei DVDs auf den Tresen und sagt dem Kassierer, wir nähmen die fünf „Sachen“ mit. Der guckt nicht mal auf die Titel, scannt sie, und fragt: „Mitglied oder Pfand?“ Norbert und ich gucken uns dumm an, und als der Kassierer kapiert, dass wir Neulinge im Videoladen sind, erklärt er: „Wenn Sie nur einmalig was ausleihen wollen, dann kost' das zwanzig Euro Pfand, wenn Sie wiederkommen wollen, brauch ich Ihren Ausweis, dann können Sie Mitglied werden."

„Ach so, nee, mit Pfand", sagt Norbert. „Meine" Videos sind viel billiger zum Ausleihen, vielleicht haben sie ja Streifen oder bleiben stehen.

Als wir aus dem Laden sind, sagt Norbert: „Das war leider kein gutes Timing von dir, zu mir zu kommen, was du aber nicht wissen konntest. Ich war gerade dabei, ihn zu fragen, ob er nicht auch ‚Rapunzel' hätte, das war mir so in den Sinn gekommen als möglicher Titel. Er wollte gerade antworten, als du kamst. Er hat dann, als du weg warst, zu mir gesagt, ich solle in zwei Tagen noch mal wieder kommen. Anscheinend gibt es eine DVD mit dem Titel."

„Wie schlau von dir! Wäre ich gar nicht drauf gekommen. Danke, Schatz, dass du dich mit mir auf diese krummen Touren wagst. Ich alleine hätte das nicht geschafft." Ich versuche, ein Küsschen auf seiner Wange zu applizieren, aber Norbert neigt sich mir nicht entgegen wie sonst.

Zu Hause kann ich es kaum erwarten, den DVD-Player anzustellen, aber da ich mit der Technik ein wenig auf Kriegsfuß stehe, muss Norbert eingreifen. Was wir dann sehen ist ein Höchstmaß an mangelnder Handlung und grobem Sex. Wir sehen uns den ersten Film im Schnelldurchlauf an, eigentlich hüpfen wir von einer Rammelszene zur nächsten. Aber Kinder kommen nicht drin vor.

Auch beim nächsten, ziemlich ekelhaften Film, in dem auch ein Schaf eine fragwürdige Rolle spielt, kommt kein Kind vor, was mich einerseits erleichtert, andererseits frage ich mich, wie man jemals wird beweisen können, dass Emma für solch widerlichen Zwecke missbraucht worden ist.

Auch der dritte Film ist in Hinsicht auf Emma unergiebig, und mir wird klar, dass es ja unzählige DVDs gibt, die wir gar nicht alle durchsehen können, selbst wenn wir nur ausschnittsweise durch die Filme schauen. Nach welchen Kriterien sollen wir auch aussuchen? Norbert hat die drei DVDs mitgenommen, in denen die Frauen auf dem Cover besonders jung aussehen. Ich werde mutlos und bin so angewidert, dass mir richtig schlecht ist. Norbert hat sich schon früher ausgeklinkt und angeboten, das Abendessen zu machen.

Zwischendurch steckt er den Kopf durch die Tür und fragt: „Weißt du eigentlich, wo Nina ist? Hat die heute noch mal Fahrstunde?“

Ich überlege. Hatte sie was gesagt? Nein. Wann hatte sie sonst immer Fahrstunde? Am Donnerstag. „Kann sein, sie hatte doch immer donnerstags. Wir müssen eigentlich mal fragen, wie es ihr jetzt mit Gruber geht, wo der sich doch umorientiert hat.“

Durch die Sache mit Rolands Doppelgänger und Emmas Geschichte bin ich ganz davon abgekommen, mich um Ninas Belange zu kümmern. Die ist doch der Pubertät kaum entwachsen, braucht sie nicht noch Ansprache und Unterstützung? Ich bekomme ein schlechtes Gewissen, schalte den DVD-Player aus und packe die Schmuddelfilme in eine Schublade. Dann gehe ich zu Norbert in die Küche und helfe ihm, den Salat zu machen.

Als Nina nach Hause kommt (Gruber muss sie bis hierher fahren gelassen haben), ist sie gerade auf einer coolen Welle und daher nicht gesprächsbereit. Alles ist „easy“, dann weiß ich schon, ich spreche gerade nicht mit Nina, sondern dieser schicken Viva-Tussi, die sie so bewundert. Immerhin lässt sie uns wissen, dass sie am nächsten Freitag ihre Fahrprüfung hat.

Am nächsten Morgen wache ich auf, bevor der Wecker klingelt und döse noch ein bisschen vor mich hin. Ich sehe verschiedene Bilder vor meinem inneren Auge: mein Gang mit

Norbert am Meer, die bunten Umschläge der Videos im Regal, Emma im Spielzimmer – und plötzlich weiß ich: es hat gar keinen Sinn, den DVD-Verleih nach „Rapunzel" zu fragen, denn der Film ist noch gar nicht fertig! Die sind doch wahrscheinlich vorletzte Woche noch dabei gewesen, ihn zu drehen.

Als der Wecker klingelt und Norbert das erste Anzeichen dafür gibt, dass er seinen Träumen entstiegen ist, sage ich zu ihm: „Schatz, du solltest nach ‚Märchenfilmen' fragen, nicht nach ‚Rapunzel'."

„Was ist?" Norbert schiebt sich das Kissen höher unter den Kopf, so dass er mich ansehen kann. „Hast du irgendwas geträumt? Was ist mit den Märchenfilmen?"

„Emma hat vor zwei Wochen, als ihr Vater mit in der Sitzung war, in der Szene von ‚Rapunzel' angewiesen, dass jetzt mit der ‚Klappe' das Spiel beginnen sollte. Also sind die noch dabei zu drehen! Ich bitte dich, wenn du morgen noch mal in den Laden gehst und die drei DVDs abgibst, dann frag ganz allgemein nach Märchenfilmen. Vielleicht haben die ja eine Serie gedreht unter der Benutzung von Märchenstoffen. Vielleicht ‚Das tapfere Schneiderlein', das sieben Damen hintereinander aufspießt."

„Mara! Ich bin entsetzt! Ich glaube, diese Filme verderben dich, die verbiete ich dir!" Norbert guckt mich mit aufgerissenen Augen an, grinst aber sofort.

Heute ist Freitag, und der eine Meier und vielleicht auch Halvermann kommen noch mal zur Befragung in die Beratungsstelle. „Die Jungs" sind nämlich wieder da; ich habe nur drei Termine, von denen ich glaube, dass sie nicht so dramatisch sind. Daher bin ich schon ein bisschen aufs Wochenende eingestimmt. Und außerdem müssen wir freitags nur bis dreizehn Uhr arbeiten, das kann man aushalten.

Als ich zwischen zwei Terminen mal ins Sekretariat herunterspringe, unterhält sich Roland gerade mit Anna, und er sieht so entspannt aus, wie ich ihn wohl noch nie gesehen habe.

„Ich muss dir richtig dankbar sein, dass du diesen Menschen hereingelassen hast und so getan hast, als sei er ich", sagt Roland und lächelt, wobei ich zum ersten Mal bemerke, welch schöne Zähne er hat.

„Ja, wenn ich das anders gemacht hätte, wäre ich in Gefahr gewesen", sage ich. „Das war mir die ganze Zeit bewusst. War also reiner Selbstschutz." Ich höre, dass mein Ton ein bisschen muffig klingt.

„Trotzdem danke. Der hat bei mir im Schreibtisch alles durchgesucht, aber nichts mitgenommen. Seine Fingerabdrücke sind nicht gefunden worden, nur meine."

„Der braucht nur Handschuhe getragen zu haben und kann doch dein Zwillingsbruder sein!" Ich bin über meine selbstsichere Erkenntnis selbst erschrocken und sehe, dass Anna vor Erstaunen die Augen aufreißt und den Mund öffnet.

„Ich weiß. Alfons und ich haben beschlossen, beim Jugendamt nachzuforschen, wer meine Eltern sind. Die Polizei hat diesen Vorschlag auch gemacht. Bislang hat mich das nur in der Pubertät mal kurz interessiert, verständlich, da lag ich mit meinen Adoptiveltern auch im Clinch, aber danach war das für mich kein Thema mehr. Jetzt habe ich aber einen Anlass, mich wieder darum zu kümmern."

Es klingelt, meine Klientin, die Mutter von Toni, kommt, so dass wir keine Zeit haben, uns weiter zu unterhalten. Da Roland sich heute weiterhin für Meier oder den Halvermann bereithalten soll, kann er an dem Gespräch nicht teilnehmen, was ich ebenso sehr bedaure wie er. „Beim nächsten Mal wieder", verspreche ich ihm und gehe ins Wartezimmer, um Tonis Mutter abzuholen.

Tonis Mutter hat es geschafft, ein bisschen konsequenter zu sein und ist daher mit sich und ihrem Sohn sehr zufrieden, denn er hat darauf erwartungsgemäß reagiert. Wir definieren neue Ziele, die sie in Zukunft erreichen will und überlegen, auf welchem Wege sie dorthin kommt. Ihr Mann, der bis jetzt völlig außen vor ist, muss unbedingt mit einbezogen werden, um die zarten Erfolge, die sie erreicht hat, nicht aus Versehen zunichte zu machen. Wir verabschieden uns, beide erfreut über die Fortschritte und mit der Aussicht, für Toni etwas schaffen zu können, was ihm mehr nützt als bisher.

Der Freitag vergeht mit Einkauf im Supermarkt in Surendorf, einem unerfreulichen Gespräch mit Nina, die völlig auf Krawall gebürstet ist, dem Backen eines Kuchens aus lauter Frust und einem Fernsehabend, um innerlich abzuschalten. Ich merke, dass ich während des Fernsehens immer andere Bilder sehe, Bilder aus meiner Erinnerung ebenso wie solche, die ich mir vorstelle: Emma in einem dunklen Verlies, der Lynn ein Tablett mit Keksen über die Schwelle schiebt, Roland Arm in Arm mit seinem Bruder, beide lachen sich mit ihren schönen Zähnen an und Halvermann, der vor mir sitzt und immer wieder dieselbe Frage stellt.

„Du schnarchst", sagt Norbert zu mir. „Geh doch lieber ins Bett, da hast du es doch bequemer."

„Ich habe nichts gehört", protestiere ich, befolge dann aber seinen Rat und mache mich bettfertig.

Als Norbert dazukommt, frage ich ihn: „Wie wäre das für dich, wenn du plötzlich entdeckst, dass du noch einen Zwillingsbruder hast?"

„Ich wäre erfreut, neugierig und gespannt, aber auch ein bisschen unangenehm berührt: was ist, wenn mein Bruder aus seinen Anlagen mehr gemacht hat als ich? Wenn er Direktor und nicht nur Rektor wie ich wäre? Ich glaube, das würde mich sehr beschämen."

„Daran habe ich noch gar nicht gedacht, dass man den Bruder ja auch als Konkurrenten erleben könnte. Was wäre, wenn das bei Rolands Bruder auch so wäre? Aber in Bezug auf was könnte der mit Roland konkurrieren wollen? Na, wir kennen ihn nicht, da haben wir freien Raum, um zu spekulieren."

„Vielleicht geht es ja gar nicht um Talent oder Fähigkeiten, sondern um so etwas Schnödes wie Besitz. Das kann man doch nicht nur psychologisch sehen, vielleicht spielt für den die Tatsache, dass Roland sein Bruder ist, gar keine emotionale Rolle."

Ich bin zu müde, um diesen Gedankengang weiter zu verfolgen, so wünsche ich meinem lieben Norbert eine gute Nacht und bin so schnell eingeschlafen, dass ich nicht mehr mitkriege, wie Nina sich aus dem Haus schleicht und zu dem Auto geht, das draußen mit laufendem Motor auf sie wartet.

Am nächsten Morgen finden wir in der Küche einen Zettel vor, auf dem Nina geschrieben hat, dass sie sich heute Nacht von Gruber hat abholen lassen und die Nacht bei ihm verbracht hat. Der schon wieder! Sind seine eigenen Argumente plötzlich nicht mehr gültig? Resigniert schauen Norbert und ich uns über den Frühstückstisch hinweg an.

„Vielleicht nimmt das ja ein Ende, wenn sie ihre Fahrprüfung bestanden hat", meint Norbert und nimmt sich von „Ninas" Käse, ich könnte wetten, aus lauter Rachegefühl.

„So, wie ich sie kenne, fällt sie extra durch die Prüfung, damit sie weiter neben ihm im Auto sitzen kann", sage ich bitter zu ihm.

„Ich bezahle aber nur eine Prüfung, das sollte ihr klar sein", meint Norbert. „Muss ich ihr vielleicht noch mal deutlich sagen."

Heute weht ein starker Ostwind, der einem kalt in die Glieder fährt. Als Siemen seine goldene Glocke läutet, ziehe ich mir schnell meinen dicken Anorak über, schnappe den Einkaufskorb mit den leeren Honiggläsern, die Milchkanne und mein Portemonnaie und eile nach draußen.

Zu meinem Erstaunen ist Siemen heute weniger gut aufgelegt als sonst. Er bedient mich freundlich, das schon, aber er erzählt von sich aus keine Geschichten, so dass ich fragen muss: „Gibt's denn was Neues, Siemen?"

„Eigentlich nicht. Der kleine Thorsten kommt mit der Klingelhose gut zurecht, aber das werden Sie ja wissen. Die Lütte von der Middeldorf is immer noch verschwunden, ich sach Ihnen, die is ins Ausland entführt worden, Dänemark is zwei Stunden entfernt mitten Wagen, oder die sin mitte Fähre nach Schweden, das geht doch rucki-zucki. Und Sie und Ihr Mann gucken jetzt so'n Schweinkram, hab ich mir sagen lassen."

Sein Bauerngesicht schaut mich ernst und fragend zugleich an. Ich spüre, wie mir die Röte ins Gesicht steigt. Was soll ich sagen? Ihn einweihen, damit er den Mund hält? Abstreiten? Das ist sinnlos, uns wird jemand gesehen haben. Zugeben? Himmel, wie peinlich! Darüber hinweggehen? Gute Idee.

„Hast du denn heute noch Butterkuchen da? Fein, dann nehme ich zwei Stück. Und die Honiggläser kommen heute alle zurück, fünf Stück, hat sich doch richtig gelohnt." Ich spiele eine Heiterkeit und Unbefangenheit, die ich in keiner Weise spüre.

Siemen guckt mich an, als wäre ich verrückt geworden, aber ich lächle, was ihn dazu bringt, mir seine weißen Klötze zu zeigen. „Wolln dazu wohl nix sagen, was?" meint er und zwinkert mir zu.

„Siemen, das ist ein Geheimnis! Wir müssen uns das ansehen, und wenn du uns helfen willst, dann halt darüber den Mund! Das hat einen beruflichen Grund, dass wir uns diese Pornos ansehen, und wenn die Zeit gekommen ist, kläre ich dich auf. Versprochen."

Siemens weißes Lächeln ist einer eher ängstlichen Miene gewichen, bei so viel Verantwortung, die ich ihm aufgebürdet habe. Doch dann setzt sich der Stolz, ins Vertrauen gezogen worden zu sein, durch, und er sagt: „Wenn das so ist, will ich nix gesacht haben. Dann machen Sie man schön weiter, und viel Vergnügen auch."

„Von Vergnügen kann dabei keine Rede sein, Siemen", sage ich angewidert, und das meine ich auch wirklich so. Als ich vom Wagen weggehe, habe ich das Gefühl, mit Siemen einen guten Deal abgeschlossen zu haben. Ich werde ihn immer mal konspirativ darauf ansprechen, damit er nicht vergisst, dass er ein Geheimnisträger der besonderen Art ist.

Norbert zieht einen abwertenden Flunsch, als ich ihm von dem Gespräch berichte. Er ist skeptisch, ob meine positive Interpretation von Siemens Worten auch Bestand hat, aber wir wissen beide: Wir können sowieso nichts daran ändern, was Siemen Lust hat zu erzählen oder nicht.

Am Nachmittag verschwindet Norbert mit dem Auto, ich ahne, er fährt in die Stadt. Als er zurückkommt, legt er mir wortlos, aber mit bedeutungsvoller Miene fünf DVDs neben den Fernseher und verschwindet in seinem Arbeitszimmer. Die Botschaft ist klar: Guck dir das Zeug alleine an!

Ich lege also die erste DVD ein, die den schönen Namen trägt „Babette – zu dritt im Bett", und mache mich auf einiges gefasst. Mit Recht: Was ich in der folgenden Stunde an Überfülle von Fleisch, Schweiß, nackten Brüsten und erigierten Penissen sehe, lässt mir die Lust aufs Abendessen vergehen. Vielleicht wird man ja Vegetarier, wenn man zu viele Pornos guckt. Mir fällt auf, dass die Gesichter der Männer nie gleichzeitig mit ihrem nackten Körper von vorne gezeigt werden, sondern wenn die Kamera vom Gesicht nach unten fährt, gibt es einen Schnitt. Ob es auch Penis-Doubles gibt? Bei den Frauen ist das anders, da gehören Vagina und Gesicht zu einer Person. Merkwürdig.

Bei allem, was ich mir da stichprobenartig reinziehe, ist nur ein Mal ein Kind zu entdecken, aber nicht als Sexualobjekt, sondern als Zeuge eines Koitus. Es wird erst Objekt durch den Betrachter, der sich an den imaginierten Gefühlen des Kindes delektiert. Nach zwei Stunden kann ich keine Nackten mehr sehen. Ich gehe hinüber zu Norbert und berichte: „Keine Kinderdarsteller in den Pornos. Hat der Verleiher dir denn irgendwas zu den Filmen gesagt?"

„Er hat gesagt, dass ich doch Märchenfilme haben wollte, und zwei von denen haben Märchentitel: ‚Dornröschen mit Möschen' und ‚Der geile König'. Ich musste aufpassen, dass ich nicht anfing zu lachen!“ In Erinnerung an das Gespräch mit dem Verleiher muss Norbert immer noch grinsen.

So bin ich mal wieder in einer Sackgasse. Um Norbert nun nicht noch die Rückgabe der Filme zuzumuten, verspreche ich, sie am Montag in die Stadt zu bringen. Mal sehen, ob ich mit dem Verleiher reden kann, ob er nicht noch was unter der Theke hat, was er drüber nicht verkaufen darf, aber das sage ich Norbert mal lieber nicht. Wenn ich vergeblich frage, muss ich ihn ja vorher nicht aufregen.

Der Sonntag vergeht unspektakulär. Am Nachmittag kommt Nina heim, ist übermüdet, aber ausgeglichen. Sie geht ins Bett und verzichtet auf das Abendessen, so dass Norbert und ich Zeit haben, uns in Ruhe über alles Mögliche zu unterhalten. Ich frage ihn nach dem Kollegium, nach der trunksüchtigen Kollegin, die angeblich eine Kur machen will, das aber immer wieder verschiebt, dem nervenschwachen Herrn Heinze, Musiklehrer, der es bei den Jungen der zehnten Klasse besonders schwer hat mit seiner Blockflöte (Alfons würde ‚Blödflocke‘ sagen, das weiß ich) und nach der Konrektorin, der fleißigen und verlässlichen Frau Tobel. Norbert kommt mit seinen Belangen in unserem Haushalt zu kurz, das weiß ich, und daher versuche ich immer wieder, ihn ganz bewusst auf seinen Berufsalltag hin anzusprechen, damit er auch mal zum Zuge kommt. Da er ein so gestandener und selbständiger Mensch ist, kommt er von alleine oft nicht auf die Idee, sich von außen Anregungen zu holen und ist erstaunt, dass es ihm gut tut, sich mal was von der Seele zu reden.

Am Montagmorgen eröffnet uns Nina, dass sie ihre Abiturtermine schon bekommen hat und die erste Klausur in zwei Wochen ist. Obwohl sie so ein Mathe-Ass ist, will sie Sprachen studieren, Englisch und Französisch; wir können ihr das – wie so vieles – nicht ausreden mit dem Argument, das seien beides Korrekturfächer, ob sie nicht als zweites Fach lieber Sport oder Geographie nehmen möchte. Bei diesen Gesprächen, die meist beim Abendbrot stattfinden, guckt Nina uns so mitleidig an, als wolle sie sagen: „Ja, ja, das ist für euch vielleicht ein Argument. Aber ich bin darüber erhaben."

Der Montag vergeht mit den üblichen Terminen (Schulschwänzer, lese-/rechtschreibschwaches Kind, Tod der Oma, Störenfried in der Klasse, Eheprobleme), aber ich versuche, pünktlich aus dem Dienst zu kommen, was mir auch gelingt. In meiner geräumigen Umhängetasche habe ich die fiesen DVDs geparkt, die ich in den Videoverleih zurückbringen will. Als ich um zehn Minuten nach vier aus dem Haus gehe, ist die neu installierte Hoflampe schon angegangen, weil es schon dämmrig geworden ist. Ich fahre in die Stadt, an Emmas dunklem Haus vorbei, parke wie immer am Museum und mache mich dann mit leicht unruhigen Gefühlen auf den Weg. Zu meinem Erstaunen ist diesmal eine junge Frau, gepierct an Lippe und Augenbraue, die Verleiherin. Sie nimmt meine fünf DVDs ohne ersichtliche Regung entgegen, während ich mich schon auf eine entsprechende Bemerkung vorbereitet hatte. Dann gibt sie mir die zwanzig Euro Pfand wieder. Vielleicht hat sie ja was unter dem Tresen, wonach man fragen könnte, denke ich mir, aber schon die Vorstellung zu fragen ist mir zu peinlich! Ich trödele noch von einem Regal zum anderen und achte darauf, ob sich mal die Gelegenheit ergibt, hinter ihren Tresen zu schauen, ob da nicht auch noch etwas Interessantes liegt. Und tatsächlich, von hinten kommt ein Kunde und fragt sie etwas, woraufhin sie nach einem kurzen Blick auf mich mit ihm nach hinten geht, vermutlich will sie ihm etwas raussuchen. Da ich so anständig aussehe, lässt sie mich im Vorraum allein.

Ich gehe leise zu der Lücke im Tresen, und bücke mich hinunter, weil dort an der Stirnseite der in den Tresen eingelassenen Regalbretter etwas geschrieben steht: „Tiere", „Verschiedenes" und – „Märchen"! Dort liegt ein kleiner Stapel von DVDs, die kein längliches Cover haben, so dass man sie mit Raubkopien von CDs verwechseln könnte. Ich schnappe mir den Stapel, stecke sie reflexartig in meine Umhängetasche und mache, dass ich aus dem Laden komme. Ich habe das Gefühl, dass mir alle Entgegenkommenden ansehen, dass ich Diebesgut in der Tasche habe und dann auch noch solches! Ich biege bei der ersten Gelegenheit in der Flämischen Straße in eine Einfahrt ein, weil ich so durcheinander bin, und stelle nun fest, dass ich ausgerechnet im Rotlicht-Bezirk gelandet bin, wo die Geschäfte noch nicht angelaufen sind. Ein paar Mädels stehen in ihrem dünnen Outfit herum und gucken mich unfreundlich oder gelangweilt an. Ich lächle voller Verunsicherung, weil ich nicht weiß, wie „man" sich hier als Frau verhält und kehre wieder um, nachdem ich mich orientiert habe.

Als ich mich ins Auto setze, klopft mein Herz vor Aufregung und der Anstrengung des schnellen Gehens wie verrückt. Auch mein Ischiasnerv grüßt mich mit einem scharfen Blitz bis in den Fuß. Ich greife in die Tasche und ziehe die glatten Plastikhüllen heraus. Von außen ist nicht viel zu sehen, nur der jeweilige Titel auf einfarbigem Grund: „Schneeweißchen und Hosenhoch" (auf grauem Grund!) „Schneewittchen und die geilen Zwerge", „Von einem, der sich auszog" und „Dornhöschen". Diese Titel könnten ja geradewegs von Alfons erfunden worden sein!

Ich mahne mich zur Aufmerksamkeit, als ich zurückfahre ins „Kleine Moor", weil meine Gedanken natürlich schon vorauseilen zu dem, was mich womöglich erwartet. Was Norbert wohl zu meinem Diebstahl sagt? Soll ich ihm das gar nicht beichten? Soll ich die Dinger zurückbringen, nachdem ich sie durchgesehen habe? Die haben doch keine Adresse von uns, oder? Wir sind bei denen ja nicht Mitglied geworden, daher musste Norbert ja das Pfand zahlen. Fragen über Fragen, mein Herz quittiert das mit Extrasystolen.

Zu Hause ist erst mal ein anderes Programm dran: Norbert und Nina sitzen über einer Matheaufgabe, von der beide nicht wissen, wie der Lösungsansatz geht. Aber für mich ist es interessant und wohltuend zu sehen, wie die beiden Menschen, die ich am meisten liebe, in dieser Situation mit einander umgehen. Beide sind sich einig, dass schon die Formulierung missverständlich sein könnte, beide sind davon überzeugt, dass es sich in der Fragestellung um Strömungsmessung geht, wovon ich weniger als nichts verstehe, und beide staunen darüber, dass sie nicht wissen, wie sie die Aufgabe angehen sollen. So vertraut habe ich die beiden lange nicht mehr gesehen.

Ich bringe meine Tasche an die Garderobe, nehme die DVDs heraus und schiebe sie in eine Schublade der Fernsehkommode. Dann gehe ich in die Küche und sehe nach, was ich zu essen machen könnte. Ich entscheide mich heute für Hühnerragout mit Reis und Salat. Als ich die beiden dann zum Essen rufe, sind sie guter Dinge, denn sie haben gemeinsam eine Idee entwickelt, die zum Erfolg geführt hat. So verläuft das Gespräch heiter und angeregt, Nina will heute Abend den Fragebogen für die theoretische Fahrprüfung noch mal durchgehen, Norbert muss sich um einen Stapel Hefte kümmern und noch für den morgigen Unterricht vorbereiten. Also ist klar, wie mein Programm aussehen wird: Kinderpornos gucken!

Als ich die erste DVD einlege, „Schneeweißchen und Hosenhoch“, zittern mir die Hände vor Aufregung, aber ich will das jetzt auch durchziehen, vielleicht hilft mein Vorhaben, Emma zu finden oder den Hersteller dieser Schweinerei. Im Vorspann wird deutlich, dass die genannten Namen alle erfunden sind. Wer heißt denn schon „Gerold-Arnulf Altgold“ (Der Produzent)? Oder „Reginald Reggae“ (Der Regisseur)?

Die sogenannte Handlung nutzt Elemente des Märchens, um sie schnurstracks in sexuelle Gefilde zu katapultieren. Die beiden Mädchen haben Perücken auf, die eine eine rothaarige, die andere eine blonde, und sind so stark geschminkt, dass sie aussehen wie kleine Erwachsene. Nur die Körper sind kindlich, und anscheinend liegt darin der Reiz für die Betrachter, die sich so ein Zeug ausleihen. Ein Lustgreis schleicht um die beiden immer herum und beobachtet sie bei kindlichen Spielen, bis er ihnen etwas anderes beibringt, was mit Spiel und Kindsein nichts mehr zu tun hat. Ich kann in keiner der vielleicht achtjährigen Mädchen Emma entdecken, also gibt es noch mehr Kinder, die für diese miesen Zwecke herangezogen worden sind.

Bei „Schneewittchen und die geilen Zwerge“ ist die Handlung ebenso nebensächlich und dünn wie bei dem vorherigen Film, den ich nur im Schnelldurchlauf ansehe, mit dem Unterschied, dass jetzt sieben verschiedene kleine Herren ihre Schwellkörper ausstellen. Schneewittchen ist mit schwarzen langen Haaren unkenntlich gemacht worden, ihr Make-up verbirgt ihr wahres Gesicht. Ich gucke auch hier nur einmal ausschnittsweise durch den üblen Streifen, dann widme ich mich dem dritten Film: „Dornhöschen“.

Der Film beginnt mit einem Zoom auf das angebliche Schloss, und zwar auf das ovale Fenster eines beige-farbigen Hauses. Die Kamera tut so, als stiege sie dort ins Fenster, man sieht Dornröschen im rüschenbesetzten Kleid auf ihrem Hochbett sitzen, sie hat den Saum gefasst und schaut an ihrem nackten Bauch hinunter. Die Tür geht auf, ein Mann mit vor Lust glitzernden Augen stellt sich vor das Kind und hebt die Arme, damit das Mädchen seine Beine um seinen Hals schlingt ...

Ich kann mir das nicht ansehen! Mir ist schlecht, und das aus zweierlei Gründen: das Kind hat eine Blinddarmnarbe! Und: ich meine, das Haus, zu dem das ovale Fenster gehört, schon einmal gesehen zu haben. Es ist mir nur ein ganz vager Eindruck, aber doch besser als nichts. Aber wo mag ich es oder dieses Fenster schon mal gesehen haben? Oder ist es nur so, dass ich mir vorstellen könnte, wohin es passen würde? Schweren Herzens gucke ich mir diese erste Szene noch zehnmal an, vielleicht kann ich noch ein Detail entdecken, was mir Aufschluss darüber gibt, wo dieses Haus steht. Aber ich kann durch die Zweige, die ganz zu Beginn des Streifens zu sehen sind, nur erschließen, dass die Bilder aus einem ersten Stockwerk gemacht worden sein müssen, und dass der Blick über eine Art Park geht, bis der Kamerablick auf dem ovalen Fenster stehen bleibt. Wo in der Stadt gibt es ein Haus mit großem Garten, von wo aus man diese beigefarbene Wand sieht? Ich habe nur das vage Gefühl, aber mehr weiß ich nicht. Nur: in Kiel sind doch die meisten Gebäude aus rotem Backstein, ganze Straßenzüge sind rot, und nur vereinzelt sieht man mal eine andere Farbe. Es müsste doch gelacht sein, das Haus muss man doch finden können!

Teamsitzung und erneuter Besuch

Ich bin froh darüber, dass mein Arbeitsleben so normal weiterläuft wie immer, das gibt mir Stabilität und innere Ordnung. Die Teamsitzung ist wie immer freundlich und kollegial. Alfons fragt, ob ich Neues von Emma gehört habe. Ich verneine, sage aber: „Vielleicht eher gesehen!"

„Hilf mir auf die Sprünge, ich stehe gerade neben der Leitung."

„Besser als neben dir!" Einwurf von Eddie.

„Stehst du auf der Spur?" Frage von Joschka.

„Vielleicht stehst du neben dir auf der Spur." Wieder Eddie.

„Lasst mich in Ruhe, Jungens! Lasst Mara mal antworten. Und haltet den Mund, wenn ihr mit mir redet!"

Eddie und Joschka lachen, geben mir dann aber mit einem Blick zu verstehen, dass sie jetzt Ruhe geben.

„Ich habe eine paar Pornos durchgesehen und meine, Emma auf einem erkannt zu haben. Nicht ihr Gesicht, aber ihren Bauch, weil sie nämlich eine Blinddarmnarbe hat."

„Das musst du der Polizei sagen", meint Alfons ernst.

„Mache ich, aber eigentlich ist das keine neue Information, weil wir uns das ja schon gedacht haben, nachdem sie dem

Schulze und mir die Anweisung gab, wie wir ‚Rapunzel‘ zu spielen hätten.“

„Ich habe noch nie einen Porno gesehen“, sagt Gabi. „Ich stelle sie mir aber eher widerlich vor, dabei ganz unerotisch.“

„Finde ich auch, und diese Kinderpornos sind ein Brechmittel. Ganz fies.“ Ich schüttle mich in Erinnerung an die Szene in „Dornhöschen“.

Gottseidank fragt keiner von ihnen, woher ich die Pornos habe, denn ich will meinen Diebstahl nicht unbedingt an die große Glocke hängen.

„Woher hast du die Pornos eigentlich?“ Ich könnte Roland in den Hintern treten.

„Sag ich nicht, ist Berufsgeheimnis.“

Roland zieht ein Gesicht, fragt aber nicht weiter nach. Nur Alfons muss mir noch stecken: „Nun stell dir mal nicht selbst ein Knie, über das du brechen musst!“ Ich strecke ihm die Zunge raus und murmele: „Und so weiter und so fern.“ Alfons grinst mich an, Kira lacht, und Anna meint, wir hätten noch ganz schön viele Anmeldungen im Ordner, ob wir nicht auch ein paar Fälle verteilen können.

Wenn uns berufsfremde Leute hier hören könnten, müssten die annehmen, unsere Albernheit sei ein Zeichen von Abgebrühtheit oder Inkompetenz. Aber sie hat die Funktion, die nötige Distanz zu den Schicksalen, mit denen wir zu tun haben, herzustellen. Sonst würden wir in Mitleid versinken, selbst depressiv werden und dadurch handlungsunfähig sein. Ein befreundeter Chirurg berichtete mir mal vom Umgangston in seinem Kollegenkreis: auch die witzeln herum, nur viel brutaler.

Nachmittags rufe ich Frieder Schulze an und berichte von den Pornos. Er ist gerade in Eile und verspricht, morgen Abend noch vorbeizukommen, um sie abzuholen, damit er selbst entscheiden kann, ob es sich bei dem Kind um Emma handelt oder nicht. Ich finde, er sollte sie sich alleine, ohne Frau Middeldorf, ansehen und hoffe, dass er von selbst auf diese Idee kommt. Da er ja bei der Polizei ist, kann er den Kollegen dann melden, was er aus welchen Gründen auf den Videos gesehen hat und kann den Verleih gleich anzeigen.

Der nächste Tag vergeht zäh, und manchmal frage ich mich, ob ich diese Arbeit noch zwanzig Jahre lang weiter machen will. Der Kanon der Themen, die ich hier bearbeite, ist relativ begrenzt, aber wenn ich dann den einzelnen Menschen vor mir habe, wächst mein Engagement im Laufe des Gesprächs. Nur das Thema Sucht kann ich nicht ausstehen! Immer wieder Rückfälle erleben zu müssen, geht über meine Geduld. Ich könnte die Leute dann schütteln, damit sie aufwachen und sich der Gefahr bewusst werden, in der sie schweben, aber ich weiß gleichzeitig, dass auch diese Aktion völlig sinnlos wäre. Bei Anfragen wegen Sucht halte ich mich im Team daher vornehm zurück, und wenn die Problematik erst während des Beratungsprozesses auftritt, bitte ich darum, die Suchtberatungsstelle in der Stadt aufzusuchen, die in diesen Fragen viel kompetenter ist als ich.

Leider habe ich heute wieder einen Spättermin: der Lehrer des Schulschwänzers kann erst um siebzehn Uhr, da fahre ich heute wieder im Dunkeln nach Hause.

In einer Pause zwischen zwei Gesprächen rufe ich mal eben Elisa an, um mit ihr ein Treffen im Café Fiedler in der Stadt auszumachen. Vielleicht schaffen wir es auch mal, danach ins Kino zu gehen, doch meist haben wir einander so viel zu erzählen, dass wir dann nicht mehr rechtzeitig in die Vorstellung kommen. Gerade wenn man für andere Menschen so intensiv da sein muss, ist es wichtig, auch auf die eigene Befindlichkeit zu achten und sich Ruhepole und Freudenquellen zu sichern. Elisa ist sofort bereit, sich mit mir in der nächsten Woche zu treffen. Sie fragt noch, wann Nina ihre Fahrprüfung hat und ist erstaunt, dass die am Freitag, also morgen, stattfinden wird.

Zwischen vier und fünf Uhr höre ich verschiedentlich die Haustür klappen, aber keine Schritte, die ins Haus kommen.

Das bedeutet: die lieben Kollegen und Kolleginnen machen sich vom Acker, nur ich arme Socke habe noch Dienst. Wieso bekomme ich das nicht so hin wie die anderen, pünktlich mit der Arbeit fertig zu sein? Weil ich ein rückgratloser Mensch bin und nicht „Nein“ sage, wenn mir ein Lehrer den Spättermin vorschlägt. Diese Erkenntnis hebt meine Laune nicht unbedingt. Alfons sagt oft zu mir: „Du bist auch dann ein guter Mensch, wenn du um sechzehn Uhr Schluss machst, Mara. Du bist zwar nicht nett, aber gut!“ Dabei zwinkert er mir ungeniert zu, und ich hau ihm auf den Arm.

Um siebzehn Uhr treibe ich mich wieder im Sekretariat rum, um nahe an der Haustür zu sein, aber wer nicht kommt, ist der Lehrer. Ich warte bis Viertel nach fünf, dann lösche ich das Licht im Treppenhaus, um, falls er doch noch kommt, zu signalisieren: zu spät. Hier ist keiner mehr! Er wird ja nicht extra seitlich hinter das Haus gucken, um zu sehen, ob noch mein Auto da steht.

Ich gehe in mein Büro und mache mein übliches Feierabendritual: Akten wegräumen, die Spielecke so herrichten, dass auch das nächste Kind wieder Lust hat, sich dort niederzulassen und Schreibtisch und Besuchertisch von meinen Notizen und Protokollen befreien.

Ich schreibe gerade eine kurze Notiz in die Akte des Schulschwänzers, dass der Termin mit seinem Lehrer nicht stattgefunden hat, da höre ich ein fremdes Geräusch. Ich spitze die Ohren, um zu orten, woher es kommt. Das muss von oben kommen! Ich ergreife meine Tasche, weil ich mir sage: im Notfall muss ich zu meinem Auto kommen, um zu verschwinden, und da brauche ich meinen Schlüssel. Dann schleiche ich ins Treppenhaus, um besser zu hören. Oben an der Außentür zur Notfalltreppe macht es ein scharfes „Klick“, als ob das Schloss aufspringt. Danach ist fünf Sekunden Totenstille. Jetzt wird die Klinke innen heruntergedrückt, ich höre sie quietschen. Also hat der Eindringling die Tür jetzt wieder geschlossen. Wenn ich mich jetzt bemerkbar mache, kommt der womöglich hinter mir her und erschießt mich!

Ich schleiche auf Zehenspitzen in die „Kleine Turnhalle" von Kira. Von der Decke hängt eine Schaukelvorrichtung, der ich im Dunkeln ausweiche. Dann steige ich langsam und leise, die Ohren Richtung oberem Stockwerk ausgefahren, in das Bällchenbad und grabe mich ganz vorsichtig tief ein, so dass auch über mir Bälle liegen. Ich versuche, meinen Atem zu kontrollieren, aber eigentlich ist mir nach Keuchen oder Schreien. Mein Herz bummert so laut, dass ich fürchte, der Rhythmus überträgt sich auf die Ballschicht über mir. Ich warte.

Auf der Treppe höre ich leise Schritte von oben in den ersten Stock tapsen, auf jeder zweiten Stufe macht der Eindringling eine Pause, um zu horchen. Jetzt steht er vor der geöffneten Tür von Kiras großem Arbeitsraum, ich höre, dass der Ärmel seiner Windjacke am Türrahmen entlangschabt, als er einen weiteren Schritt hereinkommt. Ich versuche, mich mit einem Bild vom Strand abzulenken und stelle mir vor: ich liege im Sand, das Meer rauscht, aber was sich unversehens einstellt, ist ein Bild aus einem Comic, wo Donald Duck sich unter Wasser versteckt und durch ein Schilfrohr atmet, um nicht zu ersticken.

Plötzlich geht das Licht im Raum an, und ich erschrecke so sehr, dass ich die Augen schnell zukneife, damit es wieder dunkel wird. Die Schritte nähern sich der Mitte des Raumes, sie halten aber immer wieder inne. Ich kann mir sofort vorstellen, wie der Eindringling seine Ohren aufgestellt hat und mit den Augen den Raum abtastet. Ich blinzele ein wenig, um zu sehen, ob mir auch genügend Bälle auf dem Gesicht liegen und bin beruhigt, als ich sehe, dass ich nur ein paar winzige Ritzen entdecke, durch die ich nach oben schauen kann.

In dem Moment wird die gespannte Stille durch das Schrillen der Klingel an der Haustür zerrissen. Nicht nur im Erdgeschoss, sondern auch hier in der ersten Etage ist, gerade neben der Tür von Kiras „Kleiner Turnhalle", eine Klingel, damit auch der oberste Stock benachrichtigt ist, wenn ein Klient unten an der Tür steht und Einlass begehrt.

Ich höre, wie der Eindringling die Luft scharf durch die Zähne einzieht, anscheinend auf der Stelle kehrtmacht, die Schritte eilen hinaus, das Licht erlischt, dann höre ich die Schritte auf der Treppe nach oben, aber so, als würde immer eine Stufe übersprungen.

Meine Chance! Ich tauche so leise ich kann aus dem Bällchenbad hoch, wühle mich durch die träg rollende Masse, rolle über den steifen Gummirand, stolpere, falle, rapple mich auf und flitze die Treppe hinunter. Vor der Haustür steht Frieder Schulze und guckt ein bisschen irritiert, als ich die Tür aufstoße und stammele: „Er muss jetzt hinten die Treppe runterlaufen, schnell!"

„Ich verstehe gar nicht, was los ist. Weil das Licht hier aus ist, dachte ich schon, dass Sie gar nicht mehr im Haus sind, aber dann habe ich auf den Parkplatz geschaut und Ihr Auto gesehen." Das zeichnet ihn doch als Polizisten aus, dass er nicht dem Augenschein glaubt.

„Herr Schulze, kommen Sie herein, ich muss mich erst einmal setzen." Ich gehe voran ins Sekretariat und plumpse auf Annas Stuhl. Schulze setzt sich auf den Besucherstuhl und schaut mich schweigend, aber aufmerksam an. Dann fragt er knapp: „Nun noch einmal von vorne: was ist los?"

„Als ich hier noch ein bisschen Bürokram gemacht habe, ist oben durch die Tür, die zur Notfalltreppe führt, jemand eingebrochen. Ich habe nur ein ‚Knack' gehört und habe mich versteckt. Sie sind gerade zur rechten Zeit gekommen, denn Sie haben ihn verjagt, bevor er mich gefunden hat." Ich sehe auf meine zitternden Hände; sie kommen mir bekannt vor, aber meine sind das sicher nicht!

Daraufhin nimmt Schulze sein Handy und ruft die Polizei in Gettorf an, gibt eine kurze Zusammenfassung, nickt, brummt, sagt „Ja". Man scheint ihn dort zu kennen, obwohl er nicht dort arbeitet. Vielleicht kennen die sich von einer Fortbildung, flitzt es mir durch den Kopf.

„Sagen Sie mir eben die Nummer Ihres Chefs!“ Freundlich bestimmt.

Ich tue, worum er mich gebeten hat, starre auf Annas Schreibunterlage und denke gar nichts. Ich lasse geschehen, will nicht eingreifen und will nichts entscheiden müssen. Dann sehe ich die Haustür aufgehen, Alfons kommt herein, tätschelt meinen Arm, greift zum Hörer, wählt und sagt: „Du musst sie abholen“ und wendet sich Schulze zu.

Das nächste, was ich mitbekomme, ist, dass Norbert mich um die Schultern fasst und fragt: „Wo ist dein Mantel? Und deine Tasche?“ Es ist, als ob ich aufwache.

„In meinem Zimmer!“ Die Hände vor mir sind zur Ruhe gekommen. Sind doch meine.

Ich höre Norbert die Treppe hinaufsteigen, er kommt mit meinem Mantel zurück, den er mir umhängt und sagt: „Deine Tasche konnte ich nicht finden! Ich hoffe, er hat sie nicht mitgenommen.“

Mühsam versuche ich mich zu erinnern, wann ich meine Tasche zuletzt gesehen habe. Dann kommt mir eine Idee, ich stehe auf und steige mühsam die Treppe hoch, Norbert mit fragendem Blick neben mir. „In Kiras Arbeitsraum“, murmele ich.

Wir gehen in die „Kleine Turnhalle“, und ich steuere auf das Bällchenbad zu. Norbert will mich davor bewahren, dort hineinzusteigen, weil er denkt, ich ticke nicht richtig, aber ich habe mit den Armen schon eine Woge von Bällen beiseite geräumt und den Henkel meiner Tasche erwischt. Als ich sie herausziehe, fragt Norbert mit gekrauster Stirn: „Hast du dich etwa dort versteckt?“ Ich nicke und will nur noch nach Hause. Ich verabschiede mich von niemandem, Nobert scheint mit Alfons noch irgendwas zu regeln, aber ich höre gar nicht zu und gehe schon vor zu Norberts Wagen.

In dieser Nacht schlafe ich wie ein Stein. Der Schock hat mich in eine Art seelisches Koma katapultiert, aus dem ich erst am nächsten Mittag aufwache. Neben meinem Bett hat Norbert auf dem Nachttisch eine Thermoskanne mit Kaffee gestellt; an der Kanne lehnt ein Zettel mit den Worten: „Schätzele, heute musst du nicht in den Dienst, ist mit Alfons so abgesprochen. Leider ist keiner da, um dich zu versorgen. Bleib doch einfach im Bett! Nina hat um fünfzehn Uhr ihre Fahrprüfung. Mach keinem Menschen die Tür auf! Hab dich lieb, Dein Norbert."

Mit einem zärtlichen Gefühl für meinen lieben Norbert dusele ich wieder ein und wache erst wieder auf, als es an der Tür klingelt. Sofort beginnt mein Herz zu rasen, mir stockt der Atem. Jetzt kommt der schon zu uns nach Hause! Aber dann höre ich eine mir bekannte Stimme rufen: „Mara, mach auf, wir sind's, Alfons und Roland!"

Ich glaube, Alfons war zuletzt zu meinem vierzigsten Geburtstag hier im Haus, ein Wunder, dass er den Weg in unsere Einsamkeit noch gefunden hat. Warum ist er mit Roland da? Ich ziehe mir schnell meinen Bademantel über und die Hausschuhe an, rufe „Ich komme", schaue in den Spiegel im Bad und fahre mir schnell über die Haare, dann gehe ich nach vorne zur Haustür und öffne. Vor mir steht Alfons mit einem riesigen Blumenstrauß, Roland hat ein Päckchen in der Hand, das er mir sofort entgegenstreckt mit den Worten: „Ist Nervennahrung!"

Ich nehme die Pralinenschachtel, bitte die beiden herein, setze sie ins Wohnzimmer und gehe eine passende Vase suchen. Ist ja nett, dass die beiden einen Besuch bei mir machen! Einen Krankenbesuch? Bin ich krank?

Dann erzählen Alfons und Roland abwechselnd, dass die beiden Meiers von der Polizei in Gettorf Fingerabdrücke genommen haben vom Knauf an der Tür zur Notfalltreppe. Der Knauf war aber blitzeblank, als sei er abgewischt oder mit Handschuhen angefasst worden. Wer sollte das gewesen sein, wenn nicht Roberts Double, das uns mal wieder einen Besuch abgestattet hat. Er hat die Tür aufgehebelt und damit das Schloss geknackt. Was will der nur in der Beratungsstelle? Wenn er Roland erschrecken wollte, ist er zu spät gekommen, denn da das Licht im Treppenhaus ausgeschaltet war, musste er, wie Schulze zunächst auch, annehmen, dass keiner mehr im Hause ist.

„Ist ja süß, dass ihr gekommen seid", sage ich.

„Es war mein Vorschlag, dich zu besuchen, weil du durch mich so viel Schrecken erleben musst", sagt Roland und lächelt dabei. Jetzt sieht er richtig sympathisch aus.

„Und wir müssen mal andere Sitten aufziehen", sagt Alfons.

Ich überlege schnell, wie das Idiom richtig heißen müsste und frage: „Was meinst du damit?"

„Du darfst nicht mehr für Spättermine alleine im Hause sein. Entweder muss jemand von uns anderen da bleiben, oder du musst früher gehen. Das ist ein dienstlicher Befehl. Irgendwann ist ja das Fass erreicht."

Alfons und seine Fässer!

„Der Schulze hat sich übrigens echt kompetent verhalten! War kooperativ mit seinen Kollegen aus Gettorf und besorgt um dich, als er von mir erfahren hat, dass der Kerl schon einmal im Haus war und dich erschreckt hat. Als Roland." Alfons streicht sich über seinen Teppich auf dem Kopf, um anschließend seine Brille mit dem Zeigefinger hochzuschieben. Ich möchte mal wissen, warum er immer diese Halbbrille aufhat, sogar beim Autofahren, vermute ich.

„Ich habe ganz vergessen, ihm die DVDs zu geben, deswegen war der ja eigentlich gekommen", fällt mir gerade ein.

„Können wir ihm ja vorbeibringen, wenn dich das beruhigt", sagt Roland.

„Wäre klasse, ich bleibe heute lieber zu Hause. Ach je, zurzeit hat meine Nina gerade ihre Fahrprüfung, und ich sitze hier mit euch und klöne! Ich bin eine schlechte Mutter, das sollte mich doch mehr interessieren!“ Eine Woge schlechten Gewissens rollt über mich.

„Was hättest du denn heute gemacht, wenn du nicht gestern deinen Schock bekommen hättest? Wenn du heute zur Arbeit gekommen wärst? Wärst du dann nachmittags zu Ninas Fahrprüfung gegangen und hättest zu dem Prüfer gesagt: ‚Darf ich bitte mitfahren, um im Auto die Daumen zu drücken, damit mein Mäuschen durchkommt?‘ Du gehörst da gar nicht hin, Mara, das macht deine Nina sicher wunderbar alleine.“

Ich glaube das zwar nicht, stimme ihm aber zu, damit er aufhört, mir ins Gewissen zu reden. Unter dem Vorwand, sofort die DVDs aus meiner Tasche holen zu müssen, springe ich auf und hole sie. Roland wirft einen befremdeten Blick auf die Titel, kommentiert die aber nicht weiter. Danke, Roland, denke ich.

„Sag mal Roland, wenn du wirklich einen Zwillingsbruder hast – wie ist das denn für dich?“ frage ich ihn neugierig.

Roland zieht die Stirn kraus und denkt nach. Nach einer kleinen Weile sagt er: „Ich habe nun achtundzwanzig Jahre ohne einen Zwillingsbruder gelebt und mich gut damit eingerichtet. Ich brauche diesen Bruder nicht, besonders nicht so einen, der mich verfolgt oder einbricht. Mit so jemandem will ich nichts zu tun haben. Aber ansonsten ist er mir gleichgültig.“

Da die beiden auch ihren verdienten Feierabend haben wollen, danke ich beiden herzlich für ihr Kommen und sage ihnen, dass ich mich freue, sie am Montag wiederzusehen. Das stimmt sogar. Die beiden trollen sich, ich höre Alfons’ Auto abfahren.

Um fünf Uhr höre ich wiederum ein Auto kommen, als ich gerade das stehen gebliebene Frühstücksgeschirr abtrockne und meinen Gedanken nachhänge. Kurz darauf kommt Nina hereingestürmt und sagt: „Mami, rate mal, wer das Auto heute bis hierher gefahren hat: ich! Weil ich jetzt auch die Straßen unsicher machen darf. Ich habe die Prüfung bestanden!“

Sie umarmt mich in ihrer Freude, wirbelt mich herum, fragt nach Norbert, dem sie ihr Glück auch mitteilen möchte, und tänzelt zum Telefon, um ihren Erfolg allen Freundinnen zu verkünden.

Als sie zurückkommt, biete ich ihr an, dass sie mich ja mal spazieren fahren kann, damit sie mir ihre Künste vorführt und sie ein bisschen mehr Fahrpraxis bekommt. Darüber ist sie hellauf begeistert und fragt gleich, wann wir das machen können. „Morgen Nachmittag", sage ich und habe auch schon im Kopf, wohin die Reise gehen soll.

Am nächsten Tag gratuliert mir Siemen zu meiner erfolgreichen Tochter und meint unter Grinsen: „Vielleicht musse dann ja nich mehr mittem Gruber gehen, wennse selbst fahrn kann." Das wäre mir ja auch lieb, aber laut sage ich das nicht. „Und ham Sie Ihren Schock überwunden?" fragt er mich und schaut mich besorgt an.

„Woher weißt du von meinem Schock?" frage ich misstrauisch.

„Och, mein Bruder sein Schwager is mit der Frau von dem Cousin von Halvermann verwandt. Und der hat so was erzählt. Wissen Sie, so unter Verwandten ..." Er bringt den Satz nicht zu Ende, der heißen könnte: „Da erzählen wir einander alles."

Ich seufze und sage dann: „War ja nichts Schlimmes!" und frage dann schnell nach seinem von seiner Frau hergestellten Ziegenkäse mit Feigen, den Norbert so liebt. Ich bin ja nicht mit Siemen verwandt.

Suche nach einem Haus

Schon beim Mittagessen ist Nina nicht zu bremsen. Sie möchte sofort los, Fahren ist für sie natürlich ein Hobby, nicht wie bei uns Eltern eine lästige Pflicht. Das Wetter lädt auch zu einer Spazierfahrt ein, der Himmel ist blau mit weißen Wolken. Das ist der Anblick, weswegen ich nach dem Studium nach Norddeutschland zurückgekommen bin: der weite Himmel und das leicht gewellte Land an der Ostsee. Herrlich!

Wir fahren zunächst mal nach Krusendorf, umkreisen dort auf der Raiffeisenstraße die Kirche mit Friedhof, dann kehren wir um und fahren über Sprenge Richtung Kiel. An Emmas Haus ist nichts zu sehen; im oberen Stockwerk ist ein Fenster geöffnet, das ist alles. Die Gärten sehen noch alle trist und grau aus, selbst die Schneeglöckchen haben noch keine Lust, sich ein kaltes Röckchen zu holen. Während der Fahrt redet Nina auf mich ein, von den Freundinnen, von den Abiturvorbereitungen und einmal kurz über Gruber. Dabei habe ich Zeit, mir die Häuser in der Stadt anzusehen, und zwar schaue ich besonders auf beigefarbene Häuser, die mindestens zwei Stockwerke hoch sind. Ab und zu gebe ich Nina eine Richtungsanweisung, unter dem Vorwand, dass ich sehen will, ob sie auch den Blinker setzt und schön den Rückspiegel benutzt, aber mir geht es eigentlich um mein geheimes Anliegen: Ich will das Haus finden, dass ich in „Dornhöschen" hinter einem Garten liegend vermute. Wenn ich das habe, kann ich sehen, von welchem Haus aus der Blick auf das ovale Fenster möglich ist.

„Was siehst du immer so nach oben und verdrehst den Kopf?" fragt Nina leicht mürrisch.

„Och, nur so, mach dir nichts draus. Elisa hat, glaube ich, mal in dieser Gegend gewohnt, als sie noch studiert hat. Danach gucke ich." Für kurze Zeit schiele ich nur heimlich nach oben, um Nina nicht ganz zu verprellen.

Sie ist mit meiner Erklärung zufrieden, und ich prüfe wieder ungeniert weiter, ob ich in einem oberen Stockwerk das bewusste Fenster entdecke. So fahren wir eine Stunde lang durch die Stadt, der Himmel zieht sich zu, und es beginnt zu dämmern. Es hat jetzt keinen Zweck mehr, nach einem ovalen Fenster Ausschau zu halten, daher bitte ich Nina, jetzt noch nach Surendorf in den Supermarkt zu fahren, was sie sehr gerne tut, denn da könnte sie ja jemanden kennen, der sich darüber wundert, dass sie Auto fährt. Das wäre ihr gerade recht.

Leider trifft sie niemanden, der sie auf das Autofahren hin anspricht, so dass sie ein bisschen muffig neben mir den Einkaufswagen durch den Supermarkt schiebt. Ich kann sie aber gnädig stimmen, indem ich ihr ein Stück Geitost kaufe, einen Ziegen-Karamellkäse aus Norwegen, den sie sehr liebt, und der so teuer ist, dass man sich eher ein Stück Gold in derselben Größe als das Käsestück für den Preis kaufen sollte.

Als wir beim Abendbrot sitzen, frage ich Norbert und Nina: „Kennt ihr eigentlich in der Stadt ein hohes, beigefarbenes Gebäude?"

Beide überlegen angestrengt, dann sagt Nina mit vollem Mund: „Das autonome Mädchenhaus."

„Der Ravensberg an der Rankestraße, Ecke Westring", schlägt Norbert vor. „Das war früher mal das Ricarda-Huch-Gymnasium, jetzt ist das die Berufsschule."

„Bei Lena ist doch so ein schönes Haus, beinahe nebenan von ihr." Nina greift mit den Fingern nach einer Schinkenscheibe, und Norbert versetzt ihr einen spielerischen Klaps.

„Und wo ist das?"

„In der Feldstraße. Warte mal, Lena wohnt 30, dann muss das die Nummer ..." Nina schließt die Augen und scheint sich die Häuser vorzustellen. „Das muss die Nummer 36 sein. Hat auch so Schmuck dran. Und dann dieses Dänische Handelskontor, was immer das auch ist."

„Ich war mal bei einem Physiotherapeuten in der Holtenauer Straße. Musst du mal in die Gelben Seiten schauen, den findest du bestimmt. Aber warum willst du das wissen, Schätzele?"

Ich signalisiere ihm mit einem Wimpernschlag, dass ich darüber erst mit ihm reden will, wenn ich mit ihm alleine bin, aber Nina ist aufmerksam und fragt: „Sag schon, warum willst du das wissen?"

„Da müsst ihr mir erst noch mehr Rätsel lösen, bevor ich das sage.“ Ich stehe vom Tisch auf, hole einen Bleistift und ein Stück Papier und beginne zu zeichnen.

„Was soll das werden, ein Auge?“ fragt Nina neugierig.

„Nein, das ist ein Fenster. Ein ovales Fenster, da ist noch so ein bisschen Ornament drum herum, wie eine Ranke. Habt ihr so was schon einmal gesehen?“

Beide starren intensiv auf mein laienhaft gemaltes Fenster, aber ich bekomme keine Antwort.

„Ihr müsst euch vorstellen, dass die Wand um das Fenster beige ist“, versuche ich zu helfen, aber umsonst.

Nina verliert bald das Interesse und beginnt mit Norbert ein Gespräch über Navis, weil sie findet, heutzutage kann man eigentlich nicht ohne ein solches Gerät unterwegs sein. Norbert aber bleibt stur und verweist darauf, dass er seit dreißig Jahren nach Straßen- und Landkarten fährt und bis jetzt noch immer sein Ziel gefunden habe. Intelligente Menschen bräuchten keinen Navi. Damit hat er Nina jedes Argument entkräftet, denn beide wissen, dass sie schlaue Menschen sind.

Als wir später im Schlafzimmer alleine sind, erkläre ich ihm, was für ein Gebäude ich suche. Er ist hin- und hergerissen zwischen der Sorge, ich könnte mich in Gefahr bringen, wenn ich mich alleine auf den Weg mache, das Haus zu finden, und einem gewissen Jagdeifer, mit dem ich ihn angesteckt habe.

Am Montagmorgen kommen Handwerker in die Beratungsstelle und setzen in die Tür zur Nottreppe ein neues Schloss ein. Alfons hat viel mit Telefonaten mit der Versicherung zu tun, dann ruft Herr Halvermann an und bittet mich, zur Polizeidienststelle nach Gettorf zu kommen, um zu berichten, was ich am Freitag erlebt habe, an dem Tag war ich ja nicht mehr zu gebrauchen. Ich bitte Anna, der Mutter von dem rechenschwachen Jungen den Termin abzusagen, und fahre los zur Polizei nach Gettorf. Halvermann ist allein im Gebäude, die beiden Meiers sind ebenso wenig zu sehen wie die Schreibkraft, deren

Namen ich schon wieder vergessen habe. Nina würde abfällig gucken, wenn sie das wüsste. Er nimmt umständlich meine Personalien auf, lässt sich berichten, was ich von siebzehn Uhr an in der Beratungsstelle erlebt habe und formuliert das Gehörte in seine Worte um, die er dann mit je einem Finger jeder Hand in den Computer gibt. Das erste, wozu ich einen Polizeibeamten verpflichtend verdonnern würde, wenn ich etwas zu sagen hätte, wäre eine Fortbildung in Maschineschreiben! Die Zeit rennt mir davon, so dass ich mit meinem Handy bei Anna anrufe und sie bitte, den nächsten Termin auch abzusagen. Es wäre schneller gegangen, wenn ich meinen Bericht selbst in die Maschine geschrieben hätte.

Als ich die Polizeidienststelle verlasse, ist es kurz vor Mittag, und obwohl ich noch gar nicht gearbeitet habe, bin ich völlig erschöpft. Die letzten Wochen waren vielleicht doch stressiger, als ich mir eingestehen will. Ich schaue in meinen Terminkalender und sehe, dass ich mir extra Platz gelassen hatte, um meine Akten aufzuarbeiten, also keinen Termin mehr habe. Da rufe ich Anna noch einmal an und sage ihr, sie möge Alfons bestellen, dass es mir heute nicht gut genug geht, um zu arbeiten, und ich mich daher lieber ins Bett lege. Dann fahre ich los, aber anstatt Richtung Felm ins „Kleine Moor" zu fahren, fahre ich direkt auf der Schnellstraße Richtung Stadt.

Ich habe mir einen Plan gemacht, welche Gebäude ich in welcher Reihenfolge abfahren will, daher biege ich bei der Ausfahrt Wiek ab und fahre in die Holtenauer Straße. Das Autonome Mädchenhaus und das Haus des Physiotherapeuten, den Norbert mir genannt hat, liegen beide in der Holtenauer Straße, wenn auch auf verschiedenen Seiten. Langsam fahre ich am Mädchenhaus entlang, halte kurz vor dem Haus und beschaue mir die Fassade. Völlig falsch! So sah das Haus nun gar nicht aus, das ich im Filmausschnitt gesehen habe, und ich kann mir nicht vorstellen, dass die Rückseite ähnlicher ist.

Also weiter zu dem Physiotherapeuten, der mehr Richtung Stadt seine Praxis hat. Im Strom der Autofahrer kann ich es nicht wagen, hier einfach anzuhalten, um die Hausnummern zu lesen. Daher will ich bei der nächsten Gelegenheit rechts abfahren, aber die nächste Straße ist eine Einbahnstraße, so dass ich in einem verwegenen Unternehmen auf der Holtenauer wende und am Elendsredder, wo an der Kreuzung die Post ist, links fahre. Die Post hat doch wohl einen Parkplatz, oder? Ich finde tatsächlich einen und parke den Combo. Dann gehe ich zurück auf die Holtenauer und entdecke, dass ich gar nicht weit zurückgehen muss, um bei der richtigen Nummer anzukommen.

Der Physiotherapeut hat seine Praxis in einem sehr schönen Eckhaus und – mein Herz beginnt zu hüpfen – um die Fenster sind Gesichter und Ranken drapiert. Wie kann ich nun auf die Rückseite kommen, um zu sehen, ob es eine freie Fläche hinter dem Haus gibt, wie zum Beispiel einen Garten oder Park? Ich gehe auf die Eingangstür zu, die sich plötzlich öffnet, ein älterer Herr mit Stock versucht, die schwere Tür offen zu halten. Hilfsbereit springe ich die paar Stufen hinauf und halte sie ihm auf. Er brummt etwas, ich antworte „Gerne!“ und ganz fix bin ich im Flur, mit pochendem Herzen. Als ich die Treppe langsam hochgehe, verstehe ich sofort, dass ich hier nicht erfahren werde, was ich brauche: Es gibt kein Fenster, das ich mal eben öffnen könnte, um mir die Rückseite des Hauses anzusehen. Also kehre ich um, gehe aber nicht gleich zu meinem Auto zurück, sondern zum Schulredder, um von dort aus einen Blick zu erhaschen. Erst am Achterkamp kann ich auf die Rückseite des Hauses Holtenauer Straße sehen und bin schwer enttäuscht. Von den schönen Fenstern mit Girlanden keine Spur.

Meine nächste Station ist laut Plan die Rankestraße, in der die Berufsschule an der Ecke zum Westring liegt. Ein Parkplatz ist schnell gefunden. Die Farbe des Gebäudes ist genau die, die ich suche. Ich will mir die Schule zunächst vom Schulhof aus ansehen und wandele von Tür zu Tür, bis der Hausmeister kommt und fragt, was ich dort will.

„Ach, ich finde dieses Gebäude so interessant“, sage ich unsicher. „Aus welchem Jahr ist es denn?“

Der Hausmeister weist stumm mit ausgestrecktem Finger zu einem der Eingangsportale, wo unübersehbar die Zahlen 1906/07 prangen.

„Hat das Haus denn auf der Rückseite im obersten Stockwerk ovale Fenster?“

Das kann ich ja ruhig fragen, denke ich, ist ja nicht verdächtig.

Der Hausmeister schaut mich an, als ob ich nicht ganz bei Trost wäre, und schüttelt den Kopf. Dann sagt er freundlich wie zu einem debilen Kind: „Nun gehen Sie mal schön wieder nach Hause, hier gibt’s für Sie nichts zu sehen. Und wenn Sie die Rückseite des Gebäudekomplexes so rasend interessiert, dann gehen Sie doch mal dorthin.“ Er zeigt auf eine geöffnete Tür, wo zwei der Häuserflügel aneinanderstoßen.

„Dankeschön, wissen Sie, ich bin mal früher auf diese Schule gegangen, da hieß sie noch Ricarda Huch Schule, das ist aber schon lange her. Und meine Klasse war über einem verzierten Fenster, das weiß ich noch.“ Meine Jugenderinnerungen scheinen ihn aber nicht zu interessieren, er wendet sich ab und verschwindet im Gebäude. Ich gehe zu der Tür, die der Hausmeister mir gezeigt hat, und tatsächlich, man kann durch das Gebäude durchgehen und auf die Rückseite gelangen, wo ich aber nichts entdecke, was meinen Vorstellungen oder meinen Erinnerungen entspricht. Der rote Wasserturm thront hinter den kahlen Bäumen und Büschen auf seiner Anhöhe. Da muss ich mal im Sommer hin, sieht interessant aus. Ist da nicht ein Theater drin? Langsam gehe ich zurück in die Rankestraße und, um der Vollständigkeit willen, auch noch in den Westring, um von vorne einen Blick auf die Schule zu werfen. Ich bekomme beinahe einen Herzinfarkt, als ich über der Tür eines weiteren Eingangs ein wenn auch rundes, so doch verziertes Fenster entdecke. Hat die Perspektive der Kamera das runde Fenster verzerrt? Was ist gegenüber? Schräg gegenüber ist der Heinrich-Hecht-Platz. Ich gehe über den Westring, um von dort aus auf den Eingang mit dem Fenster zu schauen. Nein, das ist viel zu tief, der Winkel stimmt nicht. Von hier aus kann keiner über die Straße gezoomt haben, auf das Fenster zu, um zu suggerieren, dass dahinter ein Mädchen „Dornröschen" spielt.

Es hilft also nichts, ich muss mich auf den Weg zum Dänischen Handelskontor machen, da gehe ich am besten zu Fuß hin. Ich habe zu Hause nachgeschaut, es liegt in der Nähe der Koesterallee. Nach kurzer Zeit beginnt es zu regnen, aber wie! Der Regen schlägt mir von vorne entgegen, einige Böen aus Norden wehen mir die Haare ins Gesicht, das schon ganz nass ist. Warum bin ich nicht zu Hause und ruhe mich aus, wie ich es Alfons bestellt habe? Wenn er wüsste, dass ich hier herumspaziere, würde er vermutlich sagen: „Das schlägt dem Fass den Boden ins Gesicht!" oder „Das setzt dem Fass die Krone auf." Oder: ihm würden seine Sprachwitze vergehen, das wäre dann ein ganz schlimmes Zeichen.

Auf dem Weg zum Handelskontor sehe ich, wie meine braunen Stiefel an den Spitzen immer dunkler werden. Überhaupt: ich sehe eigentlich nur die Straße und meine Füße, weil ich wegen Regen und Wind ganz gebeugt gehen muss. Das ist mal ein Nachteil für das Leben im Norden. Der Wind kann manchmal direkt bissig sein, und im Allgemeinen haben wir es hier kälter als die „Inländer". Die Blumen kommen im Frühling später heraus als in Deutschlands Mitte und Süden, und wir haben es dafür im Winter schneller dunkel.

Nach zwanzig Minuten wage ich mal einen Orientierungsblick und sehe, dass ich nur noch eine Straße weiter muss bis zum Handelskontor. Als ich dort ankomme, stehen dort vereinzelte Gestalten mit hochgezogenen Schultern herum, die hier draußen rauchen, weil es innen wohl nicht erlaubt ist. Ich stelle mich gegenüber von dem Gebäude auf und schaue hoch: erster Stock: rechteckige Fenster. Zweiter Stock: runde Fenster. Neben dem Handelskontor ist der Parkplatz für die Bediensteten, ich gestatte mir, dort auf den Platz zu gehen. Der Parkplatz ist so tief nach hinten gezogen, dass ich auch die Rückseite des Hauses sehen kann. Hinter dem Gebäude sieht man einen fensterlosen, flachen Gebäudeteil, dessen Funktion ich mir nicht erklären kann. Ich blicke hoch und entdecke – zwei ovale Fenster im zweiten Stockwerk, von Girlanden umkränzt! Von wo aus ist die Aufnahme des linken Fensters gemacht worden? An das Grundstück des Handelskontors, das durch eine Ligusterhecke begrenzt ist, schließt sich ein großer Garten an, der hauptsächlich aus Rasen besteht. Am Ende sehe ich drei kahle Bäume, dahinter scheint ein Haus zu sein. Ich ziehe meinen Stadtplan heraus, den ich extra aus dem Auto mitgenommen habe, und versuche mich zu orientieren. Hier ist das Dänische Handelskontor in der Westenstraße, also müsste gegenüber die Rosenstraße sein? Ich drehe noch einmal die Karte so, dass mein Standort unten ist, dann muss das da links die Straße mit dem Haus sein: richtig, die Rosenstraße.

Ich spüre, wie ich aufgeregt werde. Wenn das stimmt, dann wäre ich einen großen Schritt weiter! Ich packe meinen nassen Stadtplan in meine Tasche und gehe zur Westenstraße zurück. Zweimal links muss ich, dann müsste ich in der Rosenstraße sein. Nun heißt es nur noch, das richtige Haus zu finden, wenn das eine ganze Häuserzeile ist, habe ich viel zu tun!

Als ich in die Rosenstraße einbiege, hüpft mein Herz: Auf der linken Seite ist erst ein kleiner Spielplatz mit Rutsche und Sandkasten, jetzt im Regen und bei der Kälte unvorstellbar, dass dort Kinder spielen, und danach beginnt der Garten, den ich schon von hinten gesehen habe. In diesem Garten, der nur Rasen und Bäume, aber keine Beete hat, steht eine einzelne Villa. Die Seite des Hauses, die ich vom Spielplatz aus sehen kann, hat keine Fenster, was dem Besitzer im Sommer Ruhe vor den

Kinderstimmen auf dem Spielplatz beschert, aber die Wand sieht trostlos und abweisend aus. Der Garten, der mit einem schmiedeeisernen Zaun begrenzt ist, hat eine kurze Auffahrt, die durch je zwei Bäume auf jeder Seite gesäumt ist. Die Vorderfront hat im Erdgeschoss rechts und links der Haustür ein mit Gardinen behangenes Fenster, die so blickdicht sind, dass man nichts dahinter entdecken kann. Im oberen Stockwerk ist gar kein Fenster nach vorne heraus, was völlig ungewöhnlich ist. Das Haus sieht aus, als habe es zwei Augen und eine zu hohe Stirn. Jetzt muss ich nur noch herauskriegen, ob wenigstens hinten ein Fenster ist, aus dem man das Handelskontor mit seinen ovalen Fenstern sehen kann.

Der Regen hat nachgelassen, so dass ich meinen Schirm, der bei diesem Wind so schwer zu halten ist, zusammenklappe. Langsam gehe ich bis zum Nachbarhaus. An einem Fenster steht eine alte Frau und schaut auf die Straße. Sie sieht mich nicht an, ich glaube, ihr Blick ist nach innen gerichtet. Daher wage ich es, nach dem Haus nach links zu schwenken, um auf die Rückseite zu gelangen. Von dort erhoffe ich mir einen Blick auf die Fenster des bewussten Hauses. Und tatsächlich: das hat im ersten Stock zwei Richtung Handelskontor. Ich habe es gefunden!

Ich gehe zurück auf die Rosenstraße, um noch einmal am Haus vorbeizugehen. Als ich direkt vor der Auffahrt bin, sehe ich, dass ein dunkles Auto gerade dorthin einbiegen will und meinetwegen warten muss. Neugierig sehe ich den Fahrer an, aber dessen Gesicht habe ich noch nie gesehen. Ich versuche, ins Innere des Wagens zu schauen, aber da die Seitenfenster schwarz getönt sind, sehe ich nur, dass dort zwei Personen auf dem Rücksitz thronen. Ist die eine vielleicht Emma auf einem Kindersitz?

Als der Fahrer kurz hupt, springe ich rasch zur Seite. Mir geht auf, dass ich dort wie erstarrt gestanden haben muss.

Ich bin ganz durcheinander. Was muss ich jetzt tun? Schulze anrufen? Die Polizei in Gettorf anrufen oder die in Kiel? Norbert anrufen? Der ist noch in der Schule und sicher nicht begeistert, von meinen Miss-Marple-Unternehmungen zu hören. Ich konzentriere mich erst mal auf das Naheliegende: zurückzugehen zur Post, um mein Auto zu holen und heimzufahren.

Auf der Fahrt nach Hause jagen mir die verschiedensten Gedanken wild durch den Kopf: War das Lynn, die mit Emma zu dem Haus gefahren wurde? Werden jetzt dort wieder Filmaufnahmen gemacht? Wenn Alfons erfährt, was ich entdeckt habe, was kann ich zu meiner Entschuldigung sagen, dass ich nicht zu Hause auf dem Sofa lag, um mich auszuruhen? Wie wird Norbert auf meine Detektivarbeit reagieren? Er macht sich dann sicher Sorgen um mich und wird sauer sein, dass ich mich womöglich in Gefahr gebracht habe. Gefahr? Bin ich in Gefahr?

Vielleicht spielt meine Fantasie auch nur verrückt! Ich weiß doch gar nicht, ob Emma im Auto saß, und wenn ich jetzt Schulze oder die Polizei in Gettorf anrufe, kann ich nur sagen, ich hätte ein Fenster gesehen an einem beigefarbenen Haus, von dem ich meine, es in einem Kinderporno gesehen zu haben. Womöglich gehen die Beamten dann dort ins Haus und treffen ein paar freundlich reservierte Menschen beim Abendbrot an.

Als ich im „Kleinen Moor“ ankomme, dämmert es, und im Haus ist kein Licht. Erst jetzt merke ich, dass ich Hunger habe, vor lauter Aufregung habe ich ganz vergessen, etwas zu essen. Als ich mir gerade eine Scheibe Knäckebrot schmiere, klingelt das Telefon. Bestimmt Nina oder Norbert, die mir sagen wollen, dass es heute leider etwas später wird.

„Janner!“

Ich höre einen Menschen atmen, dann sagt eine gedämpfte Männerstimme: „Wenn Sie lebend davonkommen wollen, kümmern Sie sich um Ihre eigenen Sachen.“

„Was meinen Sie“, stottere ich, „ich muss mich doch kümmern, ich bin Psychologin!“ Das ist mir so rausgerutscht und sicher kein gutes Argument in den Ohren anderer, nur in meinem Herzen.

Der Typ lacht abfällig und sagt: „Halten Sie sich da raus! Ich habe Sie gewarnt. Eine zweite Warnung gibt es nicht." Er legt auf.

Jetzt wird es mir aber mulmig! Ganz heiß wird mir vor Angst und Beklemmung, ich fühle mich in meinem eigenen Zuhause plötzlich nicht mehr sicher, und warum ist Norbert noch nicht da?

Ich mache erst einmal überall im Erdgeschoss Licht an, um der Welt zu zeigen: Hier ist alles bewohnt und großer Trubel, aber das hilft meinem Gefühl nur wenig. Ich bin unruhig und nervös, horche nach draußen, ob nicht Norberts Wagen kommt. Ich kann mich auf gar nichts anderes als aufs Warten konzentrieren und laufe blicklos umher. Bevor ich mich entscheide, was ich nun tun muss, möchte ich lieber erst mit Norbert reden, er ist ja nicht so unmittelbar involviert wie ich und daher entscheidungsfähiger.

Ich stelle mir vor, dass ich zu dem Haus in der Rosenstraße gehe und mich hinten in den Garten stelle. Oben am Fenster sehe ich Emma, die mit traurigem Gesicht in den Garten schaut, mich dann erblickt und mir zuwinkt. Ich bedeute ihr, nach unten zu gehen und zu mir zu kommen, aber sie schüttelt den Kopf. Dann sehe ich, wie sie sich zu jemandem umdreht, anscheinend redet jemand mit ihr, denn ich sehe sie gestikulieren, dann geht sie weg vom Fenster. Stattdessen kommt eine große Gestalt an die Scheibe und droht mir mit erhobener Faust. Nein, keine gute Vorstellung!

Dann probiere ich, meine Vorstellung abzuändern: Emma nickt, als ich ihr zeige, dass ich sie unten erwarte. Dann gehe ich nach vorne in die Rosenstraße und warte an der Zufahrt, dass Emma kommt. Ich warte und warte ...

Auch nicht gut, ich sehe ein, ich kann diese Aufgabe nicht alleine lösen.

Endlich sehe ich einen Lichtkegel zu unserem Haus einbiegen, Norbert kommt! Er hat Nina, mit der er sich in Gettorf verabredet hat, auch mitgebracht, und schon ist die Welt verändert: keine Bedrohung mehr, keine Angst, sondern die Atmosphäre ist heiter und gelöst. Nur tief in meinem Bewusstsein spüre ich Unruhe, die ich bewusst wegdrücke. Ich kann Norbert ja nachher meine Erlebnisse erzählen. Nina hat heute mit ihren Freundinnen nachmittags zusammen gelernt, die erste Abiturprüfung ist in Englisch, da wird ihr nichts passieren. Norbert berichtet von einer erfolgreichen Situation in der Schule, wo er eine prekäre Situation mit einem Schüler, der ein Messer gegen einen anderen gerichtet hatte, geschlichtet hat.

Wir essen die Tiefkühlpizza und Salat, zum Nachtisch gibt es auf Ninas Wunsch hin Eis, was mir aber zu kalt ist, so dass ich dazu ein paar Himbeeren auftaue und heiß mache. Nach dem Essen verschwindet Nina – wie immer – ans Telefon, Norbert und ich machen den Abwasch. Das ist die Gelegenheit, ihm zu erzählen, was ich heute erlebt habe.

„Mara, du musst jetzt unbedingt den Schulze anrufen und deinen Verdacht mitteilen, damit der seine Kollegen in der Stadt informiert und den Meiers in Gettorf Bescheid gibt. Das ist nicht mehr dein Job!“ Wenn Norbert mich mit „Mara“ anredet, weiß ich, dass er es wirklich ernst meint. Um meine Geschichte vollständig zu machen, erzähle ich von dem Telefonat, in dem mich ein Mann bedroht hat, die Finger von der Suche nach Emma zu lassen. Norbert verkneift sich ein „Siehst du!“, aber ich kann mir denken, dass er es innerlich sagt.

Ich lege das Geschirrtuch über einen Stuhl, gehe zu Nina und bedeute ihr, dass ich unbedingt sofort telefonieren müsse, woraufhin sie die Augen verdreht und zu der Person am anderen Ende der Leitung mit bitterem Ton sagt: „Jetzt will meine Mutter telefonieren, ich rufe dich nachher wieder an.“ Anscheinend wird etwas entgegnet, was witzig ist, denn Nina beginnt zu lachen. Vermutlich über mich.

Ich habe die Nummer von Frau Middeldorf aus dem Telefonbüchlein herausgesucht und wähle nun die vier Zahlen. Sie meldet sich mit zitternder Stimme, und als ich nach ihrem Mann frage, sagt sie, dass er heute Abend Dienst hat. Sie klingt so resigniert, dass ich spontan zu ihr sage: „Frau Middeldorf, ich will Herrn Schulze anrufen, weil ich glaube, Emma gesehen zu haben! Da muss sich jetzt die Polizei drum kümmern."

„Oh mein Gott, Frau Janner, danke, danke, danke! Ich habe seit Tagen nicht geschlafen, und immer, wenn ich mal eingeduselt bin, habe ich von Emma geträumt. Ich fühle mich so schuldig! Wenn ich doch ... Na, das ist im Augenblick egal ... Ach, ich bin ganz durcheinander! Ich gebe Ihnen jetzt schnell die Nummer von Frieder." Sie nennt mir die Nummer, bedankt sich noch einmal und legt mit einem Seufzer auf. Ich bete nur, dass ich Frau Middeldorf jetzt nicht unberechtigterweise Hoffnung gemacht habe, Emma zu finden.

Dann rufe ich in Kiel an, habe einen misstrauischen älteren Polizeibeamten (stelle ich mir vor) an der Strippe und bitte um eine Verbindung mit Herrn Schulze. Er will partout wissen, um was es geht, so dass ich damit herauskommen muss, dass es um Emma geht. Ab da geht alles sehr schnell: Ich werde sofort mit Herrn Schulze verbunden, der wie immer kurz und sachlich bleibt. Er fragt, ob ich weiß oder glaube, dass Emma in dem Haus in der Rosenstraße ist. Dann sagt er, dass die Soko Emma das Haus ab sofort beobachten wird, um entscheiden zu können, wann der richtige Moment für das Eingreifen ist, sollte Emma dort auftauchen. Auch er dankt mir herzlich für mein Engagement. Aber ich habe noch etwas auf dem Herzen.

„Herr Schulze, wenn es soweit kommen sollte, dass Emma aus dem Haus geholt wird: dann möchte ich gerne da sein, um sie in Empfang zu nehmen. Sie kennt mich als ihre Therapeutin, und sie vertraut mir. Es ist vielleicht nicht unklug, erst einmal zu sehen, was sie braucht." Ich lege meine ganze therapeutische Kompetenz in diese Sätze, um Schulze zu überzeugen.

Schulze antwortet nicht sofort, dann sagt er: „Das kann ich nicht entscheiden, aber ich werde es vorschlagen. Sie bekommen Bescheid."

Ich erzähle Nobert den Inhalt des Telefonats mit glänzenden Augen und völlig überdreht, als Nina hereinkommt und den Schluss noch mitbekommt. „Was, du hast das allein rausgefunden, dass die das Kind für solche ekligen Zwecke vielleicht in das Haus verschleppen? Mama, ich bin beeindruckt! Ich wusste ja gar nicht, dass du so eine kriminalistische Ader hast." Sie schaut mich bewundernd an, was mir gut tut.

„Miss Marple", knurrt Norbert und wirft mir einen anklagenden Blick zu.

„Aber ihr wart es doch, die mir den entscheidenden Hinweis gegeben habt. Ihr habt gewusst, welche beigefarbenen Häuser es in der Stadt gibt, und so habe ich das Haus in der Rosenstraße gefunden." Dagegen kann Norbert nun nichts sagen.

Als wir im Bett liegen, nimmt Norbert meine Hand und sagt mit weicher Stimme: „Schätzele, ich will dir dein Engagement nicht madig machen, aber ich habe Angst um dich! Deshalb bin ich nicht begeistert, wenn du dich in einen Bereich einmischt, der mit deiner Funktion in der Beratungsstelle nichts zu tun hat. Ja, ich weiß, was du mir entgegnen willst: dass es da eine Nahtstelle gibt zwischen deiner Arbeit und der der Polizei. Aber ich will dich auch in Zukunft heile haben." Er küsst meine Finger.

An Schlafen ist bei mir nicht zu denken, ich wälze mich von einer Seite auf die andere, gepeinigt von einer Endloskette unangenehmer Gedanken, bis Norbert mit hellwacher Stimme zu mir sagt: „Ich komme mir vor, als versuchte ich, auf einem Trampolin zu schlafen, während du darauf herumhüpfst. Lieg doch mal ruhig: Und schlaf jetzt endlich!"

Ich lege mich auf den Rücken und sage mir im Kopf: „Ich bin ganz ruhig. Meine Arme werden warm und schwer." – „Gar nicht", entgegnen meine Arme, „wir sind leicht und bereit, aktiv zu sein!" Meinen Beinen gebe ich einen vergleichbaren Befehl, aber die gehorchen mir auch nicht. Ermüdet von den Streitereien mit meinen Gliedmaßen falle ich endlich in einen unruhigen Schlaf.

Emmas gekonnter Schlag

Am nächsten Morgen wache ich auf in der Erwartung, gleich von der Polizei in der Stadt oder von der Meiers aus Gettorf angerufen zu werden, so dass ich nur mit halbem Ohr beim Frühstücksgespräch bin, das andere Ohr ist im Flur am Telefon. Aber das schweigt beharrlich, so dass ich ein bisschen ratlos und beunruhigt zum Dienst fahre.

Ich habe erwartet, dass dort irgendetwas anders ist als sonst, weil ich in der Zwischenzeit in einer anderen Welt so etwas Nervenzerrendes erlebt habe, aber die Beratungsstelle und die dort arbeitenden Menschen sind wie immer: Kira freundlich und engagiert, sie hat als erste Termine, Roland mit düsterem Gesicht, aber er bemüht sich um ein Lächeln, Anna aktiv und mit Übersicht, Alfons mit Witz, Charme und Kompetenz. Die beiden Sozialarbeiter, Joschka und Eddie, sind immer ein eigenes Grüppchen, dem sich Roland jetzt zugeordnet hat. Gabi kommt erst ab Mittag für die Förderung, wenn die Kinder aus der Schule gekommen sind. Es tut mir auch gut, dass hier alles so ist wie immer, das gibt mir Sicherheit, und ich weiß, hier kenne ich mich aus.

Mein erster Termin ist um neun die Mutter, der ich sage, dass ihr Sohn aufgrund seiner Mathematikschwäche so ungern in die Schule geht und deshalb Bauchschmerzen hat, wenn er eine Mathearbeit schreiben muss. Ich empfehle eine Förderung hier im Haus bei Gabi, von der ich weiß, dass sie ihren Job gut versteht und die Kinder prima aufbaut. Danach kommt die Frau, die beim letzten Mal weinend vor mir saß, weil ihr Mann Hals über Kopf ausgezogen ist. Sie ist heute ganz entspannt und geglättet. Wie kommt's? Sie hat entdeckt, dass das Leben ohne ihren Mann viel entspannter ist, auch für die Kinder, und beginnt, die Ruhe im Haus zu genießen.

Als ich gerade mit dem Schulschwänzer hoch in mein Büro gehen will, ruft Anna hinter mir her: „Komm bitte noch mal zurück!" Ich bitte Kai um Verständnis, ich sei gleich bei ihm, flitze ins Büro und Anna flüstert mir zu: „Es ist die Polizei!"

Sofort schlägt mein Herz in einer Mischung aus Angst und Tatendrang einen Salto.

„Janner!" melde ich mich und habe kaum genug Atem für meinen Namen.

„Merzig. Hallo, Frau Janner. Wir möchten Sie bitten, sich mit uns in der Rosenstraße zu treffen, neben dem bewussten Haus gibt es einen Spielplatz. Bringen Sie genügend Zeit mit! Bis nachher."

„Stopp", rufe ich, „nicht so schnell. Wer ist *wir*?" „Soko Emma. Ich muss auflegen, bis nachher." Klack, aufgelegt.

Ich regle alles in der Beratungsstelle, gebe Kai einen neuen Termin und entschuldige mich in sein freudiges Gesicht hinein, dass der Termin heute leider nicht stattfinden kann, sage Alfons, dass die Polizei mich wegen Emma braucht und bitte Anna, meine Nachmittagstermine abzusagen und Norbert eine Mail zu schreiben, dass es für mich heute eventuell spät wird. Ich habe nicht die Ruhe, ihm selbst zu schreiben. Dann setze ich mich in meinen Combo und fahre leicht angespannt in die Stadt. Als ich an Emmas Haus vorbeikomme, denke ich mit Sorge, ob sie bald wieder zu Hause ist, und ihre Mutter aus dem Desaster vielleicht etwas für den Umgang mit ihr gelernt hat.

Als ich in Holtenau über die Hochbrücke komme, da, wo ich für einen Augenblick auf den Kanal sehen kann, wo ein majestätisches weißes Schiff wie ein Schwan auf dem Wasser schwimmt, kommt mir plötzlich ein erschreckender Gedanke: Was ist, wenn dieser Anruf fingiert war? Wenn mich da jemand in eine Falle locken will? Wenn Emma wirklich in dem Auto saß und gesagt hat, dass sie mich kennt? Mir bricht der Schweiß aus, meine Hände werden feucht, so dass sie am Steuer rutschen. Zu blöd, dass ich nicht Schulzes Telefonnummer von seiner Dienststelle mitgenommen habe, jetzt kann ich erst Anna anrufen und fragen. Aber mir scheint das sicherer zu sein, daher halte ich mit eingeschalteter Warnblinkanlage auf dem Randstreifen an und rufe in der Beratungsstelle an. Wenn ich Hilfe suchen würde und dort als Klientin anrufen müsste, würde ich sofort und mit Freuden dorthin fahren, denn Annas Stimme ist einladend und freundlich, aber nicht anbiedernd.

„Gib mir mal eben Schulzes Dienstnummer“, bitte ich sie, aber sie sagt, dass sie die nicht hat, dafür gibt sie mir die Nummer von Frau Middeldorf, damit ich dort anrufen kann. Aber dort meldet sich keiner. Arbeitet die schon wieder?

Erboste Autofahrer wollen mich zum Weiterfahren nötigen, daher schleiche ich schließlich so zögerlich Richtung Innenstadt, dass mich ein Trecker überholen könnte. Aber ich muss wissen, wie ich mich verhalten soll, wenn ich vor dem Spielplatz in der Rosenstraße kein Polizeiauto sehe, sondern ein ziviles Fahrzeug. Dann kann ich nämlich nicht unterscheiden, wen ich da vor mir habe, außer, Schulze ist mit von der Partie. Wieder halte ich an, diesmal in der Bucht einer Bushaltestelle, und überlege, was ich machen soll.

Da kommt mir die Idee: Ich habe Elisas Dienstnummer in meinem Handy gespeichert, die rufe ich an. Zu meinem Erstaunen werde ich sofort zu ihr durchgestellt.

„Hast du keinen Klienten?“

„Der Termin um elf Uhr hat mich sitzen lassen. Soll ja mal vorkommen. Bin ich auch nicht böse drüber, ich habe genug anderes zu tun. Was gibt’s?“

„Elisa, ich kann dir jetzt nicht die ganze Geschichte erklären. Es geht um Emma, das Kind, über das wir nach der Supervision gesprochen haben. Sie ist entführt worden, und ich glaube, ich weiß, wo sie ist. Nun hatte ich darum gebeten, dass ich dabei sein darf, wenn Emma befreit wird. Heute Morgen hat die Polizei mich angerufen und gesagt, es sei so weit, ich solle kommen. Plötzlich habe ich Bedenken, ob das nicht nur eine Finte von den Leuten ist, die Emma entführt haben. Ich fahre da jetzt also hin in die Rosenstraße Nummer 4, und wenn ich mich in einer Stunde nicht melde, dann ruf bitte die Polizei an, damit die mich suchen kommen!"

„Mara, bist du verrückt? Das ist viel zu gefährlich! Wo sollst du hinkommen? In die Rosenstraße? Dann komme ich auch!" Sie legt den Hörer mit hörbarem „Klick" auf.

Vielleicht ist meine Besorgnis ja unbegründet? War ich zu voreilig? Jetzt mache ich Elisa auch noch verrückt! Ich glaube, ich bin urlaubsreif.

Langsam fahre ich weiter, aber mit der Aussicht, Elisa gleich zu treffen und nicht mehr alleine zu sein, geht es mir viel besser. Der Verkehr wird dichter und dichter, je näher ich dem Zentrum komme, aber es gibt keine gute Umgehungsstraße, also muss ich mich hier durchquälen. Als ich am Dänischen Handelskontor vorbeifahre, überholt mich ein Polizeiwagen und biegt links ab. Will der in die Rosenstraße? Ich fahre dem Wagen hinterher und sehe plötzlich im Rückspiegel einen weiteren Wagen von der Polizei. Dann biege ich in die Rosenstraße ein, und ich glaube, ich sehe nicht recht: die Straße ist abgesperrt. Also haben mich doch die Richtigen angerufen.

Als ein Beamter mich anhält und zu meinem Fenster herunterbeugt, sage ich zu ihm: „Moin. Da bin ich. Mara Janner. Sie haben mich angerufen und darum gebeten, dass ich komme."

„Fahren Sie bitte rechts ran, Frau Janner, steigen Sie nicht aus und versperren Sie Ihre Autotür von innen."

Ich wundere mich, was das alles soll. Und wo ist Schulze? Nicht zu sehen. Und wo ist Elisa? Auch nicht zu sehen.

Nachdem der Polizist mich hat durchfahren lassen, stellt er die Barriere wieder hin, spricht kurz mit seinem Kollegen, weist auf mich, kommt dann zu mir herüber und macht mir Zeichen, dass ich ihn auf der Beifahrerseite hereinlassen soll. Ich ziehe das Knöpfchen hoch, er steigt ein.

„Frau Janner, wir haben Sie nicht angerufen, das war offensichtlich Herr Hüberl, und der scheint nichts Gutes mit Ihnen vorgehabt zu haben. Ihre Freundin, Frau Jensen, hat vor zehn Minuten angerufen und uns erklärt, dass Sie hierher kommen. Da haben wir in Windeseile alles mobilisiert, was verfügbar war. Wir werden gleich in das Haus eindringen, denn wir wissen inzwischen, das Kind ist seit gestern Abend dort. Bitte mischen Sie sich nicht ein und kommen erst aus Ihrem Wagen, wenn wir es erlauben. Kein Alleingang bitte!"

Ich nicke und schlucke, weil mir gerade klar wird, dass mein Verdacht richtig war und dass ich eine Freundin habe, die mich vor einer schlimmen Erfahrung gerettet hat. Wer aber ist Hüberl?

„Wer ist Hüberl?" frage ich mit leicht zittriger Stimme.

„Hüberl ist der Besitzer der Villa und vermutlich der sogenannte Filmemacher. Er hat in Süddeutschland schon einmal eine Strafe abgesessen, weil er Fotos von nackten Kindern ins Internet gestellt hat, er ist also im Metier geblieben." Der Polizist tippt zum Gruß an seine Mütze und öffnet die Tür. „Bitte hinter mir wieder verriegeln", mahnt er und steigt aus.

Jetzt sehe ich, dass drei Polizisten hinter die Villa laufen, jeweils von Baum zu Baum, und zwei weitere postieren sich neben der Haustür, eng an die Wand gepresst. Dann fährt ein grauer Wagen direkt vor das Haus, ein älterer, dicklicher Mann in Zivil steigt aus. In der rechten Hand hält er ein Megaphon, das er jetzt an den Mund hält, doch dann wendet er sich noch einmal jemandem im Wagen auf der Beifahrerseite zu und redet mit demjenigen. Ich erkenne nicht, wer das sein könnte, erst als der Beifahrer aussteigt, sehe ich: es ist Schulze.

„Herr Hüberl kommen Sie heraus, das Haus ist umstellt, Sie haben keine Chance zu entkommen." Die schnarrende Stimme des Sprechers hallt durch die Straße und wird von der gegenüberliegenden Häuserreihe reflektiert. Ich beuge mich über meinen Beifahrersitz und sehe, dass an den Fenstern der anderen Häuser Gesichter zu sehen sind, die die Vorgänge vor der Villa gespannt beobachten.

Die Eingangstür der Villa öffnet sich, und heraus tritt – Roland! Er schiebt Emma vor sich her, im kurzen Röckchen und mit nackten Beinen, und hat seine Hände um ihren Hals gelegt. Mir wird kurz schwarz vor Augen, und ich schüttle den Kopf, um meine Gedanken zu ordnen, doch ohne Erfolg. Was dann geschieht, passiert mir geradezu kopflos: Ich ziehe das Türknöpfchen hoch, stürze aus meinem Wagen, rufe: „Roland! Was soll das?“ und renne auf das Haus zu.

„Zurück!“ faucht der Dicke mit dem Megaphon, und Schulze, der auf der Beifahrerseite außen steht, macht ein paar Schritte hinter mir her, als wolle er mich am Arm festhalten, doch dann zieht er es vor, sich wieder hinter den grauen Wagen zu verziehen, wo er heftig auf den Dicken einredet.

Mit schnellem Schritt gehe ich auf Roland zu und sage: „Mach keine Faxen, mein Lieber. Du weißt, dass du hier nur eine Chance hast, heile rauszukommen, wenn du keinen Widerstand leistest. Und was soll das, es wird doch alles nur schlimmer.“ Und dann endlich begreife ich: Das ist gar nicht Roland! Das muss dieser andere sein, der in der Beratungsstelle herumgeschnüffelt hat und den der richtige Roland mit seinem Fernglas beobachtet hat. Mir klopft das Herz bis zum Halse.

Der Nicht-Roland steht so im Eingang, dass er die beiden Polizisten rechts und links von der Tür, die sich eng an die Wand pressen, noch gar nicht gesehen hat. Ich bemühe mich, nicht zu ihnen zu sehen, sondern starre ihn immer an, als wolle ich ihn hypnotisieren.

„Du hast doch eine bessere Chance, dich nicht strafbar zu machen, wenn du die Kleine jetzt gehen lässt“, sage ich im bemühten Konversationston, aber er entgegnet mit der höhnischen Stimme, die ich schon einmal am Telefon gehört habe: „Du bist doch diese Tussi aus der Beratungsstelle. Hab ich dir nicht gesagt, du sollst mich in Ruhe lassen? Erst suchst du bei eurem Haus dort in Krusendorf nach mir, und dann schnüffelst du hier auch noch rum. Also hau ab, du hast hiermit nichts zu tun!“

Der weiß also gar nicht, dass Emma meine Klientin ist! Der denkt, dass ich hinter ihm her bin wegen Roland! Das ist ein Vorteil für mich, finde ich.

Ich sehe in Emmas unruhiges, kleines Gesicht und denke: Verrate nicht, dass wir uns kennen, Emma! Und während ich sie ernst anblicke, geschieht etwas in Zeitlupe, was sie und ich in Echtzeit schon öfter erlebt haben: Ich signalisiere ihr mit den Augen, dass es erlaubt ist, den Ellbogen auszufahren und kräftig zuzustoßen. Mit einem Wimpernschlag sage ich ihr: Tu es!

Emmas Gesicht wird ganz gesammelt, dann rammt sie dem Nicht-Roland den Ellbogen in die Weichteile, er klappt nach vorne, ich fahre meine Faust aus, und das Nächste, was ich höre und fühle ist ein Knacken. Das Geräusch kommt von Nicht-Rolands Nase, das Gefühl aus meiner Faust. Dann sind die beiden Polizisten über ihm, werfen ihn auf den Rücken und halten ihn fest auf dem Boden.

Ich schnappe mir Emma, drehe sie so, dass sie nicht sieht, was im Flur geschieht und gehe langsam weg vom Haus, an Schulze, der mich anstarrt, vorbei und zu meinem Wagen. Ich ziehe die hintere Schiebetür auf, setze Emma ab, sage „Rutsch mal“ und nehme neben ihr Platz. Dann ziehe ich die Tür zu. Als mein Blick auf Emmas nackte Beine fällt, ziehe ich meine Jacke aus und lege sie ihr über den Schoß. Sie zieht die Beine unter sich, dann reicht sie mir ihre Hand, die ich mit der Linken halte. Die rechte beginnt mit einem Eigenleben von Anschwellen und Schmerz.

An der Kopfstütze des Fahrersitzes haben wir eine Vorrichtung, an die man Taschen und Netze hängen kann, damit die beim Fahren gesichert sind und nicht in der Gegend herum fliegen. Wir haben dort eine durchsichtige Einkaufstüte hängen, in der wir einen Teddy herumfahren, der seit Ninas Kindheit mit in jedes neue Auto „umgezogen" ist. Emma zeigt auf den Teddy und grinst. „Der will raus!"

Ich versuche, mit der verletzen rechten Hand den Beutel zu öffnen, schaffe es aber nicht. Daher mache meine Linke aus ihrer Hand frei und ziehe den Teddy heraus. Sie drückt ihn an sich und sagt etwas zu ihm, was ich nicht verstehe. Dann fragt sie: „Wie heißt er?"

„Teddy", sage ich verblüfft, denn wie sonst könnte er heißen? So sitzen wir hier nebeneinander, ich kraule den Teddy mit der linken Hand an den Ohren, Emma streichelt sein ramponiertes Fell. „Ich hab dich gestern aus dem Schattenauto gesehen." Schattenauto? Ach, Emma meint den Wagen mit den dunklen Scheiben. Dann nach einer Weile: „Da haben wir dem Regi aber ordentlich weh getan!"

„Stimmt", sage ich und füge mit extra fester Stimme hinzu: „Das hat er auch verdient. Wenn man in einer Notlage ist, darf man dem auch mal wehtun, wenn man mit Worten nichts erreicht." Emma nickt, sagt aber nichts. Da werden wir einen weiten Weg vor uns haben, Emma, denke ich. Ich werde nicht bohren, sondern dir die Zeit geben, die du brauchst, um dich mit den erlebten Ereignissen zu befassen und das auch nur in der Portionsgröße, die du verträgst.

Ich sehe Schulze neben der Tür auftauchen und schüttle den Kopf. „Noch nicht", formuliere ich stumm, und er geht zurück und setzt sich in den grauen Wagen.

„Ob Frau Rust mich wohl vermisst hat?" fragt mich Emma, und ich versichere ihr mit Überzeugung, dass das wohl der Fall ist und darüber hinaus: auch die Klassenkameraden warten sehnlichst auf ihre Wiederkehr. Emma lächelt mich an, aber dann wird ihr Lächeln dünn, sie presst den Teddy an sich, wirft sich auf meinen Schoß und beginnt, hemmungslos zu schluchzen. Ich halte sie fest, wiege sie ein bisschen, mache ein paar Brummlaute, um ihr zu sagen: „Ich bin da, weine du nur, jetzt bist du in Sicherheit." So sitzen wir sicher zehn Minuten, dann verebbt das Schluchzen, Emmas rote Nase taucht auf, und sie schnieft: „Hast du ein Taschentuch?"

„In der Jacke", sage ich und zeige auf die Jackentasche, an die ich nicht gut dran komme. Sie zerrt ein Taschentuch heraus, trompetet heftig hinein und stopft es zurück.

„Ich friere", sagt sie mit kleiner Stimme, „und ich will nach Hause. Ist Mami da?"

„Sie wartet schon auf dich und freut sich ganz doll, dass du kommst."

Ich ziehe die Tür auf, hebe Emma aus dem Wagen, was mir mit der schmerzenden Hand nicht ganz leicht fällt, und trage sie zum grauen Wagen. Schulze sieht uns, springt heraus und nimmt mir Emma ab. „Tschüs, liebe Emma, bis bald! Wir sehen uns!" Sie winkt mir kurz zu, dann wendet sie den Kopf ab. Sie hat ihre Arme so fest um Schulzes Nacken geschlungen, dass er im Gesicht ganz rot wird.

Er setzt sie hinten ins Auto, ich sage zu ihm: „Jetzt nichts fragen, sie braucht Ruhe", und er nickt und sagt: „Danke!"

Ich gehe zu meinem Combo, ziehe mein Handy heraus und rufe Norbert an. Er meldet sich kurz angebunden, aber darauf kann ich jetzt keine Rücksicht nehmen. „Schatz, du musst kommen und mich nach Hause fahren. Ich habe mir die Hand verstaucht oder gebrochen, was weiß ich."

„Wie hast du das denn gemacht?"

„Hab einem Mann eins auf die Nase gegeben."

„Ha, ha, sehr witzig. Nein, im Ernst, wie konnte das passieren?"

„Es stimmt wirklich, ich habe einem Typen auf die Nase geboxt, aber ich kann dir das jetzt nicht alles erzählen, bitte komm, ich kann mit der Hand nicht Auto fahren!"

„Wo bist du denn?"

Ich erkläre Norbert, wie er zur Rosenstraße kommt und setze mich auf den Beifahrersitz, um zu warten. Dann sehe ich im Spiegel an der Sichtblende, dass die Straßensperre geöffnet wird, ein großer Polizeiwagen ohne Fenster, nur mit Schlitzen unterhalb des Daches, fährt durch und kommt vor meinem Wagen zum Stehen. In dem Moment geht die Haustür auf, der Nicht-Roland, den Emma „Regi“ genannt hat, wird von zwei Beamten herausgeführt. Seine Hände hat er auf dem Rücken, sein Kopf hängt nach unten, aber nicht ganz freiwillig, vermute ich. Er wird hinten in den großen Wagen geschoben, direkt vor meiner Nase.

Dann führt eine Beamtin eine blonde Frau aus dem Haus, die nur einen Bademantel an hat und wild geschminkt ist. Hinter ihr geht ein Mann in Zivil, der ein paar Kleidungsstücke über dem Arm trägt. Alle drei gehen zu einem Pkw, der auf der Höhe der Stelle geparkt ist, wo die Straßensperre war. Ob die blonde Frau Lynn ist? Oder eine sogenannte Schauspielerin? Wie tief ist sie denn in diese Machenschaften verwickelt? Und gibt es noch mehr Leute, die in diesem Hause, wie sagt man: tätig waren? Ich beginne zu frieren, meine Hand schmerzt, ich schließe die Augen, sehe die Bilder der letzten Stunde vor mir und merke, dass ich die Fassung verliere. Tränen drängen sich mir in die Augen, in meiner Kehle sitzt ein Kloß, der nicht herauf und nicht runter kann, der drückt und mir Schwierigkeiten beim Schlucken macht. Ich beschließe, dass ich jetzt weinen darf, weil mich jetzt der Schock eingeholt. Zitternd, weinend und frierend sitze ich im Auto, merke nicht, wie die Zeit vergeht, der große Wagen vor mir abfährt und hinter mir die Polizeiwagen verschwinden, bis Norbert leise an die Scheibe klopft und ich erschrocken hochfahre.

Ich stoße die Tür auf, falle ihm um den Hals und heule hemmungslos. „Na, na“, sagt er und klopft mir unbeholfen auf den Rücken. Dann drückt er mich auf den Beifahrersitz zurück, wirft die Tür zu und setzt sich ans Steuer. Er wendet den Wagen, und ich sehe, dass er sein Auto auf der Höhe vom Spielplatz geparkt hat. Dann fährt er mich in die Stadt und schnurstracks zur Ambulanz der Uniklinik, wo meine Hand geröntgt wird, gerichtet und eingegipst. Zwei Mittelhandknochen sind gebrochen. Da ich eine Beruhigungsspritze bekommen habe, lasse ich das alles friedlich über mich ergehen, ohne neue Tränenbäche zu vergießen.

Zusammenhänge

Dr. Moog, unser Hausarzt in Gettorf, hat mich krankgeschrieben, und ich sitze zu Hause, grübele, schlafe viel und lasse mir von Nina die meiste Arbeit abnehmen. Ich beginne, Linkshänder zu begreifen, die auf rechts getrimmt werden: ich habe äußerste Schwierigkeiten, mir mit links die Zähne auf der linken Seite zu putzen, also muss das für die eigentlichen Linkshänder eine Tortur sein, sich mit rechts die rechte Seite zu putzen. Besser, man lässt sie so, wie sie sind.

Nina benimmt sich fabelhaft mir gegenüber. Es ist, als hätte sie nur darauf gewartet, mich mal schwächer zu erleben. Sie fährt mich zum Arzt und zum Röntgen, kocht abends auf meine Anweisung hin das Essen und macht ohne Murren den Abwasch. Ich bin begeistert und sage ihr das auch. Sie strahlt und winkt ab. Habe ich in der Vergangenheit zu wenig gelobt und ermutigt? Und warum hat Emma auf Lob immer unglücklich gewirkt?

An einem klaren Tag, einem Freitag, lasse ich mich vom „Kleinen Moor“ aus bis zur See fahren, wo ich den Wellen lausche, auf das glitzernde Wasser gucke und mich traue, mir mein schlechtes Gewissen anzusehen: Wie konnte ich Emma nur ermutigen, Reginald, Rolands Doppel, ihren Ellbogen zwischen die Beine zu rammen? Nicht, dass der mir leid täte, sondern weil es für Emma doch viel zu gefährlich war, ihn anzugreifen! Habe ich meine Macht als Bezugsperson von Emma missbraucht, indem ich ihr quasi die Erlaubnis gegeben habe, aktiv zu werden? Wenn er wirklich zugedrückt hätte und Emma was passiert wäre! Ich wäre meines Lebens nicht mehr froh geworden. Wahrscheinlich hätte ich meine Arbeit gekündigt, weil ich mir meine Inkompetenz hätte eingestehen müssen. Immer wieder lasse ich mir die Bilder dieser Szene durch den Kopf gehen. Andererseits: wie wäre Emma, und letztlich auch ich, aus dieser Situation herausgekommen? Hätten die Polizisten mit ihren Waffen eingegriffen? Hätte Reginald womöglich Emma und mich als Geisel genommen?

Ich finde bei diesen Gedanken keine befriedigende Lösung, aber das Laufen in der Natur tut mir gut, und ich vergesse den Schmerz in meiner Hand, der mich besonders nachts quält. Ich erzähle dem Meer meinen Kummer, weine ein bisschen und treffe mich dann auf dem Parkplatz wieder mit Nina. Ich komme erschöpft und wie gereinigt wieder zu Hause an.

Alfons hat angerufen und lässt mir bestellen, ich möge „Körper und Seele baumeln lassen", damit ich mich gut erhole. Ich kann darüber nicht ganz so belustigt sein, wie Nina angesichts dieser Formulierung erwartet, weil ich zurzeit über einen Beinahe-Tod nicht lachen kann. Alfons hat auch einen Termin Ende nächster Woche hinterlassen, an dem er mich bittet, in die Beratungsstelle zu kommen, weil Herr Schulze, Frau Middeldorf, Roland, Alfons und ich uns zusammensetzen sollten, damit wir alle auf demselben Informationsstand sind. Außerdem bittet Herr Schulze mich, für Emma als Prozessbegleiterin zur Verfügung zu stehen. Frau Middeldorf hat Reginald angezeigt, es wird zu einem Prozess kommen, in dem Emmas Aussage aus dem Nebenzimmer in den Verhandlungssaal übertragen wird.

Schon diese Nachrichten und die Vorstellung, wieder geistig-seelisch und körperlich in der Beratungsstelle hundertprozentig anwesend zu sein, erschöpfen mich, so dass ich mich im Wohnzimmer auf die Couch lege und umgehend einschlafe. Ich wache erst wieder auf, als Norbert ins Zimmer kommt und mich stumm in die Arme nimmt. Er murmelt etwas von „meine kleine Heldin“, aber das will ich nicht hören und halte ihm den Mund zu.

Am nächsten Morgen weigere ich mich, zu Siemen hinauszugehen. Erstens kann ich zurzeit schlecht tragen, und zweitens habe ich keine Lust, Siemens Version von der Festnahme Reginalds und meiner Rolle zu hören. Norbert bietet an, seine Ohren für mich hinzuhalten und kommt mit einem Grinsen und einen großen Streifen Butterkuchen wieder.

„Du bist das Stadtgespräch, Schätzele! Siemen lässt dir bestellen, dass er sehr stolz auf dich ist, weil du dieses Schwein Hüberl überlistet hast. Er würde jetzt auch verstehen, dass wir die Pornos ausgeliehen hätten, und das wäre wirklich nur rein beruflich gewesen, dass du dir die angesehen hast. Wer etwas anderes sagt, bekommt es mit ihm zu tun! Emma geht es gut, sie war diese Woche wieder in der Schule. Bauer Lönsings Frau hat ihn sitzenlassen, und dein Klient Toni, der in der Schule unhaltbar war, hat die Aussicht auf ein gutes Zeugnis. Noch was? Nein, ich glaube, das war's.“

„Warum heißt der eigentlich Hüberl? Der Name passt doch gar nicht in unsere Gegend.“ Ich versuche, mir mit der Linken Butter auf ein Brot zu streichen, rutsche aber immer wieder ab. Norbert nimmt mir sanft das Messer aus der Hand und schmiert mir das Brot.

„Vielleicht erfährst du das alles in eurem gemeinsamen Gespräch nächste Woche. Hast du für dieses Wochenende einen Wunsch? Möchtest du irgendwo hin? Kommst du zum Supermarkt zum Einkaufen mit, oder möchtest du lieber hier bleiben?“

„Hier bleiben. Ich traue mich noch nicht in die Welt.“ Norbert nickt und bittet mich dann, ihm einen Einkaufszettel zu diktieren.

Die knappe Woche bis zu der Sitzung in der Beratungsstelle vergeht wie im Fluge. Nina muss nicht mehr jeden Tag zur Schule, weil das schriftliche Abitur begonnen hat; daher hat sie Zeit, mich zu Dr. Moog zu fahren, einmal nach Kiel zu dem verabredeten Treffen mit Elisa ins Café Fiedler in der Holstenstraße, der ich meine Erlebnisse auf ihre Bitte hin haarklein erzähle, und einmal in den Supermarkt nach Surendorf. Ich halte es zumindest wieder aus, Leute zu sehen, die ich kenne, ohne Panik zu kriegen, dass ich auf meine Erlebnisse in der Rosenstraße angesprochen werde.

Am Freitag ist es dann so weit: Nina hilft mir, mich in meinen Kostümrock zu zwängen. Mit einer Hand ist das ein halbstündiges Unterfangen! Ich habe heute das Bedürfnis, gut auszusehen und mich gleichzeitig in meiner Kleidung wohl zu fühlen. Dann fährt mich Nina zur Arbeit, es ist mir so, als wäre ich wochenlang nicht da gewesen. Nina schließt mir noch die Tür auf, dann verabschiedet sie sich und fährt wieder heim. Wenn ich hier fertig bin, rufe ich sie an, und sie kommt und holt mich.

Im Sekretariat springt Anna auf, als sie mich in der Tür stehen sieht und umarmt mich, was sie noch nie getan hat. „Bist du wieder in Ordnung? Was macht deine Hand? Hast du schon Krankengymnastik?“ Ihre Fragen überstürzen sich.

Alfons hat Annas Ausrufe gehört und kommt aus seinem Zimmer grinsend auf mich zu, reicht mir seine Linke, was auf meiner Seite zu einiger Verwirrung führt, wie ich ihm jetzt meine linke Hand geben muss. „Na, meine liebe Mara, beinahe wäre das Fass nach hinten losgegangen!“

„Ach Alfons, wie habe ich deine Fässer vermisst!“

Joschka kommt vorbei und klopft mir auf die Schulter, Kira geht gerade mit einer Mutter in ihr Zimmer, winkt mir aber vorher schnell zu. Roland scheint in seinem Zimmer zu sein, wo Eddie ist, weiß ich nicht. Aber ich fühle mich willkommen geheißen und frage mich, wie ich es so lange ohne sie ausgehalten habe. So wohlwollende, interessierte Kolleginnen und Kollegen gibt es selten.

Ich gehe in mein Büro hoch, alles sieht aus wie immer. Karin hat meinen Schreibtisch abgestaubt, ich sehe das daran, dass unter dem Telefonhörer die Mulde sauber ist. Aber ich fühle mich in meinem Zimmer noch fremd, so, als ob ich hier nicht ganz angekommen bin. Daher gehe ich wieder ins Sekretariat, gucke in mein Fach und bin erstaunt, dass dort nichts, aber auch gar nichts liegt. Kein Zettel mit dem Hinweis, ich möge Herrn oder Frau Soundso anrufen, keine Mahnung von Anna, ich müsse endlich die Zahlen für die Klienten angeben, die vom Jugendamt geschickt worden sind, keine Anmeldung für Mediation. Merkwürdig!

„Wir haben mal alles weggearbeitet, was dich anging", sagt Anna, die mein fragendes Gesicht richtig deutet. „Wir wussten ja nicht, wie lange du weg bleibst, und dann wollten wir auch nicht, dass du gleich mit einem Haufen Arbeit empfangen wirst. Roland hat ganz viel für dich übernommen, er kannte ja einige der Klienten, die bei dir sind, weil er hospitiert hat. Überhaupt, er ist ein patenter Junge. Der macht seinen Weg." Aus Annas Mund ist ein Lob selten, und wenn sie eines von sich gibt, hat sie allen Grund dafür.

Ich gehe in den Sitzungsraum des Teams, wo die Wintersonne auf den Tisch scheint und die Atmosphäre hell und freundlich gestaltet. Auf Alfons' Platz liegt eine Akte, aber sonst ist der Tisch bis auf eine kleine Vase mit Tannengrün und Alpenveilchen, von Anna hierher gestellt, leer. Ich stelle mich ans Fenster und schaue auf die Straße, wo um diese Zeit kaum ein Auto fährt. Als ich hinter mir ein Geräusch höre, drehe ich mich um: Roland kommt herein, er lächelt unsicher, kommt auf mich zu, sieht meine eingegipste Hand und weiß nicht, wie er mich nun begrüßen soll. Vor Verwirrung tut er es gar nicht und sagt: „Mara, ich weiß nicht, wie ich dir danken soll! Durch dich ist viel schneller aufgedeckt worden, wer mich immer verfolgt hat! Und dadurch ist auch rausgekommen, wie die Verbindung von mir zu ihm ist. Das Jugendamt und die Polizei haben noch das Ihrige dazu ermittelt, aber das wird Alfons gleich erzählen. Vielen, vielen Dank!"

Was soll ich dazu sagen? Es war nicht meine Absicht, Rolands Problem zu lösen, das war nur so ein Nebeneffekt. Also murmele ich mir was zurecht wie „Da nicht für", merke selbst, wie unfreundlich ich mich anhöre und frage ihn daher: „Hast du deinen Bruder denn eigentlich schon mal richtig gesehen? Ich meine so von Angesicht zu Angesicht?"

„Nein, bis jetzt hatte ich nicht das Bedürfnis danach. Immer wenn ich mich verfolgt oder beobachtet fühlte, habe ich es ja mit der Angst zu tun bekommen. Aber ich habe mir vorgenommen, zu der Verhandlung von Emma zu gehen, um mich an seinen Anblick zu gewöhnen. Dann bin ich in der Lage, ihn gelassen anzusehen, wenn mein Prozess gegen ihn verhandelt wird."

„Du willst ihn tatsächlich anzeigen?" Ich muss mir eingestehen, dass ich Roland für schwächer gehalten hätte, aber das ist wohl nicht das einzige Vorurteil, das ich bis jetzt gegen ihn gehegt habe. Eine Woge von schlechtem Gewissen schwappt über mich hinweg, so dass ich beinahe seine Antwort nicht mitkriege: „Und ob! Ist schon geschehen!"

Da höre ich die Klingel und bin erleichtert, weil ich weiß, jetzt fängt die Sitzung an.

Frau Middeldorf kommt zuerst herein, sie hat keine Halskrause mehr um. Frieder Schulze und sein Bruder Nick folgen ihr, schließlich kommt Alfons, der die Tür zuziehen will, aber dann wohl sieht, dass Anna mit einem Tablett voller Tassen und einer Teekanne hinter ihm steht. Sie setzt das Tablett ab und überlässt es uns, alles zu verteilen. Ich sehe, dass Heide Middeldorf Roland befremdet ansieht, ihn auch nicht begrüßt, sondern sich mit abgewendetem Blick gleich hinsetzt. Frieder Schulze gibt Roland die Hand und stellt sich vor, Jannik nickt nur einen Gruß herüber.

„Guten Morgen, allerseits", beginnt Alfons ungewohnt formell, „und danke, dass Sie gekommen sind. Ich habe diesen Termin vorgeschlagen, weil ich glaube, es tut uns gut, uns die Zusammenhänge noch einmal klarzumachen und uns gegenseitig über das zu informieren, was wir im Falle dieser unseligen Geschichte mit Emma wissen. Als Erstes möchte ich unseren Jahrespraktikanten, Roland Seegers, vorstellen, der in gewisser Weise eine Schnittstelle ist, wenn ich das mal so ungeschickt ausdrücken darf. Als Sie hier" – Alfons wendet sich Frau Middeldorf und Frieder Schulze zu – „zu uns ins Haus kamen, hatte Emma einen kurzen Kontakt mit Roland, den Frau Janner auffällig fand. Mara, vielleicht erzählst du jetzt weiter."

Ich schaue erst Frieder Schulze, dann Frau Middeldorf an, hole tief Luft und sage: „Ich muss vielleicht noch ein bisschen früher anfangen, nämlich bei unserem Erstgespräch. Ich hatte damals das Gefühl, dass Sie nicht so offen zu mir waren, wie es hätte möglich sein können, so, als ob Sie Emmas Unaufmerksamkeit in der Schule völlig isoliert sehen wollten, unabhängig von Ihren Lebensumständen und Ihrer Geschichte. Dass da aber ein Zusammenhang bestand zwischen Emmas Verhalten in der Schule und Ihrer beider Arbeitsleben, wurde spätestens dann deutlich, als die Lehrerin, Frau Rust, auf die Schwankungen von Emmas Aufmerksamkeit im Unterricht an den verschiedenen Wochentagen hinwies. Sie selbst, Frieder, sahen eine Verbindung zwischen den Besuchen bei Ihnen, Jannik, und Emmas Unruhe. Was wir uns aber zunächst nicht erklären konnten, war, warum Emma auf Roland so heftig reagierte. Das bekam erst später einen Sinn, wenn auch Sie, Jannik, mir schon einen Hinweis gaben, nämlich dass Sie meinten, Roland schon mal mit Ihrer Frau Lynn gesehen zu haben."

„Verzeihen Sie, wenn ich unterbreche", fährt Frieder dazwischen, „da ist es mir doch ein Bedürfnis noch einmal nachzuliefern, dass meine Frau und ich vor unserem Erstgespräch heftige Differenzen darüber hatten, was wir bei Ihnen sagen und was nicht. Ich konnte und wollte zunächst nicht einsehen, dass bei einer Fragestellung, wie sie hier bearbeitet wird, die Familie und die ganzen Lebensumstände mit zum Thema gemacht werden. Ich wollte meiner Frau auch etwas ersparen, denn ich weiß, dass sie sich für einen Abschnitt ihres Lebens schämt."

„Das hat Ihre Frau mir später im Gespräch mit Ihrem Bruder erzählt, dass sie zu Emma zunächst ein ablehnendes Verhältnis hatte und sie daher an Lynn abgegeben hat", versuche ich Frau Middeldorf in ein besseres Licht zu rücken. Frieder sieht mich verwundert an, schüttelt dann leicht den Kopf und blickt dann seine Frau an, die immer noch mit gesenktem Kopf auf die Tischplatte schaut.

Dann seufzt sie, strafft die Schultern und sagt zu mir: „Mein Mann meint etwas anderes: Als ich mit meinem ersten Mann noch verheiratet war, ging es uns finanziell wirklich schlecht, denn er hatte hier das Haus gekauft, er fuhr ein dickes Auto, und auch sonst waren seine Ansprüche und Wünsche eher von der großen Art. Wenn man in einem Dorf wie unserem lebt, muss man zeigen, was man hat, um dazuzugehören und angesehen zu sein. Ich arbeitete zu dem Zeitpunkt in der Stadt bei einem Anwalt, aber mit meinem mageren Gehalt konnte ich meinen Mann nicht zufriedenstellen. Da begann ich, erst gelegentlich, dann regelmäßig ..." Frau Middeldorf stockt und schaut angelegentlich vor sich auf den Tisch, aber dann gibt sie sich einen Ruck und spricht weiter: „... Kontakte mit Männern zu knüpfen, die ich mir bezahlen ließ. In dieser Zeit, oder besser gesagt in dieser Szene lernte ich Lynn kennen, die ihr Geld auch auf die schnelle Art verdiente." Sie blickt zu Jannik herüber. „Wusstest du das?"

„Ich habe das erst später erfahren, da waren wir schon verheiratet. Das Verschweigen ihrer Vorgeschichte war ein Grund, warum wir uns immer wieder an die Köppe gekriegt haben, denn ich war misstrauisch, was sie mir sonst noch alles verschwieg. Kannte sie diesen Mann, der hier wie Herr Seegers, ähem, Roland, aussieht, aus der Zeit?"

Frau Middeldorf nickt. „Ja, und ich kenne ihn auch, wenn auch nicht gut. Mit dem wollte ich nichts zu tun haben, der wusste mir zu gut, auf welcher Seite sein Brot gebuttert war."

„Sie kennen den Herrn Hüberl?" frage ich mit deutlichem Entsetzen in der Stimme. „Warum haben Sie das nicht gleich gesagt?"

Sie wendet sich mir zu, mit abgrundtief traurigen Augen. „Ich wusste nicht, dass Sie ihn suchen! Und den Herrn Seegers habe ich hier im Haus nicht gesehen, sonst wäre mir ja der Schreck auch in die Glieder gefahren! Wegen der Ähnlichkeit", wendet sie sich schnell an Roland, „ich hätte ja gedacht, Sie wären der andere." Roland nickt verständnisvoll, aber ich kann mir vorstellen, dass er sich in seiner Haut nicht ganz wohl fühlt.

Mich übermannt die Neugier, ich drehe mich zu Frieder Schulze um und frage: „War Lynn die Frau, die im Bademantel aus dem Haus gebracht wurde?"

„Nein, das war eine sogenannte Schauspielerin, Beatrix Noll. Lynn hat in diesen Streifen nicht mitgespielt. Sie hat anscheinend Emma immer bei Hüberl abgegeben und zu einem vereinbarten Zeitpunkt wieder abgeholt. Dafür ist sie bestens bezahlt worden. Und da wir nun gerade über Lynn sprechen: Wir konnten ihren neuen Wohnsitz nicht ermitteln, weil sie sich in der Stadt noch nicht umgemeldet hatte. Daher war sie mit Emma in ihrer neuen Wohnung gut versteckt. Hüberl war dann so gnädig, ihre neue Adresse preiszugeben, er erhofft sich dadurch mildernde Umstände, indem er sich kooperativ zeigt." Frieder Schulzes Stimme klingt süffisant.

Ich bin noch mit dem erschreckenden Gedanken beschäftigt, dass Frau Middeldorf den Peiniger ihrer Tochter kannte. Hatte sie wirklich gar keine Ahnung, dass Lynn sich auf Kosten von Emma bereicherte? War sie Lynn gegenüber nicht misstrauisch? Wenn sie doch von Anfang an offener zu mir gewesen wäre, vielleicht hätte ich dann die Zusammenhänge eher verstanden! Andererseits, sie wird nicht verschwenderisch mit der

Information umgehen, dass sie früher mal anschaffen ging. Und ihr Mann wollte ihr das nicht zumuten, ohne Not zu beichten. Aber ich verstehe jetzt, warum beide sich im Erstgespräch so verhalten haben: er kurz und knapp, sie so unsicher und nervös.

„Nun müssen wir mal auf jenen Mann kommen, der unserem Roland hier so ähnlich sieht und der sich an Emma schuldig gemacht hat. Reginald Hüberl ist der Zwillingsbruder von Roland, was zu einiger Verwirrung, auch hier im Haus, geführt hat, weil er immer wieder mit seinem Bruder verwechselt wurde.“ Alfons übernimmt wie immer souverän die Leitung. „Vielleicht können Sie, Herr Schulze, uns ein bisschen Information über Hüberl nachliefern, Sie wissen ja durch die Ermittlungen in Ihrem Haus, um wen es sich da handelt.“ Alfons schiebt mit seinem Zeigefinger die Brille nach oben. In Ihrem Haus, klingt es mir noch in den Ohren. Was heißt das? Aber schon entgleitet mir der Gedanke wieder.

Frieder räuspert sich und beginnt dann kurz und konzentriert seinen Bericht: „Reginald Hüberl, Künstlername Reginald Reggae, wurde hier in der Stadt geboren, aber da seine unverheiratete Mutter die Kinder nicht hätte versorgen können, wurden beide zur Adoption freigegeben. Reginald wurde von einem älteren Ehepaar in der Nähe von Stuttgart adoptiert und ist dort aufgewachsen. Als er in die Pubertät kam, waren seine Adoptiveltern nicht mehr in der Lage, ihn zu führen, er kam in ein Heim für schwererziehbare Jugendliche. Dort hat er mehr gelernt, als ihm gut tat: er tat sich mit Kleinkriminellen zusammen, prostituierte sich, kam dadurch an Geld, machte kinderpornografische Aufnahmen, wurde verknackt, später freigelassen. Dann kam er auf die Idee, mit seiner leiblichen Mutter Kontakt aufzunehmen, die immer noch hier in Kiel lebte, nun aber sterbenskrank war. Sie war inzwischen eine reiche Frau geworden. Er schleimte sich bei ihr ein, weil er auf ihr Erbe aus war, und versprach ihr, nach ihrem Tod dafür zu sorgen, dass sein Bruder, von dem er nun zum ersten Mal hörte, in den Genuss der Hälfte des Vermögens kommen würde. Nach ihrem Tod baute er die Villa für seine Zwecke um, machte sich zum Regisseur schmutziger Filme und fand Gleichgesinnte, die diese Filme produzierten und vertrieben. Der Video- und DVD-Verleih, aus dem Sie, Frau Janner, die Kinderpornos entliehen haben ..." Danke, Herr Schulze! denke ich, „... gehört ebenfalls zu dieser Bande. An diesem zweifelhaften Geschäft hängen noch ungefähr zehn weitere Personen, die an den Streifen verdienen und die für ihn oder mit ihm arbeiten. Wir haben noch nicht alle Hintermänner ermittelt, unser Verdacht ist, dass er auch in Belgien eine Dependance hat." Frieder schaut in die Runde, ob wir nach dieser für seine Verhältnisse langen Rede noch alle zuhören. Sein Blick bleibt an Roland hängen.

„Ich habe gehört, Herr Seegers", sagt er zu Roland, „dass Sie vor einem Jahr eine Anzeige gegen Unbekannt erstattet haben, weil Sie sich von jemandem verfolgt fühlten. Meine Kollegen konnten das damals kaum glauben, aber sie wurden jetzt eines Besseren belehrt. So ein Fehler darf nicht wieder vorkommen. Aber davon haben Sie leider nichts."

Roland guckt leicht geniert, lächelt dann und sagt: „Ist schon gut."

Ich bin wie angefasst von dieser Geschichte, besonders was die Mutter von den Zwillingen angeht. Da kommt mir eine Idee: „Wer war denn der Vater der beiden, konnte der denn nichts für die Kinder tun? Und wie hatte die Mutter der Zwillinge es zu einem gewissen Wohlstand gebracht?" Eigentlich müsste Roland das doch fragen, ist doch seine Herkunftsfamilie. Meine Frage lässt alle in der Runde auf Roland schauen, der aussieht, als würde er sich am liebsten in ein Mauseloch verkriechen. Sein Onkel spürt natürlich auch sein Unbehagen und fragt ihn daher: „Willst du das in diesem Kreis hören, Roland, du musst nicht, wenn du nicht willst."

Roland sagt mit rauer Stimme: „Ich will lieber jetzt alles hören."

„Ihre Mutter, Herr Seegers, ist die uns allen bekannte Schauspielerin Lora de Witt, die auch international Karriere gemacht hat. Sie war siebzehn, als sie schwanger wurde von einer Persönlichkeit der Stadt, die auch heute noch eine maßgebliche Rolle in der Politik spielt, aber jetzt in Berlin als Staatssekretär in einem Ministerium. Frau de Witt hat den Namen immer verschwiegen, aus Anstand, weil sie den Werdegang ihres Liebhabers nicht beeinträchtigen wollte. Aber wir haben doch so unsere Kanäle, um das in Erfahrung zu bringen, was uns wichtig erscheint.“ Frieder lächelt zum ersten Mal.

„Ist doch gut zu wissen, Roland, dass deine Mutter so ein starker Mensch war, indem sie sich dem Werdegang deines Vaters nicht in den Weg gestellt hat. Und dein Vater hat sein Können in Berlin ja eindrucksvoll bewiesen. Kein Wunder, dass du so begabt bist.“ Alfons hat sich zu Roland hinüber gebeugt, tätschelt dessen Unterarm und grinst ihn an. Ich sehe, dass es in Roland arbeitet. Ist schon starker Tobak, plötzlich das Kind einer über Deutschland hinaus bekannten Schauspielerin zu sein und einen Vater zu haben, der Barack Obama vor kurzem die Hand geschüttelt hat!

„Warum hat der Reginald mich denn eigentlich verfolgt? Warum ist er hier herumgeschlichen und sogar in die Beratungsstelle eingebrochen, was wollte der denn hier?“ Roland wechselt elegant das Thema.

Alfons fühlt sich aufgefordert zu antworten. „Vermutlich zunächst das, was er ein Jahr zuvor auch wollte: dich verrückt machen, damit du möglichst auf Dauer weggeschlossen wirst und daher niemals dahinterkommst, dass du eigentlich ein reicher Mann bist.“

Frieder setzt sich aufrechter hin, woran ich erkenne, dass er auch ein paar Antworten auf Rolands Fragen hat. „Wenn Sie recht überlegen, ist Reginald hier erst aufgetaucht, nachdem meine Frau und ich in der Beratungsstelle angekommen waren, beziehungsweise nachdem Sie Emma hier kennengelernt haben.

Emma muss erzählt haben, dass sie hier im Haus spielt und mit Ihnen redet", Frieder wendet sich mir zu, „und dass sie beide auch ‚Rapunzel' gespielt haben, nur anders als in der Villa. Da wusste er, dass er Gefahr lief, dass sein schmutziges Geschäft auffliegen könnte. Daher bekamen wir die Warnung, uns von hier fernzuhalten, indem er jemanden engagierte, der Heides Auto anfuhr. Vielleicht hat Reginald gedacht, dass Heide für länger nicht in der Lage sein würde, Emma hierherzubringen, so dass er Zeit gewonnen hätte, seinen Film noch zu Ende zu drehen. Er ist gar nicht darauf gekommen, dass ich oder Jannik einspringen, wenn es nötig ist, Emma irgendwo hin zu bringen. Ab da begann er, sich hier in der Gegend herumzutreiben, um auszukundschaften, wie häufig Emma kam und zu wem sie ging und wie hier bei Ihnen die Gegebenheiten aussehen. Nachdem der Plan, Heide auszuschalten, gescheitert war, erlebte er etwas Merkwürdiges: Sie, Frau Janner, sprachen ihn als Roland an, als er versuchte, mit einem Dietrich durch die Vordertür zu kommen. Er widersprach nicht, um Zugang zum Haus zu haben. In Rolands Zimmer schaute er schnell in dessen Schreibtisch, ob dort Emmas Akte lag, und als er die dort nicht fand, musste er noch einmal einbrechen, diesmal durch die Tür zur Nottreppe. Wenn ich nicht gekommen wäre, um mir die DVD, die Sie mir versprochen hatten, abzuholen, wäre hier ein Unglück geschehen, denn Hüberl scheut keine Untat, wenn sie ihm nützt. Seine Vorstellung war, dass ihm niemand etwas über seine Machenschaften nachweisen kann, wenn er Emmas Akte vernichtet. Womit er nicht gerechnet hat, ist, dass Sie die Villa aufspüren und ihm dann auch noch ein Dutzend Polizisten auf den Hals hetzen."

„Das war meine Freundin Elisa", murmele ich, noch unter dem Eindruck von Frieder Schulzes Zusammenfassung der Ereignisse der letzten Wochen. „Und dabei dachte Hüberl, ich suche Rolands Doppel, nicht Emma. Am Telefon hat er mich ja gewarnt, mich weiter einzumischen, nur meinte er das in Bezug auf seinen Bruder, nicht auf Emma. Das habe ich aber erst in der Rosenstraße kapiert."

„Tja", meint Alfons und blickt in die Runde. „Das war's dann wohl. Wenn man diese Geschichte im Film zeigen würde, wäre sie unglaubwürdig. Dass hier ein Zwillingsbruder im Haus arbeitet, der mit seiner Intelligenz einer redlichen und anständigen Arbeit nachgeht, um für Menschen hilfreich zu sein, während der andere sie dazu benutzt, ihnen zu seinem Zweck zu schaden und deren beider Schicksal sie zusammenführt in demselben Fall, das ist schon unglaubwürdig. Aber wahr."

Einen Augenblick lang senkt sich Schweigen über uns, dann steht Alfons auf, und wir folgen seinem Beispiel. Stühle werden nach hinten geschoben, Roland stellt die Tassen zusammen, Jannik und Frieder reden miteinander, Frau Middeldorf verabschiedet sich von mir und dankt mir, dass ich die Prozessbegleitung bei Emma mache. Langsam drängt die kleine Truppe aus dem Raum, im Flur geht die Verabschiedung kreuz und quer, dann sind die Schulze-Brüder und Frau Middeldorf draußen, Roland atmet tief durch, da klingelt es an der Außentür und Herr Schulze bedeutet uns, dass er noch einmal herein möchte.

Ich öffne, weil ich der Tür am nächsten stehe, da sagt er zu mir: „Sie hatten uns ja aufgegeben, darauf zu achten, wie Emma auf Lob bei uns reagiert: genau wie bei Ihnen, ablehnend. Und ich weiß auch warum, das hat die Beatrix Noll mir berichtet, die wir nach dem Ablauf der Filmaufnahmen mit dem Kind befragt haben. Immer, wenn Emma eine Szene nach Hüberls Willen gespielt hatte, hat er sie über den Klee gelobt und ihr Süßigkeiten gegeben, um danach noch widerlichere Sachen von ihr zu fordern. Lob heißt für Emma: gleich wird es schrecklich für mich. Wir loben sie jetzt ganz bewusst nicht, sondern drücken sie kurz oder lächeln ihr zu. So, das wollte ich noch loswerden."

„Danke, diese Frage hat mich immer noch beschäftigt. Ach, und was anderes noch, eher so eine Neugierfrage: In was für einer Abteilung arbeiten Sie eigentlich bei der Polizei?"

In Frieder Schultes Gesicht läuft plötzlich das ab, was ich nach einem regenschweren Tag über dem Meer schon oft gesehen habe: die Wolkendecke bricht über dem Horizont auf, und die Sonne schickt einen unverhofft warmen, klaren Strahl über das Wasser. „Sitte", teilt er dann in seiner gewohnt kurzen Art mit, „ich dachte, das wüssten Sie." Er setzt hinzu: „Ich habe nicht bei den Ermittlungen mitgearbeitet, da wäre ich befangen gewesen. Aber ich war informiert. Dass ich mit in die Rosenstraße gefahren bin, habe ich als Vater getan. Emma sollte ein vertrautes Gesicht sehen. Aber ...", er grinst mich ein bisschen schief an, „... das haben Sie mir ja größtenteils abgenommen, sofort für Emma da zu sein, meine ich. Und erfolgreich." Sein Lächeln zieht sich wieder hinter die Wolken zurück.

Noch unter dem Eindruck von Frieders Worten und der Bedeutung, die sie vielleicht für diesen Fall haben, ziehe ich die Tür hinter mir zu. Dann drehe ich mich zu Alfons um und sage lächelnd: „Alfons, ich erkenne dich nicht wieder, du hast nicht ein einziges Mal das Fass bemüht!"

„Du sollst das Fass nicht vor dem Abend loben!"

Unter weiterem Geplänkel schlendern wir ins Sekretariat, und wie sich bei einer Party alles in der kleinen Küche trifft, so treten wir einander im Sekretariat alle auf die Füße.

Eddie und Joschka wollen unsere Geschichte noch einmal von vorne hören, weil sie immer nur sporadisch mitbekommen haben, was gerade los war; Gabi, die bis auf die Teamsitzungen nur nachmittags im Hause ist, ist noch nahezu unwissend und wird in Kurzfassung von Anna versorgt. Roland lehnt an der Heizung und spricht mit Kira, die ihn von unten anlächelt. Sie hat die Arme einmal nicht vor der Brust verschränkt und ihre Beine nicht übereinander gekreuzt. Ihre Haltung Roland gegenüber ist buchstäblich und sichtbar offener, und ich komme zum ersten Mal auf die Idee, dass Kira und Roland mehr verbindet als die Arbeit hier. Jetzt lacht Roland sie mit seinen schönen Zähnen an, und sie senkt die Augen. Himmel, ich muss in den letzten Wochen blind gewesen sein! Vor lauter Sorge um Emma und Angst vor Hüberl habe ich meine Umwelt nicht mehr wahrgenommen.

„He, Leute, was haltet ihr davon, wenn wir im März mal einen Betriebsausflug machen?“ fragt Alfons in die Runde. „Die Zeiten waren schwer, jetzt haben wir uns mal eine kleine Auszeit verdient. Habt ihr Lust?“ Wir brüllen alle ja, doch Alfons wendet sich mir noch einmal zu und sagt: „Du darfst nur mit, wenn du keine weiteren Möpse schießt und versprichst, deinen letzten Termin auf sechzehn Uhr zu legen. Keine Stunde später!“ Ich überlege kurz, was das mit den Möpsen heißt, komme auf „Böcke“, nicke, lache, und die Augen werden mir ein bisschen feucht. Mir geht’s hier gut!

Siemens Triumpf

Es ist Sonnabendmorgen nach dem Gespräch mit den Schulze–Brüdern und Frau Middeldorf, ich fühle mich immer noch erschöpft, aber nicht mehr so bleiern. Ich spüre, dass ich die Finger der rechten Hand wieder sachte bewegen kann, aber ich bin immer noch auf Hilfe von Nina und Norbert angewiesen.

Obwohl ich schlecht tragen kann, will ich heute zu Siemen an den Wagen, um zu erfahren, was er und damit Krusendorf, Dänisch Nienhof, Stohl, Surendorf, Birkenmoor und Gettorf wissen. Als ich daher die Glocke von Siemens Wagen höre, stecke ich mir das Portemonnaie ein und ergreife mit der linken Hand die Milchkanne. Das Anziehen der Jacke ist mir zu schwierig, so dass ich sie mir nur über die Schultern lege, dann flitze ich zu Siemen, der mir schon mit weißen Klötzen entgegen lacht.

„Moin, moin, das Pornogucken hat sich ja gelohnt, Frau Janner, gratuliere! Aber dass es den Roland Seegers doppelt gibt, das hab selbst ich nicht gewusst. Ich hätt Ihn’ das ja sagen können mitte Lynn Schulze, von wegen dass die früher ihr Geld horizontal verdient hat wie die Heide Middeldorf auch, aber mich fraacht ja keiner!“ Vorwurfsvoll schaut Siemen mich an, als wäre ich die Urheberin seiner Unkenntnis.

„Siemen, du weißt auf alle Fälle immer mehr als ich, damit musst du dich zufrieden geben! So, nimm mal die Milchkanne, und wenn du noch vom Käse deiner Frau hast, nehme ich den auch. Mehr kann ich nicht tragen.“

„Nee, den Käse könn Sie nich so lange aufbewahr’n, oder wolln Se den heute gleich aufessen?“ Siemen schaut mich irgendwie listig an, und ich verstehe gar nichts.

„Wie: hält sich nicht? Und heute aufessen?“ Ratlos starre ich in sein gerötetes Gesicht.

„Na, wenn Sie morgen fliegen, is ja nich mehr viel Zeit, aber is ja gut, dass Sie zum Bikefeuer wieder zurück sind.“ Siemen guckt zufrieden auf die gefüllte Kanne, setzt den Deckel auf und reicht sie mir herüber.

Für einen Moment weiß ich nicht, was ich denken soll.

Siemen zeigt mir seine wunderbar weißen Klötze und bequemt sich endlich zu einer Antwort: „Meine Schwägerin ihre Kusine hat das nämlich gesehn, wie Ihr Mann in das Reisebüro is, und als sie da reinkommt, weil ja der ihr Bruder da arbeitet, dem se was von ihre Mudder sagen will, da hört se noch, wie Ihr Mann das mit Lanzarote sacht. Dann erhol’n Sie sich ma gut, ham Sie ja auch verdient. Macht 98 Cent, hab aber kein Kleingeld mehr. Ein Euro geht auch.“

Ich schließe die Augen, um die richtigen Worte für meine Empörung darüber zu finden, dass ich die Letzte bin, die von dieser Neuigkeit erfährt, aber dann lache ich los, vor Erleichterung, aus Vorfreude auf eine Reise und aus lauter Lust am Leben.

ELKE STÖLTING IM SCHARDT VERLAG

ISBN 978-3-89841-520-0, Broschur, 176 Seiten, 12,80 Euro